大家學標準日本語

標準

每日一句

商務會話篇

出口仁——著

檸檬樹

出版前言

★ 大家學標準日本語【每日一句】系列第二冊
★ 網路數百萬人次點閱人氣名師—出口仁，首部《商務日語》巨作！

到日本洽公、旅遊時，客戶、廠商、服務業人員所說的，都是「商務日語」！

　　「商務日語」就是「日本人在工作場合所使用的語言模式」，有別於「個人私領域生活」所使用的日語，「商務日語」重視互動過程中『尊敬對方、重視對方』的心意，並使用日語特有的「尊敬表現」和「謙讓表現」，來呈現這樣的語感。

　　【尊敬表現】：透過「提高對方地位」，表示尊重對方
　　【謙讓表現】：透過「降低自己地位」，表示尊重對方

　　例如，上班族面對客戶或上司時，必須留意言詞中要使用「提高對方地位的尊敬用語」或「降低自己地位的謙讓用語」。

【上班族】使用商務日語

◎【比同事、上司先行下班】
　　我先告辭了。
　　お先に『失礼させていただきます』。
※【降低自己地位：謙讓表現】──[動詞使役て形]＋いただきます

◎【來到某公司的櫃台】
　　東田總經理在嗎？
　　東田社長 は『いらっしゃいます』か。
※【提高對方地位：尊敬表現】──[某人]＋は＋いらっしゃいますか

　　或者，日本的各種服務業，例如超商店員、餐廳服務生、飯店櫃台、導遊人員…等，應對顧客時也必須使用「尊敬對方」或「謙卑自己」的「商務場合日語說法」，目的就是為了向對方表示「敬意與謙讓」。

　　因此，前往日本洽公、旅遊，當我們身為消費者或是旅客，所聽到的、所看到的日語，都是商家應對顧客所使用的「職場商務日語」，所運用的都是「尊敬表現」及「謙讓表現」。

【服務業】使用商務日語

◎【結帳櫃台】

　　您要怎麼付款呢？

　　お支払いはどう『なさいます』か。

※【提高對方地位：尊敬表現】──[名詞]＋は＋どうなさいますか

◎【餐廳服務生】

　　我馬上為您更換。

　　直ちに『お取り換えいたします』。

※【降低自己地位：謙讓表現】──お＋[動詞ます形、去掉ます]＋いたします

◎【導遊人員】

　　我現在幫你安排計程車。

　　タクシーを『手配しております』。

※【降低自己地位：謙讓表現】──[動詞て形＋おります]

【尊敬表現】和【謙讓表現】，如何巧妙運用？

語意中，『要尊敬所提到的對方、表示尊敬對方的動作』→ 就使用「尊敬表現」。
語意中，『要謙卑自己、表示謙卑自己的動作』→ 就使用「謙讓表現」。
因此：
總機人員說『請您稍等』，會使用「尊敬表現」
總機人員說『我幫您轉接』，會使用「謙讓表現」

◎【總機人員】的【尊敬表現】

　　請您稍等。→ 少々『お待ちください』。

※【提高對方地位：尊敬表現】──お＋[動詞ます形、去掉ます]＋ください

◎【總機人員】的【謙讓表現】

　　我現在幫您轉接。→ ただいま電話を『お繋ぎします』。

※【降低自己地位：謙讓表現】──お＋[動詞ます形、去掉ます]＋します

　　本書除了逐字解說「每一句話所存在的規則性文法、尊敬及謙讓用法」，並透過實際會話場面，指引如何靈活運用。期待有助於大家對於「敬語」不再心存畏懼。

檸檬樹出版社 敬上

作者序

　　大家為什麼要學習日語呢？我相信每個人一定都有各自的動機。有的人是因為對於日本的連續劇、電玩遊戲、或是歌曲有興趣，所以學習日語；有的人是因為有日本朋友或戀人，所以想學習日語；有的人則是因為工作上的需要，才會接觸日語吧。

　　《大家學標準日語：每日一句》系列的第二本書──《商務會話篇》，以滿足工作需求的日語為主，收錄了商務場合各類型的常用表現。例如：「在日系企業工作的人所使用的會話」、「和日本企業有商務往來的人所使用的會話」，以及「在日本購物、或是面對服務人員的應對時，經常使用的會話」。並透過具體的會話場面，讓大家掌握這些會話的使用情境。

　　工作上有機會使用日語的人，一定很希望自己能夠講出流利而正確的商務日語吧？為了達成這個目標，是否就一定要精通『敬語』呢？

　　對於這個問題的答案，我個人覺得是「一半對，一半錯」。一般人普遍認為：『能夠使用敬語』的人＝『具備社會常識、經驗豐富、值得信賴』的人。

　　但是，卻有一項非常有趣的調查結果。在一份針對日系企業所進行，詢問企業「對於公司內的外籍員工有什麼樣的期待」的問卷結果顯示，「希望外籍員工能夠懂得身為社會人士該有的正確禮儀和禮貌」的企業，遠多於「希望外籍員工能夠正確使用敬語」的企業。

　　許多日本人也認為，『敬語』是非常困難的。在日本，也有許多針對日本人所出版的談論「敬語該如何使用」的書籍。因此，日本人也明白，要求外國人也要精通『敬語』，確實是一件非常困難的事。

　　為了在學習時，幫助大家拉近和『敬語』之間的距離，因此，在這次所出版的《大家學標準日語【每日一句】商務會話篇》書中，所有的日語表達，我都安排了具體的會話場面加以介紹。我覺得，如果一本書只有解釋『敬語』的文法結構，是很難幫助大家將所學的『敬語』能夠靈活運用。

在這本書之中，除了介紹『敬語』的文法結構，並且逐一舉例使用場合，讓大家知道在實際的商務環境中，可能出現哪些情況？又該如何用日語應對？期待大家透過情境體驗，都能學會實際派得上用場的商務日語。

　　『敬語』純粹是一種『尊敬對方、重視對方』的心意形式。比『敬語』更重要的，是你對於工作及對方的『熱忱』（熱心さ）和『真誠』（誠実さ）。透過本書，如果能夠讓大家對於『敬語』不再心生畏懼，能夠感受到『敬語』變得更加親近的話，那將是我最感欣慰的事。

作者　出口仁　敬上

【學習導讀】：4大途徑完整教學「每日一句」

　　3秒鐘可以記住一句話，但這只是「表面、粗略地背一句日語」，未必有益於日語能力的累積、延續、或正確使用。本書希望你「花30分鐘完整學習一句話所隱含的規則性文法」，並掌握「適時、適地、適人」的使用時機，達成「深入、完整」的有效學習。

　　透過精心安排的4單元學習途徑，有助於「複製會話中的文法規則，自我揣摩運用；並從實際應答領會日本人如何運用於臨場溝通」，達成真正的「學以致用」。

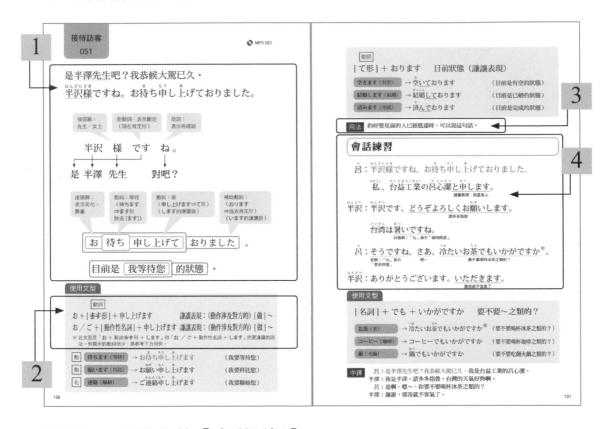

途徑1… 圖像化的【文型圖解】

「底線」表示可自行替換內容：

是半澤先生吧？我恭候大駕已久。
はんざわさま　　　　　ま　もう　あ
半沢 様 ですね。お待ち申し上げておりました。

解構「字詞意義、字尾變化」：

●お： 接頭辭： 表示美化、鄭重	●待ち： 動詞：等待 （待ちます⇒ます形 除去[ます]）	●申し上げて： 動詞：做 （申し上げます⇒て形） （します的謙讓語）

透過「文型大小框」，掌握「文型接續」：

| お | 待ち | 申し上げまして | おりました |

※「顏色框」是一種文型，「灰色框」是一種文型。

途徑2… 提示【日本人慣用的使用文型】

動詞
●お＋［ます形］＋申し上げます　　謙讓表現：（動作涉及對方的）［做］～

動詞
●［て形］＋おります　　　　　　目前狀態（謙讓表現）

※「使用文型」的接續概念，和上方的「文型大小框」互相呼應。

途徑3…【情境式用法解說】：釐清「每日一句」的使用時機

解說方向包含：
●這句話【適合什麼時候說？】　　●這句話【適合對誰說？】
●中文思維無法掌握的用法線索　　●使用時的提醒建議

途徑4…【會話練習：提供具體的會話場面】

掌握「商務場合的各種狀況」，模擬「商務場合的真實互動」

【會話練習】常見登場人物介紹：

武藏商社		甲賀屋飯店	
半澤 （男）……營業課長（*主角）		羽根 （女）……專務	
內藤 （男）……部長		陳 （女）……海外事業部員工	
淺野 （男）……分店長		鈴木 （男）……總務部員工	
上戶 （女）……新進員工		多田 （女）……櫃台小姐	
山田 （男）……新進員工			
中西 （男）……營業課職員			

島津產業		台益工業	
近藤 （男）……營業課長（半澤的前同事）		王 （男）……總經理	
高野 （男）……營業課職員		謝 （女）……部長	
田中 （男）……人事課長		高橋 （男）……職員	
李 （男）……人事課職員		呂 （女）……總務	
		黃 （男）……跑腿的人	

近江工業	
東田 （男）……總經理	
藤澤 （女）……秘書	
板橋 （男）……新進員工	
波野 （男）……會計部長	
冷牟田 （男）……工程師	

說明：「Ⅰ類、Ⅱ類、Ⅲ類」動詞

第Ⅰ類動詞

● 「第Ⅰ類動詞」的結構如下，也有的書稱為「五段動詞」：

○○ます

↑ い段 的平假名 （ます前面，是「い段」的平假名）

● 例如：

会います（見面）、買います（買）、洗います（洗）、手伝います（幫忙）

※【あいうえお】：「い」是「い段」

. . . .

行きます（去）、書きます（寫）、置きます（放置）

※【かきくけこ】：「き」是「い段」

. . . .

泳ぎます（游泳）、急ぎます（急忙）、脱ぎます（脱）

※【がぎぐげご】：「ぎ」是「い段」

. . . .

話します（說）、貸します（借出）、出します（顯示出、拿出）

※【さしすせそ】：「し」是「い段」

. . . .

待ちます（等）、立ちます（站立）、持ちます（拿）

※【たちつてと】：「ち」是「い段」

. . . .

死にます（死）

※【なにぬねの】：「に」是「い段」

. . . .

遊びます（玩）、呼びます（呼叫）、飛びます（飛）

※【ばびぶべぼ】：「び」是「い段」

. . . .

読みます（閱讀）、飲みます（喝）、噛みます（咬）

※【まみむめも】：「み」是「い段」

. . . .

帰ります（回去）、売ります（賣）、入ります（進入）、曲がります（彎）

※【らりるれろ】：「り」是「い段」

第Ⅱ類動詞：有三種型態

(1) ○○ます

↑ **え段 的平假名** （ます前面，是「え段」的平假名）

● 例如：

食べます（吃）、教えます（教）

....

(2) ○○ます

↑ **い段 的平假名** （ます前面，是「い段」的平假名）

● 這種型態的動詞，結構「和第Ⅰ類相同」，但卻是屬於「第Ⅱ類動詞」。這樣的動詞數量不多，初期階段要先記住下面這6個：

起きます（起床）、できます（完成）、借ります（借入）
降ります（下（車））、足ります（足夠）、浴びます（淋浴）

....

(3) ○ます

↑ **只有一個音節** （ます前面，只有一個音節）

● 例如：見ます（看）、寝ます（睡覺）、います（有（生命物））
● 要注意，「来ます」（來）和「します」（做）除外。不屬於這種型態的動詞。

第Ⅲ類動詞

来ます（來）、します（做）
※ します 還包含：動作性名詞（を）＋します、外來語（を）＋します

● 例如：

来ます（來）、します（做）、勉強（を）します（學習）、コピー（を）します（影印）

說明：動詞變化速查表

第Ⅰ類動詞

● 「第Ⅰ類動詞」是按照「あ段～お段」來變化（這也是有些書本將這一類稱為「五段動詞」的原因）。下方表格列舉部分「第Ⅰ類動詞」來做說明，此類動詞還有很多。

	会か買あら洗	行か書お置	泳いそ急ぬ脱	話か貸だ出	待た立も持	死	遊よ呼と飛	読の飲か噛	帰う売はい入	動詞變化的各種形
あ段	わ	か	が	さ	た	な	ば	ま	ら	＋ない[ない形] ＋なかった[なかった形] ＋れます[受身形、尊敬形] ＋せます[使役形]
い段	い	き	ぎ	し	ち	に	び	み	り	＋ます[ます形]
う段	う	く	ぐ	す	つ	ぬ	ぶ	む	る	[辭書形] ＋な[禁止形]
え段	え	け	げ	せ	て	ね	べ	め	れ	＋ます[可能形] ＋ば[條件形] [命令形]
お段	お	こ	ご	そ	と	の	ぼ	も	ろ	＋う[意向形]
音便	っ	い	い゛	し	っ	ん	ん゛	ん゛	っ	＋て（で）[て形] ＋た（だ）[た形]

※ 第Ⅰ類動詞：動詞變化的例外字

● 行きます（去）
   〔て形〕⇒ 行って　　（若按照上表原則應為：行いて）　 NG！
   〔た形〕⇒ 行った　　（若按照上表原則應為：行いた）　 NG！

● あります（有）
   〔ない　　形〕⇒ ない　　（若按照上表原則應為：あらない）　 NG！
   〔なかった形〕⇒ なかった　（若按照上表原則應為：あらなかった）　 NG！

第Ⅱ類動詞

● 「第Ⅱ類動詞」的變化方式最單純，只要去掉「ます形」的「ます」，再接續不同的變化形式即可。

● 目前，許多日本人已經習慣使用「去掉ら的可能形：れます」，但是「正式的日語可能形」說法，還是「られます」。

	ない	[ない形]
<ruby>食<rt>た</rt></ruby>べ	なかった	[なかった形]
<ruby>教<rt>おし</rt></ruby>え	られます	[受身形、尊敬形]
	させます	[使役形]
<ruby>起<rt>お</rt></ruby>き	ます	[ます形]
	る	[辞書形]
<ruby>見<rt>み</rt></ruby>	るな	[禁止形]
	られます（れます）	[可能形]（去掉ら的可能形）
<ruby>寝<rt>ね</rt></ruby>	れば	[條件形]
	ろ	[命令形]
・・・ 等等	よう	[意向形]
	て	[て形]
	た	[た形]

> 動詞變化的各種形

第Ⅲ類動詞

●「第Ⅲ類動詞」只有兩種，但是變化方式非常不規則。尤其是「来ます」，動詞變化之後，漢字部分的發音也改變。努力背下來是唯一的方法！

来（き）ます	します	動詞變化的各種形
来（こ）ない	しない	[ない形]
来（こ）なかった	しなかった	[なかった形]
来（こ）られます	されます	[受身形、尊敬形]
来（こ）させます	させます	[使役形]
来（き）ます	します	[ます形]
来（く）る	する	[辞書形]
来（く）るな	するな	[禁止形]
来（こ）られます（来（こ）れます）	できます	[可能形]（去掉ら的可能形）
来（く）れば	すれば	[條件形]
来（こ）い	しろ	[命令形]
来（こ）よう	しよう	[意向形]
来（き）て	して	[て形]
来（き）た	した	[た形]

說明：各詞類的「丁寧體」與「普通體」

認識「丁寧體」與「普通體」

文體	給對方的印象	適合使用的對象
丁寧體	有禮貌又溫柔	● 陌生人 ● 初次見面的人 ● 還不是那麼熟的人 ● 公司相關事務的往來對象 ● 晚輩對長輩 （如果是對自己家裡的長輩，則用「普通體」）
普通體	坦白又親近	● 家人 ● 朋友 ● 長輩對晚輩

● 用了不恰當的文體，會給人什麼樣的感覺？
　該用「普通體」的對象，卻使用「丁寧體」→ 會感覺有一點「見外」
　該用「丁寧體」的對象，卻使用「普通體」→ 會感覺有一點「不禮貌」

● 「丁寧體」和「普通體」除了用於表達，也會運用在某些文型之中：
　運用在文型當中的「丁寧體」→ 稱為「丁寧形」
　運用在文型當中的「普通體」→ 稱為「普通形」

「名詞」的「丁寧體」與「普通體」（以「学生」為例）

名詞	肯定形	否定形
現在形	がくせい 学生です （是學生）　　丁寧體	がくせい 学生じゃありません （不是學生）　　丁寧體
	がくせい 学生[だ] ※ （是學生）　　普通體	がくせい 学生じゃない （不是學生）　　普通體
過去形	がくせい 学生でした （（過去）是學生）　　丁寧體	がくせい 学生じゃありませんでした （（過去）不是學生）　　丁寧體
	がくせい 学生だった （（過去）是學生）　　普通體	がくせい 学生じゃなかった （（過去）不是學生）　　普通體

「な形容詞」的「丁寧體」與「普通體」（以「にぎやか」為例）

な形容詞	肯定形		否定形	
現在形	にぎやか<u>です</u> （熱鬧）	丁寧體	にぎやか<u>じゃありません</u> （不熱鬧）	丁寧體
	にぎやか[だ]※ （熱鬧）	普通體	にぎやか<u>じゃない</u> （不熱鬧）	普通體
過去形	にぎやか<u>でした</u> （（過去）熱鬧）	丁寧體	にぎやか<u>じゃありませんでした</u> （（過去）不熱鬧）	丁寧體
	にぎやか<u>だった</u> （（過去）熱鬧）	普通體	にぎやか<u>じゃなかった</u> （（過去）不熱鬧）	普通體

※「名詞」和「な形容詞」的「普通形-現在肯定形」如果加上「だ」，聽起來或看起來會有「感慨或斷定的語感」，所以不講「だ」的情況比較多。

「い形容詞」的「丁寧體」與「普通體」（以「おいしい」為例）

い形容詞	肯定形		否定形	
現在形	おいしい<u>です</u> （好吃的）	丁寧體	おいし<u>くないです</u> （不好吃）	丁寧體
	おいしい （好吃的）	普通體	おいしくない （不好吃）	普通體
過去形	おいし<u>かったです</u> （（過去）是好吃的）	丁寧體	おいし<u>くなかったです</u> （（過去）是不好吃的）	丁寧體
	おいしかった （（過去）是好吃的）	普通體	おいしくなかった （（過去）是不好吃的）	普通體

※「い形容詞」一律去掉「です」就是「普通體」。

「動詞」的「丁寧體」與「普通體」（以「飲みます」為例）

動詞	肯定形		否定形	
現在形	の 飲みます （喝）	丁寧體	の 飲みません （不喝）	丁寧體
	の 飲む（＝辭書形） （喝）	普通體	の 飲まない（＝ない形） （不喝）	普通體
過去形	の 飲みました （（過去）喝了）	丁寧體	の 飲みませんでした （（過去）沒有喝）	丁寧體
	の 飲んだ（＝た形） （（過去）喝了）	普通體	の 飲まなかった（＝ない形的た形）※ （（過去）沒有喝） ※亦叫做「なかった形」	普通體

說明：日文的敬語表現

基本上，日文的「敬語表現」可以分成「尊敬表現」和「謙讓表現」。
兩者的差別是：

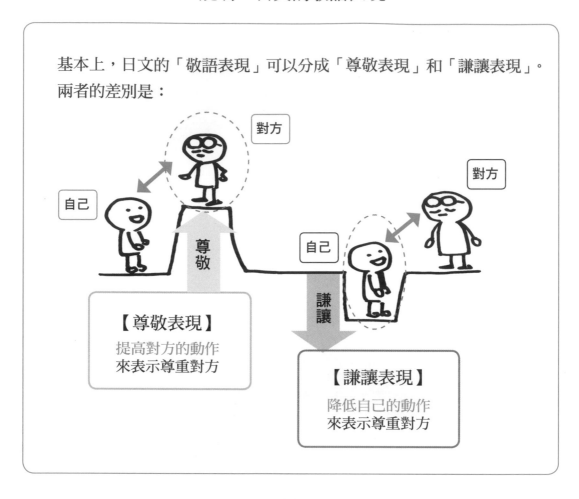

【尊敬表現】
提高對方的動作
來表示尊重對方

【謙讓表現】
降低自己的動作
來表示尊重對方

說明：尊敬表現

「尊敬表現」有六種型態：

（1）使用尊敬形

（2）お＋ [動詞－ます形] ＋に＋なります

（3）使用尊敬語

（4）お＋ [動詞－ます形] ＋です

（5）お＋ [動詞－ます形] ＋ください（要求的說法）

（6） [尊　敬　語　的　て　形] ＋ください（要求的說法）
　　　 [お＋ [動詞－ます形] ＋に＋なって] ＋ください（要求的說法）

接下來將以「読みます」（閱讀）為例，一一說明：

型態（1）：使用尊敬形

（例）部長は英語の新聞を読まれます。（部長會看英文報紙。）
　　ぶちょう　えいご　しんぶん　よ

> 【 ます形 】 読みます
> 【 尊敬形 】 読まれます ＝（受身形）

※【注意】
● 動詞的「尊敬形」和「受身形」的動詞變化型態完全一樣，必須根據會話
　內容來判斷到底是「尊敬形」還是「受身形」。

型態（2）：お＋［ 動詞－ます形 ］＋に＋なります

（例）部長は英語の新聞をお読みになります。（部長會看英文報紙。）
　　ぶちょう　えいご　しんぶん　よ

> 【 ます形 】 読みます
> 【尊敬表現】 お ＋ 読みます ＋ に ＋ なります

※【注意】
●「します、来ます、います、寝ます、見ます」等「ます的前面只有一個
　　　　　き　　　　　　ね　　　み
　音節的動詞」，不能套用這種型態的尊敬表現。

● 如果是「利用します、見物します」等「兩個漢字組成的動作性名詞」，
　尊敬表現則為「ご＋ 漢字 ＋に＋なります」。

說明：尊敬表現

型態（3）：使用尊敬語

（例）部長は英語の新聞をご覧になります。（部長會看英文報紙。）

【 ます形 】 読みます
【 尊敬語 】 ご覧になります

※【注意】：「尊敬形」和「尊敬語」的差異
● 尊敬「形」：是動詞變化之一，所有的「人為的動詞」都有「尊敬形」。
● 尊敬「語」：則是該單字本身已包含「尊敬」的意思。
● 並非所有的動詞都有「尊敬語」，生活中常用的動詞才有「尊敬語」。

型態（4）：お＋［動詞－ます形］＋です

（例）部長は今、新聞をお読みです。（部長現在正在看報紙。）

【 ます形 】 読みます
【尊敬表現】 お＋読みます＋です

※【注意】
●「お＋[動詞－ます形]＋です」的尊敬表現，只適用表示「現在的狀態」。
●「します、来ます、います、寝ます、見ます」等「ます的前面只有一個音節的動詞」，不能套用這種型態的尊敬表現。
● 如果是「利用します、見物します」等「兩個漢字組成的動作性名詞」，尊敬表現則為「ご＋ 漢字 ＋です」。

說明：尊敬表現

型態（5）：お＋［動詞－ます形］＋ください（要求的說法）

（例）説明書[せつめいしょ]をお読[よ]みください。（請您閱讀說明書。）

【 ます形 】 読みます
【尊敬表現】 お＋読みます＋ください

※【注意】
● 「します、来[き]ます、います、寝[ね]ます、見[み]ます」等「ます的前面只有一個音節的動詞」，不能套用這種型態的尊敬表現。
● 如果是「利用します、見物します」等「兩個漢字組成的動作性名詞」，尊敬表現則為「ご＋ 漢字 ＋ください」。

型態（6）：

[尊敬語的て形]＋ください（要求的說法）
[お＋[動詞ます形]＋に＋なって]＋ください（要求的說法）

（例）説明書[せつめいしょ]をご覧[らん]になってください。（請您閱讀說明書。）

【 ます形 】 読みます
【 尊敬語 】 ご覧になります
【尊敬表現】 ご覧になって（て形）＋ ください

（例）説明書[せつめいしょ]をお読[よ]みになってください。（請您閱讀說明書。）

【 ます形 】 読みます
【尊敬表現】 お＋読みます＋に＋なって＋ください

說明：謙讓表現

「謙讓表現」有兩種：（1）謙遜謙讓表現（2）鄭重謙讓表現

（1）謙遜謙讓表現

● 適用於：

自己的動作「會」涉及到對話的另一方。

翻譯時，可翻譯為：幫你［做］～、為你［做］～、［做］～給你、向你［做］～……等等

●「謙遜謙讓表現」有兩種型態：

型態（1）：お＋［動詞－ます形］＋します

（例）コーヒーをお入れします。（（我）泡咖啡給（您）。）

> 【　　ます形　　】入れます
> 【謙遜謙讓表現】お ＋ 入れます ＋ します

※【說明】

● 自己的動作（泡咖啡給您）會涉及到對方（您），適用「謙遜謙讓表現」。

型態（2）：使用「謙遜謙讓語」

（例）明日、先生の研究室に伺ってもいいですか。

（明天可以去拜訪老師的研究室嗎？）

> 【　　ます形　　】（相手の所へ）行きます（去對方那邊拜訪）
> 【謙遜謙讓語】伺います

※【說明】

● 自己的動作（去拜訪老師）會涉及到對方（老師），適用「謙遜謙讓表現」。

●「伺って（て形）＋も＋いいですか」表示「可以去拜訪嗎？」。

（2）鄭重謙讓表現

● 適用於：

　　自己的動作「不會」涉及到對話的另一方。

●「鄭重謙讓表現」有兩種型態：

型態（1）：使用「使役て形」

　　使役て形 ＋いただきます （※ 此為不需要對方許可的動作，表示「我～」。）

　（例）それでは、先に帰らせていただきます。

　　　　（那麼，（我）要先回去了。）

　　使役て形 ＋いただけませんか 或 使役て形 ＋いただきたいんですが
　（※ 此為需要對方許可的動作，表示「能否請你讓我～」。）

　（例） 調子が悪いので、早く帰らせていただけませんか。
　　　＝ 調子が悪いので、早く帰らせていただきたいんですが。

　　　　（因為身體不舒服，能不能請你讓我早點回去？）

　　【　　ます形　　】帰ります
　　【　　使役形　　】帰らせます
　　【鄭重謙讓表現】帰らせて（て形）＋いただきます　　（※動作不需對方許可）
　　　　　　　　　　帰らせて（て形）＋いただけませんか（※動作需對方許可）
　　　　　　　　　＝帰らせて（て形）＋いただきたいんですが

　※【說明】
　● 自己的動作（回去）不會涉及到對方，適用「鄭重謙讓表現」。

型態（2）：使用「鄭重謙讓語」

　（例）昼はハンバーガーをいただきました。（（我）中午吃了漢堡。）

　　【　　ます形　　】食べます
　　【鄭重謙讓語】いただきます

　※【說明】
　● 自己的動作（吃漢堡）不會涉及到對方，適用「鄭重謙讓表現」。
　●「いただきました」是「いただきます」的過去形。

常用【尊敬語、謙讓語】一覽表

☆：謙遜謙讓語　★：鄭重謙讓語　◎：謙遜・鄭重兩用

意義	尊敬語	丁寧體	謙讓語	
去	いらっしゃいます おいでになります	行_いきます	参_{まい}ります	◎
來	いらっしゃいます おいでになります お越_こしになります お見_みえになります	来_きます		
有（人、生命物）	いらっしゃいます	います	おります	★
正在〜、目前〜	〜ていらっしゃいます	〜ています	〜ております	★
吃	召_めし上_あがります	食_たべます	いただきます	◎
喝		飲_のみます		
得到	×	もらいます	いただきます	☆
得到〜動作好處	×	〜てもらいます	〜ていただきます	☆
給予	×	あげます	差_さし上_あげます	☆
給予〜動作好處	×	〜てあげます	〜てさしあげます	☆
給我	くださいます	くれます	×	
給我〜動作好處	〜てくださいます	〜てくれます	×	
說	おっしゃいます	言_いいます	申_{もう}します 申_{もう}し上_あげます	◎ ☆
看	ご覧_{らん}になります	見_みます	拝見_{はいけん}します	☆
做	なさいます	します	致_{いた}します	◎
見面	×	会_あいます	お目_めにかかります	☆
知道	ご存知_{ぞんじ}です	知_しっています	存_{ぞん}じています	◎

意義	尊敬語	丁寧體	謙讓語	
覺得～	x	～と思_{おも}います	～と存_{ぞん}じます	★
知道了、了解	x	わかりました （引_ひき受_うけました）	承_{しょうち}知しました かしこまりました	◎ ☆
睡覺	お休_{やす}みになります	寝_ねます	x	
借入	x	借_かります	拝_{はいしゃく}借します	☆
閱讀	ご覧_{らん}になります	読_よみます	拝_{はいどく}読します	☆
問	お尋_{たず}ねになります	聞_ききます （質問_{しつもん}します）	伺_{うかが}います	☆
去對方那邊拜訪	x	（相手_{あいて}の所_{ところ}へ） 行_いきます	伺_{うかが}います	☆
來對方這邊拜訪	x	（相手_{あいて}の所_{ところ}へ） 来_きます	上_あがります	☆
通知	x	知_しらせます	お耳_{みみ}に入_いれます	☆
穿	お召_めしになります	着_きます	x	
給～看	x	（相手_{あいて}に）見_みせます	お目_めにかけます ご覧_{らん}に入_いれます	☆ ☆
買	お求_{もと}めになります	買_かいます	x	
接受～恩惠等等	x	（恩恵_{おんけい}など）を 受_うけます	お／ご～にあずかります	◎
喜歡	お気_きに召_めします お目_めに止_とまります	気_きに入_いります	x	
被吩咐	x	言_いい付_つかります （命令_{めいれい}されます）	仰_{おお}せ付_つかります	☆
吩咐	仰_{おお}せ付_つけます	言_いい付_つけます （命令_{めいれい}します）	x	

總整理：動詞「敬語表現」分類

敬語表現

尊敬表現／對方的動作

① 尊敬表現 →
- （1）尊敬形
- （2）お＋[動詞－ます形]＋に＋なります
- （3）尊敬語
- （4）お＋[動詞－ます形]＋です
  ※只適用表示「現在的狀態」

② 指示要求 →
- （5）お＋[動詞－ます形]＋ください
- （6）[尊敬語的て形]＋ください
  お＋[動詞－ます形]＋に＋なって＋ください

謙讓表現／自己的動作

① 謙遜謙讓表現 →
動作「會」涉及對方。
- （1）お＋[動詞－ます形]＋します
- （2）謙遜謙讓語

② 鄭重謙讓表現 →
動作「不會」涉及對方。
- （1）[使役て形]＋いただきます
  ※動作「不需」對方許可
  [使役て形]＋いただけませんか
  ※動作「需要」對方許可
  [使役て形]＋いただきたいんですが
  ※動作「需要」對方許可
- （2）鄭重謙讓語

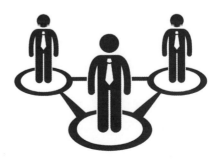

目錄

【每日一句】
自我介紹&交換名片

001 我是今天剛進入公司的山田太郎。

002 今後可能會給各位帶來麻煩，也請各位盡量指導我。

003 我會為了武藏貿易公司而努力。

004 我會拼命工作，力求對公司有所貢獻。

005 能給我一張您的名片嗎？

006 真不好意思，名片剛好用完了…。

007 抱歉，不曉得您的名字應該怎麼唸？

008 您的大名我從近藤先生那裡聽說過，非常久仰您的大名。

【每日一句】
寒暄&打招呼

009 我回來了。

010 我先告辭了。

011 好久不見。

012 今天在您這麼忙碌的時候打擾您了，真不好意思。

013 承蒙您的照顧。

014 承蒙您的關照，我是島津產業的李某某。

015 祝您新年快樂。

016 （客人來店時）歡迎光臨。
（客人離店時）謝謝惠顧。

【每日一句】
和主管互動

017 課長，企劃書做好了，請您過目。

018 能不能請您有空時，幫我過目一下？

019 其實，是有事要和您商量…。

020 我想您還是稍微休息一下比較好。

021 為了滿足課長的期待，我會努

050　請問您有預約嗎？

051　是半澤先生吧？我恭候大駕已久。

052　請用茶。

053　那麼，我帶您到總經理室。

054　波野正在開會，大概下午四點
　　　左右就會結束…。

055　半澤現在不在座位上，請您稍
　　　等一下。

056　謝謝您今天特地過來。

【每日一句】
會議

057　讓各位久等了。那麼緊接著就
　　　開始我們的會議吧。

058　我對淺野分店長的意見沒有異議。

【每日一句】
請求

059　能不能請您稍等一下呢？

060　我馬上調查看看，請您稍等一
　　　下好嗎？

061　（處理上）需要花一點時間，
　　　您可以等嗎？

062　請您坐在那邊稍候。

063　能不能請您再說一次？

064　能否請您再重新考慮一下？

065　不好意思，有點事想請教您。

066　不好意思，能不能請您過來一趟？

067　不好意思，能不能請您幫我影印？

068　那麼，就拜託您了。

069　方便的話，能不能告訴我呢？

070　能不能再寬限一點時間？

071　不好意思，您現在時間方便嗎？

072　麻煩您，可以請您填寫聯絡方
　　　式嗎？

073　可以請您填寫在這張表格上嗎？

074　請在閱讀這份契約後簽名。

【每日一句】
表示意見

075　我覺得那樣有點問題。

076　有關這個部分，可以請您（內
　　　部）再商討一下嗎？

077　（對上司或客人反駁、抱持不
　　　同意見時）恕我冒昧，…

078　我明白您的意思，但是…。

079　這個條件的話，我們公司在成
　　　本上根本划不來。

080　就是您說的那樣。

081　關於這件事，我改天再跟您談。

082　我看一下。

083　我馬上過去拿。

084　承辦人員非常了解，所以請您
　　　放心。

【每日一句】
提出疑問

085　不好意思，請問您是高橋先生嗎？

086 對不起，請問是您本人嗎？

087 您有什麼事嗎？

088 您所說的意思是…？

089 這樣子可以嗎？

好接受了。

大家學標準日本語【每日一句】

商務會話篇

MP3 001

我是今天剛進入公司的<u>山田太郎</u>。

本日入社いたしました<u>山田太郎</u>と申します。
（ほんじつにゅうしゃ）（やまだ たろう）（もう）

動詞：進入公司
（入社いたします
⇒過去肯定形）
（入社します的謙讓語）

助詞：表示
提示內容

動詞：説、叫做
（言います的謙讓語）

本日　　入社いたしました　　山田太郎　と　申します。

今天　（我）進入公司，　　　（我）叫做　山田太郎。

使用文型

[動作性名詞] ＋ いたします　　　動作性名詞 ＋ します　的謙讓表現

入社（進入公司）　→　入社いたします　　　　（我進入公司）
　　　　　　　　　　　（にゅうしゃ）

説明（說明）　→　説明いたします　　　（我來說明）
　　　　　　　　　（せつめい）

外出（外出）　→　外出いたします　　　（我要外出）
　　　　　　　　　（がいしゅつ）

用法 新進人員第一天上班向公司同仁打招呼時，可以用這句話當作開頭用語。

會話練習

內藤：今日から営業課で働くことになった山田太郎君です。
<small>從今天開始 　　　　　　　　　　決定要工作了（非由自己一個人意志所決定的）</small>

山田：本日入社いたしました山田太郎と申します。みなさん
<small>　　　　　　　　　　　　　　　　　　　　　　各位</small>

　　　よろしくお願いします。
<small>　　　請多多指教</small>

內藤：じゃあ、山田君は半沢君のもとで*いろいろ仕事の
<small>　　　　　　　　　　在半澤的身邊 　　　各種</small>

　　　基礎を教わってください*。
<small>　　　請學習</small>

半沢：半沢です。どうぞよろしく。
<small>　　　請多多指教</small>

使用文型

[名詞（某人）]＋の＋もとで、〜　　在〜的身邊 [做]〜

半沢君（半澤）	→ 半沢君のもとで*	（在半澤的身邊）
先生（老師）	→ 先生のもとで	（在老師的身邊）
親（父母親）	→ 親のもとで	（在父母親的身邊）

動詞

[て形]＋ください　　請 [做]〜

※「丁寧體文型」為「動詞て形 ＋ ください」。
※ 口語時，通常採用「普通體文型」說法，可省略「ください」。

教わります（學習）	→ 教わってください*	（請學習）
考えます（考慮）	→ 考えてください	（請考慮）
確認します（確認）	→ 確認してください	（請確認）

中譯
內藤：這位是從今天開始要在營業課工作的山田太郎。
山田：我是今天剛進入公司的山田太郎。請各位多多指教。
內藤：那麼，就請山田在半澤身邊學習各種工作上的基礎知識。
半澤：我是半澤。請多多指教。

今後可能會給各位帶來麻煩，也請各位盡量指導我。

今後、何かとご迷惑をおかけすると思いますが、
こんご　なに　　　　　めいわく　　　　　　　　　　　　　　　おも

ご指導のほどよろしくお願い申し上げます。
しどう　　　　　　　　　　　　　　ねが　　もう　　あ

| 名詞（疑問詞）：什麼、任何 | 助詞：表示不特定 | 助詞：表示提示內容 |

今後 、 何 か と

今後 任何（方面）

| 接頭辭：表示美化、鄭重 | 助詞：表示動作作用對象 | 接頭辭：表示美化、鄭重 | 動詞：添（麻煩）（かけます⇒ます形除去[ます]） | 動詞：做（します⇒辭書形） | 助詞：表示提示內容 | 動詞：覺得 | 助詞：表示前言 |

ご 迷惑 を お かけ する と 思います が 、

（我）覺得　　會給您添 麻煩

| 接頭辭：表示美化、鄭重 | 助詞：表示單純接續 | 形式名詞：表示緩折 | い形容詞：好（よろしい⇒副詞用法） | 接頭辭：表示美化、鄭重 | 動詞：拜託、祈願（願います⇒ます形除去[ます]） | 動詞：做（します的謙讓語） |

ご 指導 の ほど よろしく お 願い 申し上げます 。

指導方面　　　　　　請您多多指教。

[動詞]

お＋[ます形]＋します　　謙譲表現：（動作渉及對方的）[做]～

かけます（添（麻煩））	→ ご迷惑をおかけします	（給您添麻煩）
持ちます（拿）	→ お持ちします	（我為您拿）
呼びます（呼叫）	→ お呼びします	（我為您呼叫）

[動詞]

お＋[ます形]＋申し上げます　　謙譲表現：（動作渉及對方的）[做]～

※ 此文型是「お＋動詞ます形＋します」的更謙讓的説法。但適用的動詞很少，請參考下方用例。

願います（拜託）	→ お願い申し上げます	（我拜託您）
察します（體諒）	→ 心中お察し申し上げます	（我體諒您的心情）
悔やみます（哀悼）	→ お悔やみ申し上げます	（我為您哀悼）

用法 新進人員向前輩請求指導時，可以說這句話。

會話練習

半沢：こちら が内藤部長。
　　　　這位　　表示：焦點

内藤：山田君、よろしくね。
　　　　　　　　請多多指教；「ね」表示「留住注意」

山田：今後、何かとご迷惑をおかけすると思いますが、

　　　ご指導のほどよろしくお願い申し上げます。

内藤：いやあ、今時の若者にしては 言葉遣いも丁寧だね。
　　　　嗯～　　現在　　以年輕人來說；「は」表示　用字遣詞　有禮貌；「ね」表示
　　　　　　　　　　　　　　「對比（區別）」　　　　　　　　　「感嘆」

　　　期待してるよ。
　　　很期待；「期待しているよ」的省略說法；「よ」表示「提醒」

中譯 半澤：這位是內藤部長。
　　　內藤：山田，請多多指教。
　　　山田：今後可能會給各位帶來麻煩，也請各位盡量指導我。
　　　內藤：嗯～，以現在的年輕人來說，你的用字遣詞也是有禮貌的，我很期待
　　　　　　（你的表現）喔。

MP3 003

我會為了武藏貿易公司而努力。

武蔵商社のため、努力して参ります。
む さししょうしゃ　　　　　ど りょく　　　まい

| 助詞：表示所屬
（屬於文型上的用法） | 形式名詞：
為了～ | 動詞：努力
（努力します
⇒て形） | 補助動詞：
（いきます的謙讓語） |

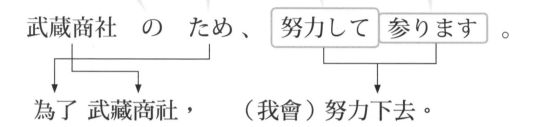

武蔵商社　　の　　ため、　　努力して　　参ります　　。

為了 武藏商社，　　　（我會）努力下去。

使用文型

動詞

[て形] ＋ いきます　　動作和時間（現在⇒未來的動作繼續）

※「参ります」是「いきます」的謙讓語。

努力します（努力）	→ 努力していきます　　　　　　（努力下去） 　　　ど りょく
歩きます（走路）	→ 歩いていきます　　　　　　　（走下去） 　　　ある
生きます（生存）	→ 生きていきます　　　　　　　（生存下去） 　　　い

用法　新進人員第一天上班時，可以用這句話向公司同仁表達自己的工作決心。

會話練習

山田：半沢さん、これから お世話になります。武蔵商社の
　　　　　　　　　今後　　　要受您照顧

ため、努力して参ります。

半沢：まあ、そんな肩肘張らずに＊リラックスして。
　　　總之　　　不要那麼緊張　　　　請放輕鬆；「リラックスしてください」的省略說法

山田：はい。でも、どうしても 緊張してしまいます＊。
　　　　　　　　無論如何也…　　　　會不由得緊張

半沢：はっは。僕も最初はそうだったよ。
　　　　　　　　　一開始　　是那樣；「よ」表示「感嘆」

使用文型

動詞

[ない形] ＋ ずに　　附帶狀況（＝ないで）

肩肘張ります（緊張）	→ 肩肘張らずに＊	（在不緊張的狀態下，做～）
見ます（看）	→ 見ずに	（在不看的狀態下，做～）
書きます（寫）	→ 書かずに	（在不寫的狀態下，做～）

動詞

[て形] ＋ しまいます　　無法抵抗、無法控制

緊張します（緊張）	→ 緊張してしまいます＊	（不由得緊張）
笑います（笑）	→ 笑ってしまいます	（不由得笑出來）
泣きます（哭泣）	→ 泣いてしまいます	（不由得哭出來）

中譯　山田：半澤先生，今後要受您照顧。我會為了武藏貿易公司而努力。
　　　　半澤：總之，不要那麼緊張，請放輕鬆。
　　　　山田：好的。可是，我無論如何還是會覺得緊張。
　　　　半澤：哈哈。我一開始也是那樣喔。

035

🔘 MP3 004

我會拼命工作，力求對公司有所貢獻。

一生懸命仕事に取り組んで、会社に
貢献できるよう頑張ります。

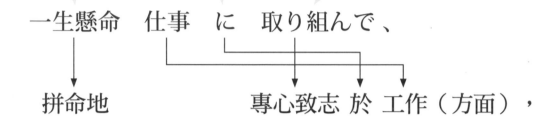

| 副詞：拼命地 | 助詞：表示方面 | 動詞：專心致志
（取り組みます⇒て形）
（て形表示附帯状況） |

一生懸命　仕事　に　取り組んで、

拼命地　　　　　　　　專心致志　於　工作（方面），

| 助詞：
表示方面 | 動詞：貢獻
（貢献します
⇒可能形［貢献できます］
的辭書形） | 連語：
為了～、希望～而～
（可省略に） | 動詞：加油 |

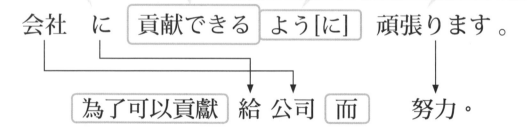

会社　に　貢献できる　よう[に]　頑張ります。

為了可以貢獻　給　公司　而　　努力。

使用文型

[辭書形 ／ ない形] ＋ ように、～　　表示目的

※ 可省略「に」。

| 辭書 | 貢献できます（可以貢獻） | → 貢献できるように | （為了可以貢獻） |
| ない | 寝坊します（睡過頭） | → 寝坊しないように | （為了不要睡過頭） |

用法　新進人員第一天上班和公司同仁打招呼時，可以用這句話作為總結。

會話練習

田中：今日から*ここで働くことになった*台湾出身の
　　　（從今天開始）　　（決定要工作了）　（來自台灣）
　　　林宏樹君です。

同僚：よろしくお願いします。
　　　（請多多指教）

林：一生懸命仕事に取り組んで、会社に貢献できるよう
　　頑張ります。みなさんよろしくお願いします。
　　　　　　　　（各位）

使用文型

[時間詞] ＋ から　　從～開始

今日（今天）	→ 今日から*	（從今天開始）
来週（下星期）	→ 来週から	（從下星期開始）
午後（下午）	→ 午後から	（從下午開始）

動詞

[辭書形] ＋ ことになった　　決定 [做] ～了（非自己一個人意志所決定的）

働きます（工作）	→ 働くことになった*	（決定要工作了）
転勤します（轉職）	→ 転勤することになった	（決定要轉職了）
止めます（停止）	→ 止めることになった	（決定要停止了）

中譯　田中：這位是從今天開始要在這裡工作，來自台灣的林宏樹。
　　　　　同事：請多多指教。
　　　　　　林：我會拼命工作，力求對公司有所貢獻。請各位多多指教。

MP3 005

能給我一張您的名片嗎？

名刺を頂戴できますか。
めいし　　ちょうだい

助詞：表示
動作作用對象

動詞：領受、得到
（頂戴します
⇒可能形）

助詞：表示疑問

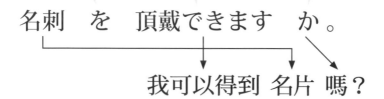

名刺　を　頂戴できます　か。

我可以得到 名片 嗎？

使用文型

[名詞] ＋ を ＋ 頂戴できますか　　可以給我～嗎？

名刺（名片）	→ 名刺を頂戴できますか	（可以給我名片嗎？）
写真（照片）	→ 写真を頂戴できますか	（可以給我照片嗎？）
返事（回覆）	→ 返事を頂戴できますか	（可以給我回覆嗎？）

用法　想要對方的名片時，可以說這句話。

會話練習

（展示会で）
（てんじかい）

羽根（はね）：なかなか面白い（おもしろ）製品（せいひん）です*ね。
相當有趣的　　　　　　　　　　　　　表示：表示同意

呂（ろ）：お気（き）に召（め）していただき*光栄（こうえい）です。
謙讓表現：請您為我中意（得到您的喜歡）；「いただきます」除去「ます」是「句中的中止形用法」

羽根（はね）：名刺（めいし）を頂戴（ちょうだい）できますか。

呂（ろ）：もちろんでございます。私（わたくし）、台益工業（たいえきこうぎょう）の呂心潔（ろしんけつ）
當然

と申（もう）します。
謙讓表現：我是某人

使用文型

なかなか ＋ 肯定表現　　相當～

| 動 | かかります（花（銭））（かね） | → なかなかお金（かね）がかかります | （相當花錢） |

| い | 面白い（おもしろ）（有趣的） | → なかなか面白い（おもしろ）製品（せいひん）です* | （相當有趣的產品） |

| な | にぎやか（な）（熱鬧） | → なかなかにぎやかな町（まち）です | （相當熱鬧的城市） |

動詞

[て形] ＋ いただき　　謙讓表現：請您（為我）[做]～

お気に召します（中意）	→ お気（き）に召（め）していただき*	（請您（為我）中意）
書きます（寫）（か）	→ 書（か）いていただき	（請您（為我）寫）
考え直します（重新考慮）（かんが）（なお）	→ 考（かんが）え直（なお）していただき	（請您（為我）重新考慮）

中譯　（在展示會上）
羽根：是相當有趣的產品耶。
呂：您喜歡，我覺得很光榮。
羽根：能給我一張您的名片嗎？
呂：當然可以。我是台益工業的呂心潔。

MP3 006

真不好意思，名片剛好用完了…。
申し訳ございません。
ただ今、名刺を切らしておりまして…。

招呼用語

申し訳ございません 。
↓
真不好意思，

助詞：
表示動作作用對象

動詞：用盡、用光
（切らします
⇒て形）

補助動詞：
（おります⇒ます形的て形）
（います的謙譲語）
（〜まして屬於鄭重的表現方式）
（て形表示原因）

ただ今 、名刺 を 切らして おりまして …。
↓
現在 因為處於 用完 名片 的狀態 …

使用文型

動詞

[て形] ＋ おります 目前狀態（謙讓表現）

切らします（用光） → 名刺を切らしております （名片目前是用光的狀態）

結婚します（結婚） → 結婚しております （目前是已婚的狀態）

外します（離開） → 席を外しております （目前是離開座位的狀態）

動詞	い形容詞	な形容詞

[て形 / －い＋くて / －な＋で / 名詞＋で]、～　因為～，所以～

動	～ております（目前是～狀態）	→ 切らしておりまして	（因為目前是用光的狀態，所以～）
い	高い（貴的）	→ 高くて	（因為很貴，所以～）
な	簡単（な）（簡單）	→ 簡単で	（因為很簡單，所以～）
名	支店（分店）	→ 支店で	（因為是分店，所以～）

用法 忘記帶名片時，可以用這句話當作藉口。但是要特別注意避免發生這種狀況。

會話練習

近藤：はじめまして、私、島津産業の近藤と申します。
<small>初次見面，您好　　　　　　　　　　　　　　　　謙讓表現：我是某人</small>

鈴木：こちらこそよろしくお願いします。こちら、名刺です。
<small>也請您多多指教；「こちらこそ」字面意義是「我這邊才是」，就是「彼此彼此」的意思</small>

近藤：あ、頂戴します。申し訳ございません。
<small>我收下了，謝謝</small>

ただ今、名刺を切らしておりまして…。

鈴木：ああ、いえ。では、さっそく 例の件について*
<small>　　　　　沒關係　　　　　立刻（進入正題）　關於上次那件事</small>

お話を伺いたい のですが。
<small>謙讓表現：我想要請教您　「のです」＝「んです」，表示「強調」；</small>
<small>　　　　　　　　　　　　　「が」表示「前言」，是一種緩折的語氣</small>

使用文型

[名詞] ＋ について　　關於～

件（事情）	→ 例の件について*	（關於上次那件事）
原因（原因）	→ 原因について	（關於原因）

中譯 近藤：初次見面，您好，我是島津產業的近藤。
　　　鈴木：您好，也請您多多指教。這是我的名片。
　　　近藤：啊，我收下了，謝謝。真不好意思，名片剛好用完了…。
　　　鈴木：啊～，沒關係。那麼，立刻進入正題，關於那件事情，我想要請教您。

抱歉，不曉得您的名字應該怎麼唸？

しつれい　　　　　　なん　　　よ
失礼ですが、何とお読みするのでしょうか。

な形容詞：失禮	助動詞：表示斷定（現在肯定形）	助詞：表示前言

失礼　です　が、

↓

抱歉，

名詞（疑問詞）：什麼、任何	助詞：表示提示內容	接頭辭：表示美化、鄭重	動詞：讀（読みます⇒ます形除去[ます]）	動詞：做（します⇒辭書形）	んですか的鄭重問法

何　と　お 読み する　のでしょう　か。

（您的姓名）　我要唸成　什麼　呢？

使用文型

動詞

お ＋ [ます形] ＋ します　　謙讓表現：（動作涉及對方的）[做] ～

読みます（讀）	→ お読みします	（我要為您讀）
入れます（泡（咖啡））	→ コーヒーをお入れします	（我泡咖啡給您）
呼びます（呼叫）	→ タクシーをお呼びします	（我為您叫計程車）

動詞／い形容詞／な形容詞＋な／名詞＋な

[　　　　普通形　　　　]＋んですか　　關心好奇、期待回答

※「な形容詞」、「名詞」的「普通形-現在肯定形」，需要有「な」再接續。

動	お読みします（要為您讀）	→ 何とお読みするんですか（要為您讀做什麼？）
11	詳しい（詳細的）	→ 詳しいんですか　　　　　（詳細嗎？）
な	安価（な）（便宜）	→ 安価なんですか　　　　　（便宜嗎？）
名	赤字（逆差）	→ 赤字なんですか　　　　　（是逆差嗎？）

用法　不知道對方的名字該怎麼唸時，可以用這句話詢問對方。

會話練習

冷牟田：どうぞよろしくお願いします。（名刺を渡す）
　　　　　　　　　　請多多指教　　　　　　　　　遞出名片

半沢：あ、どうも。…失礼ですが、何とお読みするの
　　　　　謝謝

　　　でしょうか。

冷牟田：「ひやむた」です。全国にも３００人ぐらいしかいない
　　　　　　　　　　　　　　　　　　　也只有300人左右

　　　らしいんですよ。
　　　聽說　表示：強調　表示：提醒

半沢：「ひやむた」さんですね。どうぞよろしく。
　　　　　　　　　　　　　表示：再確認

中譯　冷牟田：請多多指教。（遞出名片）
　　　　半澤：啊，謝謝。…非常抱歉，不曉得您的名字應該怎麼唸？
　　　　冷牟田：唸做「冷牟田」。聽說在全國也只有300人左右是姓這個姓喔。
　　　　半澤：是「冷牟田」先生沒錯吧？請多多指教。

MP3 008

您的大名我從近藤先生那裡聽說過，
非常久仰您的大名。

お名前(なまえ)は、近藤(こんどう)さんから聞(き)いて
おりましたので、よく存(ぞん)じ上(あ)げております。

| 接頭辭：表示美化、鄭重 | 助詞：表示對比（區別） | 接尾辭：〜先生、〜小姐 | 助詞：表示動作的對方（授方） | 動詞：聽、問（聞きます⇒て形） | 補助動詞：（おります⇒過去肯定形）（います的謙讓語） | 助詞：表示原因理由 |

お 名前 は、近藤 さん から ［聞いて］［おりました］ ［ので］、

［因為］您的大名（是）從 近藤 先生 ［已經］［聽過］［的狀態］，

| 副詞：好好地 | 動詞：知道（存じ上げます⇒て形） | 補助動詞：（います的謙讓語） |

よく ［存じ上げて］［おります］。

非常 ［處於］［知道］［的狀態］。

使用文型

> 動詞
>
> [て形] ＋ おります　　目前狀態（謙讓表現）
>
> | 聞きます（聽） | → 聞(き)いております | （目前是聽過的狀態） |
> | 存じ上げます（知道） | → 存(ぞん)じ上(あ)げております | （目前是知道的狀態） |
> | 働きます（工作） | → 働(はたら)いております | （目前是有工作的狀態） |

動詞／い形容詞／な形容詞＋な／名詞＋な

[　　　　　普通形　　　　　]＋ので　因為～

※「な形容詞」、「名詞」的「普通形-現在肯定形」，需要有「な」再接續。

動	故障します（故障）	→ 故障したので	（因為故障了）
い	詳しい（詳細的）	→ 詳しいので	（因為很詳細）
な	高価（な）（高價）	→ 高価なので	（因為很高價）
名	得意先（老客戶）	→ 得意先なので	（因為是老客戶）

動詞／い形容詞／な形容詞／名詞

[　　　　　丁寧形　　　　　]＋ので　因為～

動	聞いております（有聽過的狀態）	→ 聞いておりますので	（因為有聽過）
い	詳しい（詳細的）	→ 詳しいですので	（因為很詳細）
な	高価（な）（高價）	→ 高価ですので	（因為很高價）
名	得意先（老客戶）	→ 得意先ですので	（因為是老客戶）

用法　第一次見面，想要抬舉對方時，可以說這句話。

會話練習

近藤：こちら、同僚の高野さんです。
　　　這位　　　同事

高野：初めまして。高野と申します。
　　　初次見面　　　謙讓表現：我是某人

半沢：半沢です。お名前は、近藤さんから聞いておりましたので、

　　　よく存じ上げております。どうぞよろしく。
　　　　　　　　　　　　　　　　請多多指教

中譯　近藤：這位是我的同事—高野先生。
　　　高野：初次見面，我是高野。
　　　半澤：我是半澤。您的大名我從近藤先生那裡聽說過，非常久仰您的大名。請
　　　　　　多多指教。

我回來了。
ただ今、戻りました。

> 動詞：返回
> （戻ります
> ⇒過去肯定形）

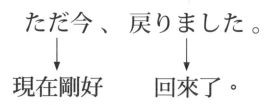

ただ今 、 戻りました 。
↓ ↓
現在剛好　　　回來了。

相關表現

「上班時間要外出」的常用表現

要外出時	→ では、行ってまいります	（那麼，我走了）
告知○○點回公司	→ 3時までには会社に戻ります	（三點以前會回公司）

用法 外出後再回到公司時，可以用這句話來通知大家自己已經回來了。

會話練習

山田：半沢課長、ただ今、戻りました。

半沢：ああ、どうだった？　初めての外回りは。
　　　　　覚得怎樣？　　　第一次的外勤；「は」表示「主題」；
　　　　　　　　　　　　　原本的語順是：初めての外回りはどうだった？

山田：契約はまだ取れませんでした。
やまだ　けいやく　　　　　　と
還沒拿到

半沢：そりゃ、初めての外回りだからね※。
はんざわ　　　　　　はじ　　　　　そとまわ
那個；「それは」的「縮約表現」　　因為是外勤的緣故吧

まずは場数を踏んで 営業の仕事に 慣れてください※。
　　　　ば　かず　ふ　　えいぎょう　しごと　　な
　　　　累積經驗　　　　　　　　表示：方面　　　請習慣

使用文型

[動詞／い形容詞／な形容詞＋だ／名詞＋だ]

[　　　　普通形　　　　] ＋ からね　　因為〜的緣故吧

※「な形容詞」、「名詞」的「普通形-現在肯定形」，需要有「だ」再接續。

動	遅れます（延誤）	→ 遅れたからね	（因為延誤了的緣故吧）
い	暑い（炎熱的）	→ 暑かったからね	（因為很熱的緣故吧）
な	貴重（な）（珍貴）	→ 貴重だからね	（因為很珍貴的緣故吧）
名	外回り（外勤）	→ 初めての外回りだからね※	（因為是第一次外勤的緣故吧）

[動詞]

[て形] ＋ ください　　請 [做]〜

※「丁寧體文型」為「動詞て形 ＋ ください」。
※ 口語時，通常採用「普通體文型」説法，可省略「ください」。

慣れます（習慣）	→ 慣れてください※	（請習慣）
掃除します（打掃）	→ 掃除してください	（請打掃）
聞きます（聽）	→ 聞いてください	（請聽）

中譯　山田：半澤課長，我回來了。
　　　半澤：啊〜，怎麼樣？第一次跑外勤。
　　　山田：還沒有簽到合約。
　　　半澤：那是因為你第一次跑外勤的緣故吧。首先要請你累積經驗，習慣業務
　　　　　　的工作。

我先告辭了。
お先^{さき}に 失礼^{しつれい}させていただきます。

| 接頭辭：
表示美化、
鄭重 | 副詞：
先 | 動詞：告辭
（失礼します
⇒使役形 [失礼させます]
的て形） | 補助動詞 |

お　先に　[失礼させて]　[いただきます]　。

[請您]　[讓我]　先　[告辭]　。

使用文型

[動詞]

[使役て形] ＋ いただきます　　謙讓表現：請您讓我 [做] ～

失礼させます（讓～告辭）	→ 失礼させていただきます	（請您讓我告辭）
説明させます（讓～説明）	→ 説明させていただきます	（請您讓我説明）
読ませます（讓～讀）	→ 読ませていただきます	（請您讓我讀）

用法 比同事、或上司先行下班時，可以用這句話來打聲招呼再離開。

會話練習

上戸（うえと）：お先（さき）に失礼（しつれい）させていただきます。

半沢（はんざわ）：あ、お疲（つか）れさま。どうしたの？* 今日（きょう）は早（はや）いね。
辛苦了　　　　怎麼了嗎？　　　　　　　很早耶；「ね」表示主張

上戸（うえと）：大学（だいがく）の知（し）り合（あ）いと食事会（しょくじかい）があるんです*。
和朋友　　　　因為有聚餐；「んです」表示「理由」

半沢（はんざわ）：そうか、いってらっしゃい。
慢走

使用文型

動詞／い形容詞／な形容詞＋な／名詞＋な

[　　　　　　普通形　　　　　　]＋の？　關心好奇、期待回答

※ 此為「普通體文型」用法，「丁寧體文型」為「～んですか」。
※「な形容詞」、「名詞」的「普通形-現在肯定形」，需要有「な」再接續。

動	どうします（怎麼了）	→ どうしたの？*	（怎麼了嗎？）
い	暑（あつ）い（炎熱的）	→ 暑（あつ）いの？	（熱嗎？）
な	有名（ゆうめい）（な）（有名）	→ 有名（ゆうめい）なの？	（有名嗎？）
名	会社員（かいしゃいん）（公司職員）	→ 会社員（かいしゃいん）なの？	（是公司職員嗎？）

動詞／い形容詞／な形容詞＋な／名詞＋な

[　　　　　　普通形　　　　　　]＋んです　理由

※ 此為「丁寧體文型」用法，「普通體文型」為「～んだ」。
※「な形容詞」、「名詞」的「普通形-現在肯定形」，需要有「な」再接續。

動	あります（有）	→ 食事会（しょくじかい）があるんです*	（因為有聚餐）
い	つまらない（無聊的）	→ つまらないんです	（因為很無聊）
な	優秀（ゆうしゅう）（な）（優秀）	→ 優秀（ゆうしゅう）なんです	（因為很優秀）
名	新入社員（しんにゅうしゃいん）（新進員工）	→ 新入社員（しんにゅうしゃいん）なんです	（因為是新進員工）

中譯
上戸：我先告辭了。
半澤：啊，辛苦了。怎麼了嗎？今天很早（離開）耶。
上戸：因為和大學朋友有聚餐活動。
半澤：這樣子啊，請慢走。

MP3 011

好久不見。
ご無沙汰しております。

動詞：久未問候
（ご無沙汰します⇒て形）

補助動詞：
（います的謙讓語）

ご無沙汰して ｜ おります 。

處於 ｜ 久未問候 ｜ 的狀態 。

使用文型

動詞

[て形] ＋ おります　　目前狀態（謙讓表現）

ご無沙汰します（久未問候）	→ ご無沙汰しております	（目前是久未問候的狀態）
住みます（居住）	→ 京都に住んでおります	（目前是住在京都的狀態）
働きます（工作）	→ 働いております	（目前是有工作的狀態）

用法　「お久しぶりです」（好久沒有看到你）的另一種説法。

會話練習

半沢：あれ？　近藤さん？
咦？　　　　是近藤先生嗎？

近藤：ああ、武蔵商社の半沢さんじゃありませんか。
不是半澤先生嗎？「〜じゃありませんか」的語調下降時表示「反問」

半沢：いやあ、ご無沙汰しております。
呀〜

近藤：そうですね。最後に会ったのは２年前でしたっけ？*
見面時間；　　　　　　是不是兩年前來著？
「の」表示「代替名詞」，
等同「時期」

使用文型

動詞／い形容詞／な形容詞／名詞

[　　　　丁寧形　　　　]＋っけ？　　是不是〜來著？

動	言います（說）	→ 言いましたっけ？	（是不是說了〜來著？）
い	危ない（危險的）	→ 危なかったですっけ？	（是不是很危險來著？）
な	まじめ（な）（認真）	→ まじめでしたっけ？	（是不是很認真來著？）
名	２年前（兩年前）	→ ２年前でしたっけ？*	（是不是兩年前來著？）

動詞／い形容詞／な形容詞＋だ／名詞＋だ

[　　　　普通形　　　　]＋っけ？　　是不是〜來著？

※「な形容詞」、「名詞」的「普通形-現在肯定形」，需要有「だ」再接續。

動	言います（說）	→ 言ったっけ？	（是不是說了〜來著？）
い	危ない（危險的）	→ 危なかったっけ？	（是不是很危險來著？）
な	まじめ（な）（認真）	→ まじめだったっけ？	（是不是很認真來著？）
名	先週（上星期）	→ 先週だったっけ？	（是不是上星期來著？）

中譯　半澤：咦？是近藤先生嗎？
　　　近藤：啊〜，這不是武藏貿易公司的半澤先生嗎？
　　　半澤：呀〜，好久不見。
　　　近藤：對啊。最後一次見面是不是兩年前來著？

MP3 012

今天在您這麼忙碌的時候打擾您了，真不好意思。

本日(ほんじつ)はお忙(いそが)しいところをお邪魔(じゃま)いたしました。

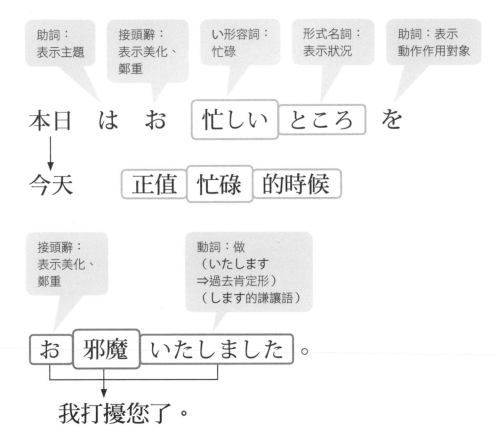

| 助詞：
表示主題 | 接頭辭：
表示美化、
鄭重 | い形容詞：
忙碌 | 形式名詞：
表示狀況 | 助詞：表示
動作作用對象 |

本日　は　お　[忙しい] [ところ] を

↓

今天　　　 [正值] [忙碌] [的時候]

| 接頭辭：
表示美化、
鄭重 | 動詞：做
（いたします
⇒過去肯定形）
（します的謙讓語） |

お [邪魔] [いたしました] 。

↓

我打擾您了。

使用文型

動詞／い形容詞／な形容詞＋な／名詞＋の

[　　　　　普通形　　　　　]＋ところ　　　正值～的時候

※「な形容詞」的「普通形-現在肯定形」，需要有「な」；「名詞」需要有「の」再接續。

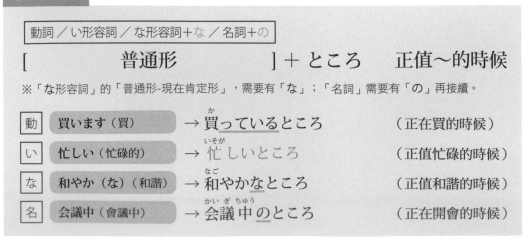

動	買います（買）	→ 買(か)っているところ	（正在買的時候）
い	忙しい（忙碌的）	→ 忙(いそが)しいところ	（正值忙碌的時候）
な	和やか（な）（和諧）	→ 和(なご)やかなところ	（正值和諧的時候）
名	会議中（會議中）	→ 会議中(かいぎちゅう)のところ	（正在開會的時候）

お／ご＋[動作性名詞]＋します　謙讓表現：(動作涉及對方的) [做] ～

邪魔（打擾）	→ お邪魔します	（我要打擾您）
説明（說明）	→ ご説明します	（我來為您說明）
案内（導覽）	→ ご案内します	（我來為您導覽）

用法 因為業務需要或會議到對方的公司拜訪，準備離開時，可以用這句話作為告別的寒喧用語。

會話練習

半沢：…それでは、よろしくお願いします。
　　　　　　　　　　　　　　　　請多多指教

高野：はい、こちらこそどうぞよろしく。
　　　　也請您多多指教；「こちらこそ」字面意義是「我這邊才是」，就是「彼此彼此」的意思

半沢：本日はお忙しいところをお邪魔しました。
　　　　　　　　　　　　　　　　　　　「お邪魔しました」屬於「謙讓表現」，
　　　　　　　　　　　　　　　　　　　「お邪魔いたしました」則是更加謙讓的用法。

高野：いえ、いつでも いらしてください*。
　　　哪裡的話　　　隨時　　請來；「いらしてください」是「いらっしゃってください」的「縮約表現」

使用文型

動詞

[て形]＋ください　請 [做] ～

※「丁寧體文型」為「動詞て形 ＋ ください」。
※ 口語時，通常採用「普通體文型」説法，可省略「ください」。

いらっしゃいます（來）	→ いらっしゃってください*	（請來）
決めます（決定）	→ 決めてください	（請決定）
支払います（支付）	→ 支払ってください	（請支付）

中譯 半澤：…那麼，請多多指教。
　　　高野：好的，也請您多多指教。
　　　半澤：今天在您這麼忙碌的時候打擾您了，真不好意思。
　　　高野：哪裡的話，隨時歡迎您過來。

MP3 013

承蒙您的照顧。
お世話になっております。
（せ わ）

接頭辭：
表示美化、
鄭重

連語：受照顧
（世話になります
⇒て形）

補助動詞：
（います的謙讓語）

お ｜ 世話になって ｜ おります ｜ 。

｜ 處於 ｜ 受您照顧 ｜ 的狀態 ｜ 。

使用文型

動詞

[て形] ＋ おります　　目前狀態（謙讓表現）

お世話になります（受照顧）→ お世話になっております（目前是受照顧的狀態）（せ わ）

外します（離開）→ 席を外しております（目前是離開座位的狀態）（せき はず）

働きます（工作）→ 働いております（目前是有工作的狀態）（はたら）

用法　適合和有業務往來的對象，作為打招呼的第一句話。

會話練習

（電話を横で聞いていて）
在一旁聽別人講電話

山田：お世話になっております。武蔵商社の山田と申します。
謙讓表現：我是某人

（電話での会話）……そうですか。では 失礼します。
這樣子啊　　那麼　就先這樣，我掛電話了

中西：山田君、今電話かけた相手は陸奥水産だよね*。
打電話的對象　　　是陸奥水產對吧？「よ」表示
「提醒」；「ね」表示「期待同意」

山田：はい。そうですが…。
是的；「が」表示「前言」，是一種緩折的語氣

中西：あの会社とは まだ一度も取り引きしてないんだから、
和那間公司；「は」表示　因為是一次也沒有交易的狀態；「まだ一度も取り引きしていないんだから」
「對比（區別）」　　　的省略說法；「んだ」表示「強調」；「から」表示「因為」。

「お世話になっております」はおかしいよ。
很奇怪喔；「よ」表示「提醒」

使用文型

動詞／い形容詞／な形容詞＋だ／名詞＋だ

[　　　　　　　　普通形　　　　　　　]＋よね　　～對吧？

※「な形容詞」、「名詞」的「普通形-現在肯定形」，需要有「だ」再接續。

動	言います（說）	→ 言ったよね	（說過了對吧？）
い	易しい（簡單的）	→ 易しいよね	（很簡單對吧？）
な	綺麗（な）（漂亮）	→ 綺麗だよね	（很漂亮對吧？）
名	陸奥水産（陸奥水產）	→ 陸奥水産だよね*	（是陸奥水產對吧？）

中譯　（在一旁聽別人講電話）
山田：承蒙您的照顧。我是武藏貿易公司的山田。（電話中的對話）……這樣
子啊。那麼，就先這樣，我掛電話了。
中西：山田，剛才你打電話的對象是陸奥水產對吧？
山田：嗯，是的…。
中西：因為我們和那家公司還沒有任何交易，你說「承蒙您的照顧」是很奇怪
的喔。

🔘 MP3 014

承蒙您的關照，我是<u>島津產業的李某某</u>。

いつもお世話になっております。<u>島津産業の李</u>です。

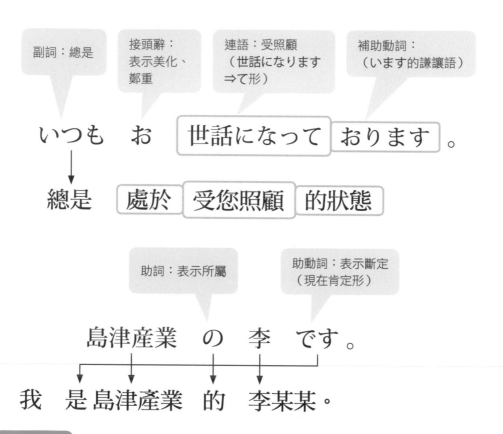

副詞：總是

接頭辭：表示美化、鄭重

連語：受照顧（世話になります⇒て形）

補助動詞：（います的謙讓語）

いつも　お　世話になって　おります　。

↓

總是　　處於　受您照顧　的狀態

助詞：表示所屬

助動詞：表示斷定（現在肯定形）

島津産業　の　李　です。

我　是島津産業　的　李某某。

使用文型

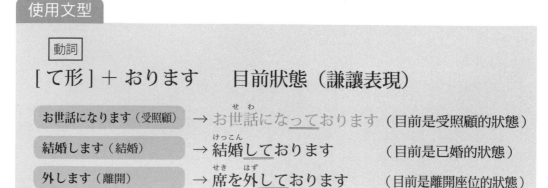

動詞

[て形] ＋ おります　　目前狀態（謙讓表現）

お世話になります（受照顧）	→ お世話になっております	（目前是受照顧的狀態）
結婚します（結婚）	→ 結婚しております	（目前是已婚的狀態）
外します（離開）	→ 席を外しております	（目前是離開座位的狀態）

用法　已經和對方聯絡過一次，第二次開始和對方聯絡時，可以用這句話作為開頭的寒暄用語。

會話練習

半沢：はい、武蔵商社です[*]。
　　　　您好　　　　這裡是武藏貿易公司

　李：いつもお世話になっております。島津産業の李です。

半沢：ああ、李さん、先日はどうも。
　　　　　　　　　　前幾天　　謝謝

使用文型

はい、＋[公司名稱]＋です　　您好，這裡是某某公司

武蔵商社（武藏貿易公司）	→ はい、武蔵商社です[*]（您好，這裡是武藏貿易公司）
本田工業（本田工業）	→ はい、本田工業です　（您好，這裡是本田工業）
山口産業（山口產業）	→ はい、山口産業です　（您好，這裡是山口產業）

中譯　半澤：您好，這裡是武藏貿易公司。
　　　　　　李：承蒙您的關照，我是島津產業的李某某。
　　　　　半澤：啊～，李先生，前幾天謝謝您。

寒暄&打招呼
015

MP3 015

祝您新年快樂。

よいお年をお迎えください。

い形容詞：好	接頭辭：表示美化、鄭重	助詞：表示動作作用對象	接頭辭：表示美化、鄭重	動詞：迎接（迎えます⇒ます形 除去[ます]）	補助動詞：請（くださいます⇒命令形[くださいませ] 除去[ませ]）

よい　お　年　を　お　迎え　ください　。

請您迎接　好的　一年。

使用文型

動詞

お ＋ [ます形] ＋ ください　　尊敬表現：請您 [做] ～

迎えます（迎接）→ お迎えください	（請您迎接）
伝えます（轉達）→ お伝えください	（請您轉達）
尋ねます（詢問）→ お尋ねください	（請您詢問）

用法　在十二月底左右，一年當中最後一次道別時，所使用的寒暄用語。

會話練習

半沢：王さん、今年は一年、いろいろとお世話になりました。
（はんざわ）（おう）（ことし）（いちねん）（せわ）
承蒙您多方照顧了

王：こちらこそ、来年も どうぞよろしくお願いします。
（おう）（らいねん）（ねが）
「こちらこそ」字面意義是　明年也　　　　　請多多指教
「我這邊才是」，就是
「彼此彼此」的意思

半沢：それでは、よいお年をお迎えください。
（はんざわ）（とし）（むか）
那麼

王：よいお年を。
（おう）（とし）
祝您新年快樂

使用文型

「一年之始」的新年祝賀語

新年明けましておめでとうございます。今年もどうぞよろしくお願いします。
（しんねん あ）（ことし）（ねが）

（新年快樂。今年也請您多多指教。）

中譯　半澤：王先生，今年一整年承蒙您多方照顧了。
　　　　　王：我才是。明年也請您多多指教。
　　　半澤：那麼，祝您新年快樂。
　　　　　王：也祝您新年快樂。

MP3 016

（客人來店時）歡迎光臨。

（客人離店時）謝謝惠顧。

（客 が来店した時）いらっしゃいませ。

（客 が出て行く時）ありがとうございました。

招呼用語：歡迎光臨
（客人來店時商家的招呼語）

招呼用語：謝謝惠顧
（客人離店時商家的招呼語）

いらっしゃいませ ／ ありがとうございました
↓ ↓
歡迎光臨　　　　　　　　　謝謝惠顧

相關表現

在便利商店內，店員常說的話

告知總金額	→	お会計、全部で１８００円でございます。
		＝お会計、全部で１８００円になります。
		（結帳金額總共是 1800 日圓。）
客人消費1800日圓時	→	２０００円、お預かりします。２００円のお返しです。
		（收您 2000 日圓，找您 200 日圓。）
詢問要加熱嗎	→	温めますか。
		（要加熱嗎？）

用法 這是便利商店或商家的基本招呼用語。

會話練習

店員（てんいん）：いらっしゃいませ。

客（きゃく）：ハイライト一つ（ひと）。
一包

店員（てんいん）：４１０円（よんひゃくじゅうえん）です。…こちら レシートです。
　　　　　　　　　　　　　　　　　　　　這個　　　　收據

ありがとうございました。

相關表現

在便利商店內，客人常說的話

| 想借廁所 | → トイレ貸（か）してもらますか。 |
| | （可以借廁所嗎？） |

| 不知道如何影印 | → コピー機（き）の使（つか）い方（かた）がわからないんですが。 |
| | （我不知道影印機的操作方法。） |

| 需要加熱 | → これ、温（あたた）めてください |
| | （這個，請幫我加熱。） |

| 需要筷子／袋子 | → 箸（はし）／ 袋（ふくろ）をください。 |
| | （請給我筷子／袋子。） |

中譯　店員：歡迎光臨。
　　　客人：一包hi-lite。
　　　店員：410日圓。…這是收據。謝謝惠顧。

MP3 017

課長，企劃書做好了，請您過目。
課長（かちょう）、企画書（きかくしょ）ができましたので、
目（め）を通（とお）していただけますか。

助詞：
表示焦點

動詞：完成
（できます
⇒過去肯定形）

助詞：
表示原因理由

課長 、 企画書 が できました ので 、

課長， 因為 企劃書 做好了，

動詞：看一看、過目
（目を通します
⇒て形）

補助動詞：
（いただきます
⇒可能形）

助詞：
表示疑問

目を通して いただけます か。

可以請您為我 過目 嗎？

使用文型

動詞／い形容詞／な形容詞＋な／名詞＋な

[　　　　　　普通形　　　　　　]＋ので　　因為～

※「な形容詞」、「名詞」的「普通形-現在肯定形」，需要有「な」再接續。

動	買います（買）	→ 買（か）ったので	（因為買了）
い	辛い（辣的）	→ 辛（から）いので	（因為很辣）
な	上手（な）（擅長）	→ 上手（じょうず）なので	（因為擅長）
名	円高（日圓升值）	→ 円高（えんだか）なので	（因為日圓升值）

動詞／い形容詞／な形容詞／名詞

[　　　　丁寧形　　　　]＋ので　　因為～

動	できます（完成）	→ 企画書（きかくしょ）ができましたので	（因為完成企畫書了）
い	辛い（辣的）	→ 辛い（から）ですので	（因為很辣）
な	上手（な）（擅長）	→ 上手（じょうず）ですので	（因為擅長）
名	円高（日圓升值）	→ 円高（えんだか）ですので	（因為日圓升值）

動詞

[て形]＋いただきます　　謙讓表現：請您（為我）[做]～

目を通します（過目）	→ 目（め）を通（とお）していただきます	（請您（為我）過目）
記入します（填寫）	→ 記入（きにゅう）していただきます	（請您（為我）填寫）
押します（蓋（章））	→ 印鑑（いんかん）を押（お）していただきます	（請您（為我）蓋章）

用法　想請上司確認自己寫好的文件時，可以說這句話。

會話練習

中西（なかにし）：課長（かちょう）、企画書（きかくしょ）ができましたので、目（め）を通（とお）していただけますか。

半沢（はんざわ）：お、中西君（なかにしくん）、今回（こんかい）は提出（ていしゅつ）が早（はや）いね。あ、新入社員（しんにゅうしゃいん）が
　　　　　　　　　　　　　　　　　　這次　　提交　　很快耶；「ね」　　　　　新職員
　　　　　　　　　　　　　　　　　　　　　　　　　　　表示「感嘆」

入（はい）ってきて 焦（あせ）ってるんじゃないの？
因為進來；「て形」　是不是很焦躁呢？「焦っているんじゃないの？」的省略說法
表示「原因」　　　「の？」表示「關心好奇、期待回答」

中西（なかにし）：い、いいえ。いつも通（どお）りの事（こと）をやっただけです。
　　　　　　　　　　　　一如往常　　　　　　　　只是做了…而已

半沢（はんざわ）：ま、互（たが）いに 切磋琢磨（せっさたくま）して 頑張（がんば）ってよ。
　　　　　　　　總之　　互相　　　切磋琢磨　　　努力吧；「頑張ってくださいよ」的省略說法

中譯　中西：課長，企劃書做好了，請您過目。
　　　半澤：喔，中西，你這次提交報告很快耶。啊，是不是因為有新職員進來，覺
　　　　　　得很焦躁呢？
　　　中西：不、不是的。我只是做了如往常一樣的工作而已。
　　　半澤：總之，（大家）互相切磋琢磨努力吧。

MP3 018

能不能請您有空時，幫我過目一下？
お手すきの時に、お目通しいただけますか。

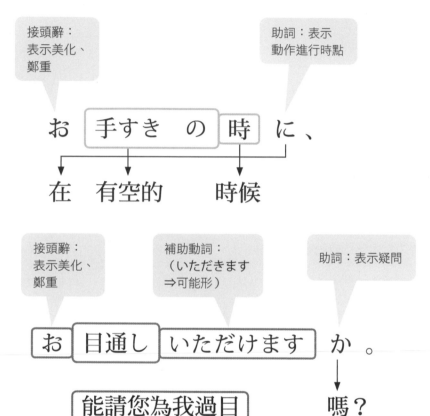

接頭辭：
表示美化、
鄭重

助詞：表示
動作進行時點

お　手すき　の　時　に、

在　有空的　　時候

接頭辭：
表示美化、
鄭重

補助動詞：
（いただきます
⇒可能形）

助詞：表示疑問

お　目通し　いただけます　か 。

能請您為我過目

嗎？

使用文型

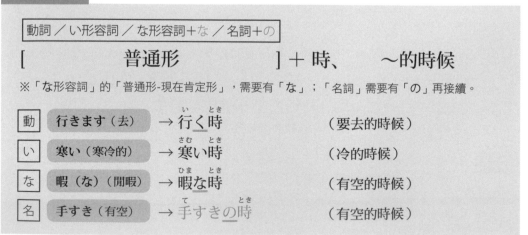

動詞／い形容詞／な形容詞＋な／名詞＋の
[　　　　　普通形　　　　　]＋時、　～的時候

※「な形容詞」的「普通形-現在肯定形」，需要有「な」；「名詞」需要有「の」再接續。

動	行きます（去）	→ 行く時	（要去的時候）
い	寒い（寒冷的）	→ 寒い時	（冷的時候）
な	暇（な）（閒暇）	→ 暇な時	（有空的時候）
名	手すき（有空）	→ 手すきの時	（有空的時候）

お／ご＋[動作性名詞]＋いただきます　謙讓表現：請您（為我）[做]～

目通し（過目）	→ お目通しいただきます	（請您（為我）過目）
足労（勞駕）	→ ご足労いただきます	（請您（為我）勞駕）
検討（商量）	→ ご検討いただきます	（請您（為我）商量）

用法　想請對方有空時幫忙自己看一下東西時，可以說這句話來拜託對方。

會話練習

中西：課長、先週の台湾出張の報告書ができました。
出差　　　　　　　　　完成了

お手すきの時に、お目通しいただけますか。

半沢：ああ、ご苦労さま。で、あれは？
辛苦了　　然後　　那個呢？

中西：あれ？　…と言いますと？
您是說…？

半沢：パイナップルケーキ買って来てくれって言ったじゃないか、もう。*
鳳梨酥　　　　　　已經說了要你買…回來啊！真的；「…って言った」表示「已經說了…」

使用文型

動詞／い形容詞／な形容詞／名詞

[　　　　普通形　　　　]＋じゃないか、もう。　　叱責表現

※ 此文型不能用於上司或長輩。

動	言います（說）	→ ～って言ったじゃないか、もう。*	（已經說了～啊！真是的）
い	危ない（危險的）	→ 危ないじゃないか、もう。	（很危險耶！真是的）
な	静か（な）（安靜）	→ 静かじゃないじゃないか、もう。	（不是很吵嗎？真是的）
名	嘘（謊言）	→ 嘘じゃないか、もう。	（是謊話啊！真是的）

中譯　中西：課長，上星期到台灣出差的報告已經寫好了。能不能請您有空時，幫我過目一下？
半澤：啊～，辛苦了。然後…，那個東西呢？
中西：那個東西？您是說…？
半澤：我已經說了要你買鳳梨酥回來啊！真是的。

MP3 019

其實，是有事要和您商量⋯。

実は折り入ってご相談したいことがあるのですが。

| 副詞：
其實 | 副詞：
特別 | 接頭辭：
表示美化、
鄭重 | 動詞：做
（します⇒ます形
除去[ます]） | 助動詞：
表示
希望 | 助詞：
表示焦點 |

実は　折り入って　ご　相談　し　たい　こと　が

其實　　特別　　想要　和您商量　（的）事情

| 動詞：有
（あります
⇒辭書形） | 連語：の＋です＝んです
の…形式名詞
です…助動詞：表示斷定
（現在肯定形） | 助詞：
表示
前言 |

ある　のです　が。

有。

使用文型

お／ご＋[動作性名詞]＋します　　謙讓表現：(動作涉及對方的) [做]～

相談（商量）	→ ご相談します	（我要和您商量）
邪魔（打擾）	→ お邪魔します	（我要打擾您）
説明（說明）	→ ご説明します	（我要為您說明）

動詞

[ます形] ＋ たい　　想要 [做] 〜

します（做）	→ ご相談したい	（想要和您商量）
比べます（比較）	→ 比べたい	（想要比較）
開けます（打開）	→ 開けたい	（想要打開）

動詞／い形容詞／な形容詞＋な／名詞＋な

[　　　　　普通形　　　　　] ＋ んです　　強調

※「んです」是「のです」的「縮約表現」。
※「な形容詞」、「名詞」的「普通形-現在肯定形」，需要有「な」再接續。

動	あります（有）	→ 〜ことがあるんです	（有〜事情）
い	重い（重的）	→ 重いんです	（很重）
な	新鮮（な）（新鮮）	→ 新鮮なんです	（很新鮮）
名	噂（傳聞）	→ 噂なんです	（是傳聞）

用法　想和對方討論重要的事情時，可以說這句話。

會話練習

李：田中課長、実は折り入ってご相談したいことがあるのですが。

田中：うん？　何だい？
嗯？　　　什麼事？「だい」表示「疑問語氣」，是對晚輩使用的語氣

李：私を営業部へ配置転換していただけないでしょうか。
謙讓表現：可以請您為我調動嗎？「でしょうか」表示「鄭重問法」

田中：おお．それは突然だね。うーん、じゃ、上司に君の
很突然耶；「ね」表示「感嘆」

希望は伝えておくから。
採取轉達的措施；「から」表示「宣言」

中譯　　李：田中課長，其實，是有事要和您商量…。
田中：嗯？什麼事？
李：可以請您把我調到營業部嗎？
田中：啊〜，這樣很突然耶。嗯〜，那麼，我會向上司轉達你的期望。

● MP3 020

我想您還是稍微休息一下比較好。

少しお休みになられた方がいいかと思います。

| 副詞：
一點點 | 接頭辭：
表示美化、
鄭重 | 動詞：休息
（休みます
⇒ます形
除去 [ます]） | 助詞：表示
變化結果
（屬於文型
上的用法） | 動詞：尊敬表現
（なります
⇒尊敬形
[なられます]
的た形） | 助詞：
表示
焦點 | い形容詞：
好、良好 | 助詞：
表示
疑問 |

少し　　お　休み　に　なられた　　方　が　いい　　か

稍微　　　　您休息一下　　　　　　　　　比較好　　吧？

| 助詞：表示
提示內容 | 動詞：覺得 |

と　　思います。

（我）覺得。

※ 此文型屬於「二重敬語」，同時使用了兩種敬語：
　【敬語1】：尊敬表現 → お [ます形] になります　　【敬語2】：尊敬形 → なられます
　有些人主張「敬語表現不應該重複使用」，但事實上，在日本人的生活中，有些「二重敬語」還是被大家使用。所以，學習時還是有必要了解「二重敬語」的用法。
※ 當然，使用「少しお休みになった方がいいか」或「少し休まれた方がいいか」也可以表現出敬意。

使用文型

動詞

お＋[ます形]＋に＋なります　　尊敬表現：[做]～

休みます（休息）	→ お休みになります	（休息）
使います（使用）	→ お使いになります	（使用）
帰ります（回去）	→ お帰りになります	（回去）

| 動詞 | 動詞 | 動詞 |

[辭書形 ／ た形 ／ ない形] ＋ 方がいいです　[做] ／ [不做] ～比較好

辭書	買います（買）	→ 買_かう方_{ほう}がいいです	（買比較好）
た形	休みます（休息）	→ 休_{やす}んだ方_{ほう}がいいです	（休息比較好）
ない	行きます（去）	→ 行_いかない方_{ほう}がいいです	（不要去比較好）

用法　建議上司或長輩稍作休息時，可以說這句話。

會話練習

中西_{なかにし}：課長_{かちょう}、明日_{あした}も休日出勤_{きゅうじつしゅっきん}ですか。
　　　　　　　　　　　　　　假日加班

半沢_{はんざわ}：ああ。来週_{らいしゅう}までにプレゼンの資料_{しりょう}を作_{つく}っておきたくて*ね。
　　　　　　　　下星期之前　　　簡報　　　　　　因為想要事先製作；句尾的「て形」表示
　　　　　　　　　　　　　　　　　　　　　　　　「原因」；「ね」表示「主張」

中西_{なかにし}：少_{すこ}しお休_{やす}みになられた方_{ほう}がいいかと思_{おも}います。

半沢_{はんざわ}：お気遣_{きづか}い、ありがとう。じゃ、今日_{きょう}は先_{さき}に帰_{かえ}っていいよ。
　　　　　　關心　　　　　　　　　　　　　　　　　　可以先回去囉；「よ」表示「提醒」

使用文型

| 動詞 |

[て形] ＋ おきたくて　　因為想要事先準備 [做] ～

作ります（製作）	→ 作_{つく}っておきたくて*	（因為想要事先製作）
読みます（讀）	→ 読_よんでおきたくて	（因為想要事先讀）
見ます（看）	→ 見_みておきたくて	（因為想要事先看）

中譯　中西：課長，明天休假也一樣要上班嗎？
　　　　　半澤：啊～，因為我想要在下星期之前，先把簡報的資料做出來。
　　　　　中西：我想您還是稍微休息一下比較好。
　　　　　半澤：謝謝你的關心。那麼，你可以先回去囉。

為了滿足<u>課長</u>的期待，我會努力工作。
<u>課長</u>のご期待に添えるよう頑張ります。
（か ちょう）（き たい）（そ）（がん ば）

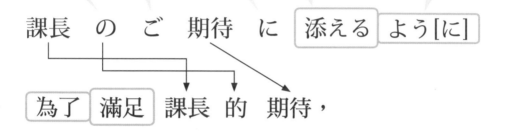

| 助詞：
表示所屬 | 接頭辭：
表示美化、
鄭重 | 助詞：
表示方面 | 動詞：滿足
（添います
⇒可能形 [添えます]
的辭書形） | 連語：為了～、
希望～而～
（可以省略に） |

課長　の　ご　期待　に　[添える]　[よう[に]]

[為了]　[滿足]　課長　的　期待，

動詞：
加油

頑張ります。

我會努力。

使用文型

動詞	動詞

[辭書形 ／ ない形] ＋ ように、～　　表示目的

※ 可省略「に」。

| 辭書 | 添えます（滿足） | → 添えるように（そ） | （為了滿足） |
| ない | 遅れます（遲到） | → 遅れないように（おく） | （為了不要遲到） |

用法 表示自己會好好努力，不會辜負主管的期待時，可以說這句話。

會話練習

半沢：中西君、今回の甲賀屋ホテルへの厨房用品の売り込み、
<small>はんざわ</small> <small>なかにしくん</small> <small>こんかい</small> <small>こうがや</small> <small>ちゅうぼうようひん</small> <small>う こ</small>
<small>表示：方向</small> <small>推銷</small>

任せたよ。
<small>まか</small>
<small>交給你囉</small>

中西：課長のご期待に添えるよう頑張ります。
<small>なかにし</small> <small>か ちょう</small> <small>き たい そ</small> <small>がん ば</small>

半沢：何かあったら*、すぐに連絡してくれ*。
<small>はんざわ</small> <small>なに</small> <small>れんらく</small>
<small>有什麼事情的話</small> <small>馬上</small> <small>要跟我聯絡</small>

中西：はい。では、行ってまいります。
<small>なかにし</small> <small>い</small>
<small>謙讓表現：我走了</small>

使用文型

動詞／い形容詞／な形容詞／名詞

[た形 ／ なかった形]＋ら　　如果～的話

動	あります（有）	→ あったら*	（如果有的話）
い	安い（便宜的）	→ 安かったら	（如果便宜的話）
な	大切（な）（重要）	→ 大切だったら	（如果重要的話）
名	会員（會員）	→ 会員だったら	（如果是會員的話）

動詞

[て形]＋くれ　　（命令別人）[做]～

※ 這是「上對下」的語氣。

連絡します（聯絡）	→ 連絡してくれ*	（（你）要跟我聯絡）
帰ります（回去）	→ 帰ってくれ	（（你）給我回去）
言います（說）	→ 言ってくれ	（（你）給我說）

中譯　半澤：中西，這次對甲賀屋飯店推銷廚房用品的事情就交給你囉。
　　　中西：為了滿足課長的期待，我會努力工作。
　　　半澤：有什麼事情的話，你要馬上跟我聯絡。
　　　中西：好的，那麼，我走了。

MP3 022

我會盡全力完成的。
<ruby>私<rt>わたし</rt></ruby>なりに<ruby>全力<rt>ぜんりょく</rt></ruby>を<ruby>尽<rt>つ</rt></ruby>くします。

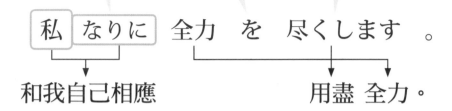

| 連語： | 助詞： | 動詞：盡力 |
| ～相應的 | 表示動作
作用對象 | |

私　なりに　　全力　　を　尽くします　　。

和我自己相應　　　　　　　　用盡 全力。

使用文型

[名詞] ＋ なりに　　和～相應的

私（我）	→ <ruby>私<rt>わたし</rt></ruby>なりに	（和我自己相應的）
子供（小孩子）	→ <ruby>子供<rt>こども</rt></ruby>なりに	（和小孩子相應的）
我々（我們）	→ <ruby>我々<rt>われわれ</rt></ruby>なりに	（和我們相應的）

用法 宣示自己會拼命努力去做時，可以說這句話。

會話練習

羽根：来月の台湾向けのキャンペーン、あなたに任せましたよ。
（はね）（らいげつ）（たいわん む）（まか）
下個月　　針對台灣　　促銷活動　　　　　　交給你囉；「よ」表示「提醒」

陳：はい。私なりに全力を尽くします。
（ちん）（わたし）（ぜんりょく）（つ）

羽根：今は円安で*チャンスなの*。気を抜かないで頑張ってね。
（はね）（いま）（えんやす）　　　　　　　　（き）（ぬ）　　　（がんば）
因為日圓貶值　是好機會；「の」表示「強調」　不要鬆懈；口語時「ないで」　要加油喔；口語時「て形」
　　　　　　　　　　　　　　　　　　　　　後面可省略「ください」　　　後面可省略「ください」

使用文型

| 動詞 | い形容詞 | な形容詞 |

[て形／ーい＋くて／ーな＋で／名詞＋で]、〜　因為〜，所以〜

動	あります（有）	→ 用事があって（ようじ）	（因為有事情，所以〜）
い	重い（重的）	→ 重くて（おも）	（因為很重，所以〜）
な	新鮮（な）（新鮮）	→ 新鮮で（しんせん）	（因為新鮮，所以〜）
名	円安（日圓貶值）	→ 円安で*（えんやす）	（因為日圓貶值，所以〜）

動詞／い形容詞／な形容詞＋な／名詞＋な

[　　　　普通形　　　　]＋の　　強調

※ 此為「普通體文型」用法，「丁寧體文型」為「〜んです」。
※「な形容詞」、「名詞」的「普通形-現在肯定形」，需要有「な」再接續。

動	言います（說）	→ 言ったの（い）	（已經說了）
い	軽い（輕的）	→ 軽いの（かる）	（很輕）
な	丈夫（な）（堅固）	→ 丈夫なの（じょうぶ）	（很堅固）
名	チャンス（好機會）	→ チャンスなの*	（是好機會）

中譯　羽根：下個月針對台灣舉辦的促銷活動就交給你囉。
　　　　陳：好的，我會盡全力完成的。
　　　羽根：因為現在日圓貶值，是個好機會。不要鬆懈，要加油喔。

MP3 023

這次的工作請務必讓我來負責，好嗎？

こんかい　しごと
今回の仕事ですが、ぜひ、私に
わたし
たんとう
担当させていただけませんか。

助詞： 表示所屬	助動詞：表示斷定 （現在肯定形）	助詞： 表示前言	副詞： 務必

今回　　の　　仕事　です　　が　、　ぜひ　、
↓　　　↓　　　↓　　　　　　　　　　　　　↓
這次　　的　　工作，　　　　　　　　　　務必

助詞：表示 動作的對方	動詞：擔任 （担当します ⇒使役形［担当させます］ 的て形）	補助動詞： （いただきます ⇒可能形［いただけます］ 的現在否定形）	助詞： 表示 疑問

私　に　　担当させて　いただけません　か。

不可以請您　讓　我　擔任　　　　　　嗎？

使用文型

動詞

[使役て形] ＋ いただきます　　謙讓表現：請您讓我 [做] ～

たんとう
担当させます（讓～擔任）→ 担当させていただきます　　（請您讓我擔任）

うた
歌わせます（讓～唱歌）→ 歌わせていただきます　　（請您讓我唱歌）

お
置かせます（讓～放置）→ 置かせていただきます　　（請您讓我放置）

用法　希望對方把工作交給自己來負責時，可以說這句話。

會話練習

（会議で）
在會議上

内藤：今度の台湾での事業展開について*ですが…。
これ　　　　　　　　　　　　　　關於事業發展；「が」表示「前言」，是一種緩折的語氣

半沢：内藤部長、今回の仕事ですが、ぜひ、私に担当させて
いただけませんか。

内藤：ああ、半沢君は確か台湾に留学した経験があった*ね。
確實　　　有到台灣留學的經驗對吧；「に」表示「目的地」；
　　　　　　「ね」表示「再確認」

…よし、半沢君に任せよう。
好！　　　　　　交付給…吧

半沢：ありがとうございます。全力を尽くします。
盡全力

使用文型

[名詞] + について　　　關於～

展開（發展）→ 事業展開について*　　　　　　　（關於事業發展）

価格（價格）→ 価格について　　　　　　　　　（關於價格）

動詞

[た形] + 経験がある　　　有～經驗

※ 上方會話句使用「～経験があった」，表示「事態的判明、發現」的語感。

留学します（留學）→ 留学した経験がある*　　　　（有留學的經驗）

務めます（擔任）→ 司会を務めた経験がある　　　（有擔任主持人的經驗）

なります（變成）→ 会社をクビになった経験がある（有被公司開除的經驗）

中譯　（在會議上）
内藤：關於這次在台灣的事業發展…。
半澤：内藤部長，這次的工作請務必讓我來負責，好嗎？
内藤：啊～，半澤確實有在台灣留學的經驗對吧。…好！就交給半澤負責吧。
半澤：謝謝，我會盡全力做好。

MP3 024

那麼重要的工作，我能勝任嗎？
そんな大役、私に務まるでしょうか…。
　　　たいやく　　わたし　つと

| 連體詞：
那樣的 | 助詞：
表示焦點
（可省略） | 助詞：
表示方面 | 動詞：能擔任
（務まります
⇒辭書形） | 助動詞：表示斷定
（です⇒意向形） | 助詞：
表示
疑問 |

そんな　大役　[が]　私　に　務まる　でしょう　か　…。
↓　　　↓　　　↓　　　　　↓　　　　　↓
那樣的　重要工作　我　　能擔任　　　嗎？

使用文型

動詞／い形容詞／な形容詞／名詞
[　　　　普通形　　　　] ＋ でしょうか　　表示鄭重問法

動	務まります（能擔任）	→ 務まるでしょうか	（能擔任嗎？）
い	安い（便宜的）	→ 安いでしょうか	（便宜嗎？）
な	鮮明（な）（鮮明）	→ 鮮明でしょうか	（很鮮明嗎？）
名	嘘（謊話）	→ 嘘でしょうか	（是謊話嗎？）

用法　擔心自己能否勝任主管指派的工作時，可以用這句話表明內心的不安。

會話練習

近藤：高野さん。来月の展示会はぜひ高野さんに

責任者になってもらいたい* んだけど。

高野：そんな大役、私に務まるでしょうか…。

近藤：何事も経験だよ。私もサポートする から。

高野：そうですか、では、全力を尽くします* ので、

よろしくお願いします。

使用文型

動詞

[て形] ＋ もらいたい　　想要請你（為我）[做] ～

なります（變成）	→ 責任者になってもらいたい*	（想要請你（為我）成為負責人）
開けます（打開）	→ 開けてもらいたい	（想要請（為我）打開）
待ちます（等待）	→ 待ってもらいたい	（想要請你（為我）等待）

[名詞] ＋ を ＋ 尽くします　　用盡～

全力（全力）	→ 全力を尽くします*	（用盡全力）
手段（手段）	→ 手段を尽くします	（用盡手段）
本分（本分）	→ 本分を尽くします	（盡本分）

中譯
近藤：高野先生。下個月的展示會務必想請你擔任負責人。
高野：那麼重要的工作，我能勝任嗎？
近藤：任何事情都要經驗喔。我也會支持你的。
高野：這樣子啊，那麼，因為我會竭盡全力，所以請您多多指教。

不好意思，請問人事部的田中先生在嗎？

恐れ入りますが、人事部の田中様は
いらっしゃいますか。

動詞： 不好意思	助詞： 表示前言	助詞： 表示所屬	接尾辭： 先生、女士	助詞： 表示主題

恐れ入ります　が、人事部　の　田中　様　は

↓　　　　　↓　　↓　　↓　↓

不好意思，　　　人事部　的　田中　先生

動詞：在 （います的尊敬語）	助詞： 表示疑問

いらっしゃいます　か。

↓　　　　　　↓

在　　　　　嗎？

使用文型

[○○部の○○様] ＋ は ＋ いらっしゃいますか　尊敬表現：某某部門的某人在嗎？

※ 一般説法：○○部の○○様 ＋ は ＋ いますか

人事部の田中様（人事部的田中先生）→ 人事部の田中様はいらっしゃいますか
（人事部的田中先生在嗎？）

経理部の山田様（會計部的山田先生）→ 経理部の山田様はいらっしゃいますか
（會計部的山田先生在嗎？）

調達部の陳様（採購部的陳先生）→ 調達部の陳様はいらっしゃいますか
（採購部的陳先生在嗎？）

用法　打電話到對方公司找人時，可以說這句話。

會話練習

半沢（はんざわ）：<u>もしもし</u>*、武蔵商社（むさししょうしゃ）の半沢（はんざわ）ですが。
喂喂　　　　　　　　　　　　　　　　表示：前言，是一種緩折的語氣

高野（たかの）：<u>はい</u>。
您好

半沢（はんざわ）：恐（おそ）れ入（い）りますが、人事部（じんじぶ）の田中様（たなかさま）はいらっしゃいますか。

高野（たかの）：はい。<u>今（いま）かわりますので</u> <u>少々（しょうしょう）</u> <u>お待（ま）ちください</u>*。
　　　　　　　　因為要換人接聽　　稍微　　謙讓表現：請您等待

使用文型

中文的「喂」，日文怎麼說？

電話應對	→ <u>もしもし</u>、武蔵商社（むさししょうしゃ）の半沢（はんざわ）ですが。	（喂喂，我是武藏貿易公司的半澤。）
朋友之間	→ <u>ねえねえ</u>、これ見（み）たことある？	（喂，你有看過這個嗎？）
上級對下屬	→ <u>おい</u>、お茶（ちゃ）くれ。	（喂，倒杯茶給我。）
陌生人之間	→ <u>すみません</u>、ちょっと聞（き）きたいんですが…	（喂，我想請問一下…）

動詞

お ＋ [ます形] ＋ ください　　尊敬表現：請您 [做] ～

待（ま）ちます（等待）	→ お待（ま）ちください*	（請您等待）
取（と）ります（拿）	→ お取（と）りください	（請您拿）
書（か）きます（寫）	→ お書（か）きください	（請您寫）

中譯　半澤：喂喂，我是武藏貿易公司的半澤。
　　　高野：您好。
　　　半澤：不好意思，請問人事部的田中先生在嗎？
　　　高野：好的。現在要換人接聽，請您稍候。

MP3 026

能不能請您稍等一下，不要掛斷電話。

電話を切らずにお待ちいただけますか。

| 助詞：表示動作作用對象 | 動詞：掛斷（切ります⇒ない形除去[ない]） | 助詞：文語否定形 | 助詞：表示動作方式 | 接頭辭：表示美化、鄭重 | 動詞：等待（待ちます⇒ます形除去[ます]） | 補助動詞：（いただきます⇒可能形） | 助詞：表示疑問 |

電話　を　切ら　ず　に　お　待ち　いただけます　か。

不要切斷 電話 可以請您為我等待 嗎？

使用文型

[動詞]

[ない形] ＋ ずに、～　　附帶狀況（＝ないで）

切ります（掛斷）	→ 電話を切らずに	（在不切斷電話的狀態下，做～）
言います（說）	→ 言わずに	（在不說的狀態下，做～）
食べます（吃）	→ 食べずに	（在不吃的狀態下，做～）

[動詞]

お ＋ [ます形] ＋ いただきます　　謙讓表現：請您（為我）[做]～

待ちます（等待）	→ お待ちいただきます	（請您（為我）等待）
伝えます（轉達）	→ お伝えいただきます	（請您（為我）轉達）
送ります（寄送）	→ お送りいただきます	（請您（為我）寄送）

用法　希望對方保持通話狀態，先不要掛斷時，可以說這句話。

會話練習

板橋：もしもし、近江工業の板橋ですが、半沢さんは
（表示：前言，是一種緩折的語氣）

いらっしゃいますか。
（尊敬表現：某人在嗎？）

上戸：あ、半沢は電話中ですが、すぐ終わると思いますので、
（正在講電話，但是…「が」表示「逆接」的語氣）（因為我覺得馬上要結束）

電話を切らずにお待ちいただけますか。

板橋：わかりました。
（我知道了）

使用文型

動詞／い形容詞／な形容詞＋だ／名詞＋だ

[　　　普通形　　　]＋と＋思います　覺得〜、認為〜、猜想〜

※「な形容詞」、「名詞」的「普通形-現在肯定形」，需要有「だ」再接續。

動	終わります（結束）	→ すぐ終わると思います	（覺得馬上要結束）
い	珍しい（珍貴的）	→ 珍しいと思います	（覺得很珍貴）
な	親切（な）（親切）	→ 親切だと思います	（覺得親切）
名	本当（真的）	→ 本当だと思います	（覺得是真的）

動詞／い形容詞／な形容詞／名詞

[　　　丁寧形　　　]＋ので　因為〜

動	思います（覺得）	→ 終わると思いますので	（因為覺得要結束）
い	暖かい（溫暖的）	→ 暖かいですので	（因為很溫暖）
な	冷静（な）（冷靜）	→ 冷静ですので	（因為很冷靜）
名	新人（新人）	＞ 新人ですので	（因為是新人）

中譯　板橋：喂喂，我是近江工業的板橋，請問半澤先生在嗎？
　　　上戸：啊，半澤正在講電話，但是我覺得馬上就要結束了，能不能請您稍等一
　　　　　　下，不要掛斷電話。
　　　板橋：我知道了。

陳小姐現在電話中，請您不要掛斷稍等一下。

陳はただ今電話中ですので、このまましばらく
お待ちいただけますか。

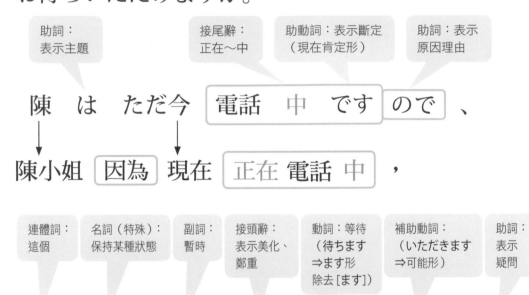

| 助詞：表示主題 | | 接尾辭：正在〜中 | 助動詞：表示斷定（現在肯定形） | 助詞：表示原因理由 |

陳　は　ただ今　電話　中　です　ので　、

陳小姐　因為　現在　正在 電話 中　，

| 連體詞：這個 | 名詞（特殊）：保持某種狀態 | 副詞：暫時 | 接頭辭：表示美化、鄭重 | 動詞：等待（待ちます⇒ます形除去[ます]） | 補助動詞：（いただきます⇒可能形） | 助詞：表示疑問 |

この　まま　しばらく　お 待ち いただけます　か。

這個 保持（不要掛斷的）的狀態 暫時 可以請您等待 嗎？

※［普通形／丁寧形 ＋ ので］：請參考P045

使用文型

| 連體詞 | 動詞 |

［この・その ／ た形］＋ まま　保持某種狀態

※ 本文型所列出的是「〜まま」的常用接續，其他的接續較少用。

連 この（這個） → このまましばらくお待ちいただけますか
（可以請您保持這個狀態暫時等待嗎？）

連 その（那個） → そのままにしておいてください（請保持那樣的狀態）

動 立ちます（站立） → 立ったまま寝ています（保持站立的狀態睡覺）

動詞

お＋[ます形]＋いただきます　　謙譲表現：請您（為我）[做]～

待ちます（等待）→ お待ちいただきます　　　　（請您（為我）等待）

集まります（集合）→ お集まりいただきます　　　（請您（為我）集合）

伝えます（轉達）→ お伝えいただきます　　　　（請您（為我）轉達）

用法　對方要找的人正在講電話，希望對方不要掛斷電話，稍等一下時，可以說這句話。

會話練習

半沢：あ、もしもし、武蔵商社の半沢です。海外事業部の

陳さんはいらっしゃいますか。
　　　　　　　尊敬表現：某人在嗎？

多田：陳はただ今電話中ですので、このまましばらく

お待ちいただけますか。

半沢：はい。

陳：……もしもし、お電話かわりました。
　　　　　　　　電話換人接聽了

海外事業部の陳です。

中譯　半澤：啊，喂喂，我是武藏貿易公司的半澤。請問海外事業部的陳小姐在嗎？
　　　多田：陳小姐現在電話中，請您不要掛斷稍等一下。
　　　半澤：好的。
　　　　陳：…喂喂，電話換人接聽了。我是海外事業部的陳。

MP3 028

請稍等，我現在幫您轉接。
少々お待ちください。ただいま
電話をお繋ぎします。

| 副詞：稍微 | 接頭辭：表示美化、鄭重 | 動詞：等待（待ちます⇒ます形除去[ます]） | 補助動詞：請（くださいます⇒命令形[くださいませ]除去[ませ]） |

少々 　お　待ち　ください　。

↓　　　　　↓
稍微　　　請您等候，

| 助詞：表示動作作用對象 | 接頭辭：表示美化、鄭重 | 動詞：連接、轉接（繋ぎます⇒ます形除去[ます]） | 動詞：做 |

ただいま　電話　を　お　繋ぎ　します　。

↓　　　　　　　　↓　　　　　↓
現在　　　　　　我為您轉接　電話。

使用文型

動詞

お＋[ます形]＋ください　　尊敬表現：請您[做]～

待ちます（等待）→ お待ちください　　（請您等待）

読みます（讀）→ お読みください　　（請您讀）

許します（原諒）→ お許しください　　（請您原諒）

動詞		

お＋ [ます形] ＋ します　謙讓表現：（動作涉及對方的）[做] ～

繋ぎます（轉接）	→ お繋ぎします	（我為您轉接）
入れます（泡（咖啡））	→ コーヒーをお入れします	（我泡咖啡給您）
呼びます（呼叫）	→ タクシーをお呼びします	（我為您叫計程車）

用法　接了電話，要將電話轉接給對方要找的人時，可以說這句話請對方稍候。

會話練習

（電話で）

上戸：はい、武蔵商社です*。
　　　您好，這裡是武藏貿易公司

波野：近江工業の波野です。半沢課長にお話があるんですが。
　　　　　　　　　　　　　　　　　　有話對…說；「に」表示「動作的對方」；
　　　　　　　　　　　　　　　　　　「んです」表示「強調」；後面的「が」表示
　　　　　　　　　　　　　　　　　　「前言」，是一種緩折的語氣

上戸：少々お待ちください。ただいま電話をお繋ぎします。

波野：お願いします。
　　　謙讓表現：拜託您了。

使用文型

はい、[公司名] ＋ です　　您好，這裡是某某公司

武蔵商社（武藏貿易公司）	→ はい、武蔵商社です*	（您好，這裡是武藏貿易公司）
大和出版（大和出版社）	→ はい、大和出版です	（您好，這裡是大和出版社）
三井運輸（三井運輸）	→ はい、三井運輸です	（您好，這裡是三井運輸）

中譯　（電話中）
　　　上戸：您好，這裡是武藏貿易公司。
　　　波野：我是近江工業的波野。我有事找半澤課長。
　　　上戸：請稍等，我現在幫您轉接。
　　　波野：拜託您了。

MP3 029

（接起轉接過來的電話時）

電話換人接聽了，我是半澤…。

（他人の取った電話に出る）

お電話かわりました。半沢です。

接頭辭：
表示美化、
鄭重

動詞：換
（かわります
⇒過去肯定形）

助動詞：表示斷定
（現在肯定形）

お	電話	かわりました。	半沢	です。
↓	↓	↓	↓	↓
	電話	換人了，	（我）是 半澤。	

相關表現

電話常用語

請轉接某人 → ○○さんにかわってもらえませんか。
（可以幫我轉接○○先生嗎？）

進行轉接 → 今かわりますので、そのままで少々お待ちください。
（因為現在要換人接聽，請您稍候。）

我稍後再撥 → 後ほどまたお電話します。
（我等一下再打電話。）

請對方稍後再撥 → 後ほどまたお電話ください。
（請您稍後再打電話。）

用法 接到轉接過來的電話時，可以說這句話，讓對方知道電話已經換人接聽。

會話練習

半沢(はんざわ)：お電話(でんわ)かわりました。半沢(はんざわ)です。

板橋(いたばし)：板橋(いたばし)です。先(さき)ほどの納期(のうき)の前倒(まえだお)しの件(けん)ですが、社長(しゃちょう)も
剛才　　　交貨日期提前的事情；「が」表示「前言」，　　　　　　　　　　　　也
　　　　是一種緩折的語氣

　　了解(りょうかい)しましたので、一週間(いっしゅうかん)早(はや)めて納入(のうにゅう)いたします。
　　因為了解了　　　　　　　　一個星期　　提早　　謙讓表現：我會為您交貨

半沢(はんざわ)：ああ、本当(ほんとう)に助(たす)かります。無理(むり)を言(い)って
　　　　　　　　　　真的幫了大忙　　　　　　　因為提出無理的要求；「て形」表示「原因」

　　申(もう)し訳(わけ)ありませんでした*。
　　真對不起

使用文型

[動詞]

[て形] ＋ 申し訳ありませんでした　　因為[做]～，真對不起

言(い)います（說）	→ 無理(むり)を言(い)って申(もう)し訳(わけ)ありませんでした。*
	（因為提出無理的要求，真對不起。）
ご迷惑(めいわく)をおかけします（給您添麻煩）	→ ご迷惑(めいわく)をおかけして申(もう)し訳(わけ)ありませんでした。
	（因為給您添麻煩，真對不起。）
お待(ま)たせします（讓～等待）	→ お待(ま)たせして申(もう)し訳(わけ)ありませんでした。
	（因為讓您等待，真對不起。）
お手数(てすう)をおかけします（給您添麻煩）	→ お手数(てすう)をおかけして申(もう)し訳(わけ)ありませんでした。
	（因為給您添麻煩，真對不起。）
お騒(さわ)がせします（騷擾您）	→ お騒(さわ)がせして申(もう)し訳(わけ)ありませんでした。
	（因為騷擾您，真對不起。）

中譯　半澤：電話換人接聽了，我是半澤…。
　　　板橋：我是板橋。關於剛才提到交貨日期提前的那件事，因為我們總經理也了
　　　　　　解了，所以我們會提早一個星期交貨。
　　　半澤：啊～，真的幫了大忙。因為提出無理的要求，真對不起。

假單
鈴木

MP3 030

鈴木今天請假。

鈴木（すずき）は本日（ほんじつ）休（やす）みを取（と）っております。

助詞： 表示動作主	名詞：請假、放假 （動詞[休みます] 的名詞化）	助詞： 表示動作 作用對象	動詞：取得 （取ります ⇒て形）	補助動詞： （います的謙讓語）

鈴木　は　本日　休み　を　取って　おります　。

鈴木　　　今天　處於　取得　休假　的狀態　。

使用文型

動詞

[て形] ＋ おります　目前狀態（謙讓表現）

取ります（取得）	→ 休（やす）みを取（と）っております	（目前是取得休假的狀態）
切らします（用光）	→ 名刺（めいし）を切（き）らしております	（名片目前是用光的狀態）
外します（離開）	→ 席（せき）を外（はず）しております	（目前是離開座位的狀態）

用法　告訴對方，公司內部同仁今天請假時，可以說這句話。

多田：はい、甲賀屋ホテルの多田です。

半沢：もしもし、半沢ですが、総務部の鈴木さんに

<u>代わっていただけますか</u>※。
謙譲表現：可以請您為我換人接聽嗎？

多田：<u>申し訳ございません。</u>鈴木は本日休みを取っております。
不好意思

半沢：あ、<u>そうですか。</u>じゃあ、<u>伝言をお願いできますか</u>※。
這樣子啊　　　　　　　　　　　謙譲表現：可以拜託您轉達留言嗎？

使用文型

動詞

[て形]＋いただけますか　　謙譲表現：可以請您（為我）[做]～嗎？

代わります（替換）	→	代わっていただけますか※	（可以請您（為我）換人接聽嗎？）
作ります（製作）	→	料理を作っていただけますか	（可以請您（為我）做菜嗎？）
貸します（借出）	→	お金を貸していただけますか	（可以請您借我錢嗎？）

[名詞]＋を＋お願いできますか　　謙譲表現：可以拜託您～嗎？

伝言（轉達留言）	→	伝言をお願いできますか※	（可以拜託您轉達留言嗎？）
修理（修理）	→	修理をお願いできますか	（可以拜託您修理嗎？）
調査（調査）	→	調査をお願いできますか	（可以拜託您調查嗎？）

中譯　多田：您好，我是甲賀屋飯店的多田。
半澤：喂喂，我是半澤，可以請您為我轉接總務部的鈴木先生嗎？
多田：不好意思，鈴木今天請假。
半澤：啊，這樣子啊，那麼，可以拜託您轉達留言嗎？

等東田回來之後，我會立刻請他回電給您。

<ruby>東田<rt>ひがしだ</rt></ruby>が<ruby>戻<rt>もど</rt></ruby>りましたら、<ruby>折<rt>お</rt></ruby>り<ruby>返<rt>かえ</rt></ruby>し<ruby>電話<rt>でんわ</rt></ruby>するように<ruby>伝<rt>つた</rt></ruby>えておきます。

助詞：
表示主格

動詞：回來
（戻ります
⇒過去肯定形＋ら）

東田　　が　　戻りました　　ら　　、

東田　　如果　回來　的話

副詞：立刻

動詞：打電話
（電話します
⇒辭書形

連語：
表示吩咐、
要求內容

動詞：轉達
（伝えます
⇒て形

補助動詞：
善後措施

折り返し　電話する　ように　伝えて　おきます　。

我會採取轉達的措施，要求（他）立刻 打電話。

使用文型

動詞／い形容詞／な形容詞／名詞

[た形／なかった形]＋ら　　如果～的話

※「～たら」的文型一般不需使用「～ました＋ら」或「～でした＋ら」的形式，只有想要加強鄭重語氣時，才會使用「～ましたら、ませんでしたら」或「～でしたら、～じゃありませんでしたら」。

動	戻ります（回來）	→ <ruby>戻<rt>もど</rt></ruby>りましたら	（如果回來的話）
い	安い（便宜的）	→ <ruby>安<rt>やす</rt></ruby>かったら	（如果便宜的話）
な	便利（な）（方便）	→ <ruby>便利<rt>べんり</rt></ruby>だったら	（如果方便的話）
名	得意先（老客戶）	→ <ruby>得意先<rt>とくいさき</rt></ruby>だったら	（如果是老客戶的話）

[動詞]

［て形］＋ おきます　　善後措施（為了以後方便）

伝えます（轉達）	→ 伝<ruby>え<rt>つた</rt></ruby>ておきます	（採取轉達的措施）
洗います（清洗）	→ 洗<ruby><rt>あら</rt></ruby>っておきます	（採取清洗的措施）
戻します（放回）	→ 戻<ruby><rt>もど</rt></ruby>しておきます	（採取放回去的措施）

用法　對方要找的人現在不在公司，告訴對方會請當事人回電時，可以說這句話。

會話練習

（電話<ruby>で<rt>でん わ</rt></ruby>）

半沢<ruby><rt>はんざわ</rt></ruby>：もしもし、武蔵商社<ruby><rt>む さししょうしゃ</rt></ruby>の半沢<ruby><rt>はんざわ</rt></ruby>ですが、
　　　　　　喂喂　　　　　　　　　　　　　　　　　　　　　　表示：前言，是一種緩折的語氣

東田社長<ruby><rt>ひがし だ しゃちょう</rt></ruby>はいらっしゃいますか。
　　　　　　尊敬表現：某人在嗎？

秘書<ruby><rt>ひしょ</rt></ruby>：東田<ruby><rt>ひがしだ</rt></ruby>はただ今<ruby><rt>いま</rt></ruby> 外出<ruby><rt>がいしゅつ</rt></ruby>しておりまして*…。
　　　　　　　　　　現在　　謙讓表現：因為目前是外出的狀態；「て形」表示「原因」

東田<ruby><rt>ひがし だ</rt></ruby>が戻<ruby><rt>もど</rt></ruby>りましたら、折り返し<ruby><rt>お かえ</rt></ruby>電話<ruby><rt>でん わ</rt></ruby>するように伝<ruby><rt>つた</rt></ruby>えておきます。

半沢<ruby><rt>はんざわ</rt></ruby>：そうですか、では、お願<ruby><rt>ねが</rt></ruby>いします。

使用文型

[動詞]

［て形］＋ おりまして　　因為目前是～狀態（謙讓表現）

※ 此文型是「動詞て形 ＋ おります」的「て形」。

外出します（外出）	→ 外出<ruby><rt>がいしゅつ</rt></ruby>しておりまして*	（因為目前是外出的狀態）
切らします（用光）	→ 名刺<ruby><rt>めい し</rt></ruby>を切<ruby><rt>き</rt></ruby>らしておりまして	（因為名片目前是用光的狀態）
結婚します（結婚）	→ 結婚<ruby><rt>けっこん</rt></ruby>しておりまして	（因為目前是已婚的狀態）

中譯　（電話中）
半澤：喂喂，我是武藏貿易公司的半澤，請問東田總經理在嗎？
秘書：因為東田現在外出…。等東田回來之後，我會立刻請他回電給您。
半澤：這樣子啊，那麼，拜託您了。

MP3 032

好的，我一定如實轉達。
はい、確かにその旨<ruby>旨<rt>むねつた</rt></ruby>伝えておきます。

| 感嘆詞：
是的 | 副詞：
確實、的確 | 連體詞：那個 | 動詞：轉達
（伝えます
⇒て形） | 補助動詞：
善後措施 |

はい 、 確かに その 旨 伝えて おきます 。

是的 會採取 確實 轉達 那個 意思 的措施 。

使用文型

動詞

[て形]＋おきます　善後措施（為了以後方便）

伝えます（轉達）	→ 伝えておきます	（採取轉達的措施）
やめます（放棄）	→ やめておきます	（採取放棄的措施）
任せます（託付）	→ 任せておきます	（採取託付的措施）

用法　聽取留言後，可以對要求傳話的人說這句話，讓對方安心。

會話練習

高野：もしもし、島津産業の高野ですが、

半沢さんはいらっしゃいますか。
尊敬表現：某人在嗎？

092

上戸（うえと）：ただ今（いま）、外出（がいしゅつ）しておりまして＊。
現在　　　　　　謙讓表現：因為是外出的狀態

高野（たかの）：そうですか。それでは、明日（あした）の会合（かいごう）は近藤（こんどう）が
　　　　　　　　　　　那麼　　　　　　　　　　　　聚會

行（い）けなくなったので、私（わたくし）、高野（たかの）が代（か）わりに伺（うかが）います
因為不能去　　　　　　　　由我高野代替他去；「が」表示「主格」

とお伝（つた）えいただけますか＊。
謙讓表現：可以請您為我轉達…嗎？「と」表示「提示內容」

上戸（うえと）：はい、確（たし）かにその旨（むね）伝（つた）えておきます。

使用文型

動詞

[て形] ＋ おりまして　　因為目前是〜狀態（謙讓表現）

※ 此文型是「動詞て形 ＋ おります」的「て形」。

外出します（外出）	→ 外出（がいしゅつ）しておりまして＊	（因為目前是外出的狀態）
聞きます（聽）	→ 聞（き）いておりまして	（因為目前是有聽過的狀態）
結婚します（結婚）	→ 結婚（けっこん）しておりまして	（因為目前是已婚的狀態）

動詞

お ＋ [ます形] ＋ いただけますか　　謙讓表現：可以請您（為我）[做]〜嗎？

伝えます（轉達）	→ お伝（つた）えいただけますか＊	（可以請您（為我）轉達嗎？）
集まります（集合）	→ お集（あつ）まりいただけますか	（可以請您（為我）集合嗎？）
待ちます（等待）	→ お待（ま）ちいただけますか	（可以請您（為我）等待嗎？）

中譯　高野：喂喂，我是島津產業的高野，請問半澤先生在嗎？
　　　　上戸：他現在外出了。
　　　　高野：這樣子啊，那麼，可以請您為我轉達「因為近藤不能參加明天的聚會，
　　　　　　　由我高野代替他去」嗎？
　　　　上戶：好的，我一定如實轉達。

如果您願意的話，我願意先聽您的問題。

よろしければご用件を伺いますが。
（ようけん）（うかが）

い形容詞：好 （よろしい ⇒條件形）	接頭辭： 表示美化、 鄭重	助詞： 表示動作 作用對象	動詞：詢問、聽 （聞きます的 尊敬語）	助詞： 表示前言

よろしければ　ご　用件　を　伺います　が。

可以的話，　　　　　　　我聽您說　您的事情。

使用文型

い形容詞

[　 — い ＋ ければ]　　如果～的話

よろしい（好的）	→ よろしければ	（如果可以的話）
重い（重的）	→ 重ければ（おも）	（如果重的話）
軽い（輕的）	→ 軽ければ（かる）	（如果輕的話）

ご ＋ [名詞] ＋ を ＋ 伺いますが　　我聽您說您的～

用件（事情）	→ ご用件を伺いますが（ようけん）（うかが）	（我聽您說你的事情）
要望（要求）	→ ご要望を伺いますが（ようぼう）（うかが）	（我聽您說你的要求）
希望（願望）	→ ご希望を伺いますが（きぼう）（うかが）	（我聽您說你的願望）

用法　代替別人聽取對方想說的事情時，可以說這句話。

會話練習

板橋：<ruby>浅野<rt>あさの</rt></ruby><ruby>様<rt>さま</rt></ruby>は<u>おいででしょうか</u>※。

<small>尊敬表現：某人在嗎？「でしょうか」表示「鄭重問法」</small>

<ruby>半沢<rt>はんざわ</rt></ruby>：<ruby>浅野<rt>あさの</rt></ruby>は<ruby>九州<rt>きゅうしゅう</rt></ruby>へ<ruby>出張中<rt>しゅっちょうちゅう</rt></ruby>でして、

<small>因為正在出差中；「て形」表示「原因」，
後面的「<ruby>浅野<rt>あさの</rt></ruby>は<ruby>今<rt>いま</rt></ruby>、おりません」（淺野現在不在）省略沒說出來</small>

<ruby>よろしければご用件<rt>ようけん</rt></ruby>を<ruby>伺<rt>うかが</rt></ruby>いますが。

板橋：ちょっと<ruby>製造単価<rt>せいぞうたんか</rt></ruby>に<u>ついて</u>※

<small>關於…</small>

<ruby>ご相談<rt>そうだん</rt></ruby>したい ことがありまして…。

<small>謙讓表現：想要和您討論　有…事情；「て形」表示「後面還會繼續講話的語感」</small>

使用文型

[某人] ＋ は ＋ おいででしょうか　　尊敬表現：某人在嗎？

※一般説法：某人 ＋ は ＋ いますか

浅野様（淺野先生）	→ <ruby>浅野様<rt>あさのさま</rt></ruby>はおいででしょうか※	（淺野先生在嗎？）
田中部長（田中部長）	→ <ruby>田中部長<rt>たなかぶちょう</rt></ruby>はおいででしょうか	（田中部長在嗎？）
李社長（李總經理）	→ <ruby>李社長<rt>りしゃちょう</rt></ruby>はおいででしょうか	（李總經理在嗎？）

[名詞] ＋ について　　關於～

製造単価（製造單價）	→ <ruby>製造単価<rt>せいぞうたんか</rt></ruby>について※	（關於製造單價）
件（事情）	→ この<ruby>件<rt>けん</rt></ruby>について	（關於這件事）
政治（政治）	→ <ruby>日本<rt>にほん</rt></ruby>の<ruby>政治<rt>せいじ</rt></ruby>について	（關於日本的政治）

中譯　板橋：請問淺野先生在嗎？
　　　　半澤：因為淺野正前往九州出差，如果您願意的話，我願意先聽您的問題。
　　　　板橋：我想討論一下關於製造單價方面的問題…。

如果是我可以理解的事，我願意洗耳恭聽。

もし、私でわかることでしたら、 承 りますが。

| 副詞：
如果 | 助詞：
表示言及範圍 | 動詞：懂
（わかります
⇒辭書形） | 助動詞：表示斷定
（です⇒た形+ら） |

もし、 私 で | わかる こと でした | ら | 、

如果 | 是 | 我 | 可以理解的事情的話 | ，

| 動詞：恭聽
（聞きます的謙讓語） | 助詞：
表示前言 |

承ります が 。

（我）會洗耳恭聽。

使用文型

動詞／い形容詞／な形容詞／名詞

[た形 ／ なかった形] ＋ ら　　如果〜的話

※「〜たら」的文型一般不需使用「〜ました＋ら」或「〜でした＋ら」的形式，只有想要加強鄭重語氣時，才會使用「〜ましたら、〜ませんでしたら」或「〜でしたら、〜じゃありませんでしたら」。

動	言います（說）	→ 言ったら	（如果說的話）
い	辛い（辣的）	→ 辛かったら	（如果辣的話）
な	綺麗（な）（漂亮）	→ 綺麗だったら	（如果漂亮的話）
名	こと（事情）	→ わかることでしたら	（如果是我可以理解的事情的話）

用法　電話中或其他場合，建議對方如果不嫌棄的話，自己願意聽取他要說的事情時，所使用的一句話。

會話練習

羽根：エンジニアの方はいらっしゃいますか。
工程師　　　表示：某人　　　尊敬表現：來了嗎？
　　　　　　（屬於敬稱）

呂：あいにく今回は同伴しておりません*。
不湊巧　　　　　謙讓表現：目前是沒有同行的狀態

もし、私でわかることでしたら、承りますが。

羽根：この製品は日本語のインターフェースは
介面
用意されているんでしょうか。
有準備嗎？「んでしょうか」是「んですか」的鄭重問法

呂：はい。英語、日本語、中国語、三つの言語から
從三種語言
選ぶことができます*。
可以選擇

使用文型

[動詞]

[て形] ＋ おりません　目前是沒有～的狀態（謙讓表現）

同伴します（同行）	→ 同伴しておりません*	（目前是沒有同行的狀態）
使います（使用）	→ 使っておりません	（目前是沒有使用的狀態）
掲載します（刊載）	→ 掲載しておりません	（目前是沒有刊載的狀態）

[動詞]

[辭書形] ＋ こと＋が＋できます　可以[做]～、能夠[做]～、會[做]～

選びます（選擇）	→ 選ぶことができます*	（可以選擇）
使います（使用）	→ 使うことができます	（可以使用）
話します（說）	→ 話すことができます	（能夠說）

中譯
　羽根：工程師來了嗎？
　　呂：很不湊巧，這次他沒有同行。如果是我可以理解的事，我願意洗耳恭聽。
　羽根：這個產品有日文的介面嗎？
　　呂：是的。您可以從英文、日文、中文這三種語言當中去選擇。

如果他回來的話，能不能請他立刻回電話給我？

お戻（もど）りになりましたら、折（お）り返（かえ）しお電話（でんわ）を
いただけますでしょうか。

接頭辭：表示美化、鄭重	動詞：返回（戻ります ⇒ます形 除去[ます]）	助詞：表示變化結果（屬於文型上的用法）	動詞：尊敬表現（なります ⇒過去肯定形＋ら）

お ｜ 戻り ｜ に ｜ なりました ｜ ら ｜ 、

如果 ｜ （他）回來 ｜ 的話

副詞：立刻	接頭辭：表示美化、鄭重	助詞：表示動作作用對象	動詞：得到、收到（いただきます ⇒可能形）	助詞：表示斷定（です ⇒意向形）	助詞：表示疑問

折り返し ｜ お 電話 を いただけます ｜ でしょうか ｜ 。

我可以 ｜ 立刻 ｜ 得到（他的）電話 ｜ 嗎？

使用文型

動詞

お ＋ [ます形] ＋ に ＋ なります　　尊敬表現：[做] ～

戻ります（返回）　→ お戻（もど）りになります　　（返回）

読みます（讀）　→ お読（よ）みになります　　（讀）

使います（使用）　→ お使（つか）いになります　　（使用）

[　　　普通形　　　] ＋ でしょうか　　表示鄭重問法

※ 主題句是「動詞丁寧形（いただけます）＋ でしょうか」，屬於更鄭重的表現方式。

動	使えます（可以使用）	→ まだ使えるでしょうか	（還可以使用嗎？）
い	正しい（正確的）	→ 正しいでしょうか	（正確嗎？）
な	便利（な）（方便）	→ 便利でしょうか	（方便嗎？）
名	いくら（多少錢）	→ いくらでしょうか	（是多少錢？）

用法 打電話要找的對象、或是拜訪的對象不在，想請對方的接洽人員轉達當事者，回來後回電給自己時，可以說這句話。

會話練習

半沢：それでは、これで失礼します。
　　　　　　　　　在這個階段　　告辭

秘書：はい。お気をつけて。
　　　　　　　　請小心

半沢：それから東田社長がお戻りになりましたら、
　　　　　　另外　　　　　　　表示：主格

折り返しお電話をいただけますでしょうか。

秘書：わかりました。東田に伝えておきます*。
　　　　　　　　　　　　採取轉達的措施

使用文型

動詞

[て形] ＋ おきます　　善後措施（為了以後方便）

伝えます（轉達）	→ 伝えておきます*	（採取轉達的措施）
言います（說）	→ 言っておきます	（採取說的措施）
洗います（清洗）	→ 洗っておきます	（採取清洗的措施）

中譯 半澤：那麼，我就此告辭了。
　　　秘書：好的，請小心慢走。
　　　半澤：另外，如果東田總經理回來的話，能不能請他立刻回電話給我？
　　　秘書：我知道了，我會轉告東田。

能不能請您幫我轉達留言？
伝言をお伝えいただけますか。

助詞： 表示動作 作用對象	接頭辭： 表示美化、 鄭重	動詞：轉達 （伝えます ⇒ます形除去［ます］）	補助動詞： （いただきます ⇒可能形）	助詞： 表示疑問

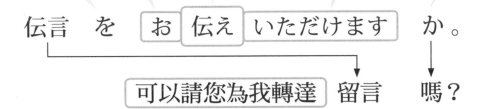

伝言　を　お 伝え いただけます　か。

可以請您為我轉達 留言　嗎？

使用文型

動詞

お＋［ます形］＋いただきます　　謙譲表現：請您（為我）［做］～

伝えます（轉達）	→ お伝えいただきます	（請您（為我）轉達）
送ります（寄送）	→ お送りいただきます	（請您（為我）寄送）
書きます（寫）	→ お書きいただきます	（請您（為我）寫）

用法　希望對方替自己傳話時，可以說這句話。

會話練習

秘書：あいにく東田は今日はアメリカへ出張しておりまして＊…。

不湊巧   謙讓表現：因為目前處於出差的狀態
「て形」表示「原因」

半沢：そうですか。では、伝言をお伝えいただけますか。

秘書：はい、承ります。

我知道了

使用文型

動詞

[て形] ＋ おりまして　　因為目前是～狀態（謙讓表現）

※ 此文型是「動詞て形 ＋ おります」的「て形」。

出張します（出差）→ 出張しておりまして＊　（因為目前是出差的狀態）

住みます（居住）→ 沖縄に住んでおりまして　（因為目前是住在沖縄的狀態）

届きます（送達）→ 届いておりまして　（因為目前是送達的狀態）

中譯　秘書：真不湊巧，因為東田今天前往美國出差了…。
半澤：這樣子啊，那麼，能不能請您幫我轉達留言？
秘書：好的，我知道了。

請幫我向<u>東田先生</u>轉達「<u>想要在明</u>
<u>天下午四點舉行會議</u>」。

<u>東田様</u>に<u>明日の16時</u>に<u>テレビ会議</u>
<u>を行いたい</u>と<u>お伝えください</u>。

接尾辭： 先生、女士	助詞：表示 動作的對方	助詞： 表示所屬	助詞：表示 動作進行時點	助詞：表示 動作作用對象

東田	様	に	明日	の	16時	に	テレビ	会議	を
對	東田	先生	在	明天	的	下午四點	視訊	會議	

動詞：舉行 （行います ⇒ます形 除去[ます]）	助動詞： 表示希望	助詞： 表示 提示 內容	接頭辭： 表示美化、 鄭重	動詞：轉達 （伝えます ⇒ます形 除去[ます]）	補助動詞：請 （くださいます ⇒命令形[くださいませ] 除去[ませ]）

行い	たい		と		お	伝え	くださいい

想要進行　　　　　　請您轉達。

※「下午四點」寫成「16時」，但唸法為「よじ」。

使用文型

動詞

[ます形] ＋ たい　　想要[做]～

行います（舉行）	→ 行いたい	（想要舉行）
入ります（進入）	→ 入りたい	（想要進入）
見ます（看）	→ 見たい	（想要看）

動詞		
お＋[ます形]＋ください	尊敬表現：請您[做]～	
伝えます（轉達） → お伝えください	（請您轉達）	
待ちます（等待） → お待ちください	（請您等待）	
許します（原諒） → お許しください	（請您原諒）	

用法 拜託對方轉達事情時，可以說這句話。

會話練習

半沢：東田社長はいらっしゃいますか。
尊敬表現：某人在嗎？

秘書：今日はまだ出社しておりませんが。
謙讓表現：目前是還沒進公司的狀態；「が」表示「前言」，
後面的「どのようなご用向きでしょうか」（您有什麼事嗎？）省略沒說出來

半沢：そうですか。では、東田様に明日の16時にテレビ会議を
行いたいとお伝えください。

秘書：わかりました。確かに伝えておきます*。
確實地　　　採取轉達的措施

使用文型

動詞		
[て形]＋おきます	善後措施（為了以後方便）	
伝えます（轉達） → 伝えておきます*	（採取轉達的措施）	
言います（說） → 言っておきます	（採取說的措施）	
洗います（清洗） → 洗っておきます	（採取清洗的措施）	

中譯 半澤：請問東田總經理在嗎？
秘書：他今天還沒進公司。
半澤：這樣子啊，那麼，請幫我向東田先生轉達「想要在明天下午四點舉行會議」。
秘書：我知道了。我會確實地轉達。

MP3 038

為了保險起見，我還是留下我的電話好了。
念のため電話番号を申し上げます。

02-1234-5678

連語：
為了慎重起見

助詞：表示
動作作用對象

動詞：説
（言います的謙讓語）

念のため　電話番号　を　申し上げます　。

為了慎重起見　　　我要說出（我的）電話號碼。

使用文型

念のため＋[名詞]＋を＋申し上げます　為了慎重起見，我要說出～

電話番号（電話號碼）　→　念のため電話番号を申し上げます
（為了慎重起見，我要說出電話號碼）

住所（住址）　→　念のため住所を申し上げます
（為了慎重起見，我要說出住址）

緊急連絡先（緊急連絡方式）　→　念のため緊急連絡先を申し上げます
（為了慎重起見，我要說出緊急聯絡方式）

用法　為了日後方便，要再留一次電話號碼給對方時，可以說這句話。

會話練習

秘書：東田は半沢様のお電話番号は存じております*でしょうか。

謙讓表現：是知道…的狀態嗎？「でしょうか」表示「鄭重問法」

半沢：ええ、ご存知だと思います*が、念のため電話番号を

尊敬表現：我覺得…是知道的；「が」表示「前言」，是一種緩折的語氣

申し上げます。

秘書：はい、お願いします。

謙讓表現：拜託您了

半沢：０９０の1234の5678です。

要分隔號碼時，中間加上「の」，翻譯時不用翻譯出來。
另外，「0」也有人會念「ゼロ」；而「7」（しち）和「1」（いち）的發音非常相似，為了避免聽錯，「7」較常發音為「なな」。

使用文型

動詞

[て形]＋おります　　目前狀態（謙讓表現）

存じます（知道）	→ 存じております*	（目前是知道的狀態）
届きます（送達）	→ 届いております	（目前是送達的狀態）
持ちます（擁有）	→ 持っております	（目前是擁有的狀態）

動詞／い形容詞／な形容詞＋だ／名詞＋だ

[　　　普通形　　　]＋と＋思います　覺得～、認為～、猜想～

※「な形容詞」、「名詞」的「普通形-現在肯定形」，需要有「だ」再接續。

動	減ります（減少）	→ 減ると思います	（覺得會減少）
い	安い（便宜的）	→ 安いと思います	（覺得很便宜）
な	完璧（な）（完美）	→ 完璧だと思います	（覺得很完美）
名	ご存知（知道）	→ ご存知だと思います*	（覺得某人是知道的）

中譯　秘書：東田知道半澤先生的電話號碼嗎？
　　　半澤：嗯～，我覺得他是知道的，為了保險起見，我還是留下我的電話好了。
　　　秘書：好的，拜託您了。
　　　半澤：090-1234-5678。

剛才東田先生打電話來，他說「會比預定的會議時間晚30分鐘到」。

先ほど東田様からお電話がございまして、「会議の時間に３０分遅れる」とのことでした。

| 副詞：
剛才 | 接尾辭：
先生、女士 | 助詞：
表示起點 | 接頭辭：
表示美化、
鄭重 | 助詞：
表示焦點 | 動詞：有
（ございます⇒て形）
（〜まして屬於鄭重
的表現方式） |

先ほど　東田　様　から　お　電話　が　ございまして、

剛才　從東田　先生（那邊）有（打來）　電話，

| 助詞：
表示所屬 | 助詞：
表示方面 | 動詞：晚到
（遅れます
⇒辭書形） | 連語：聽說〜 |

会議　の　時間　に　30分　遅れる　とのことでした　。

會議　的　時間　聽說　會遲到　30分鐘。

動詞／い形容詞／な形容詞＋[だ]／名詞＋[だ]

[　　　　　普通形　　　　　] ＋ とのことです　　聽說～

※「な形容詞」、「名詞」的「普通形-現在肯定形」，有沒有「だ」都可以。

動	遅れます（晚到）	→ 遅れる（おく）とのことです	（聽說會晚到）
い	正しい（正確的）	→ 正しい（ただ）とのことです	（聽說是正確的）
な	新鮮（な）（新鮮）	→ 新鮮（しんせん）[だ]とのことです	（聽說是新鮮的）
名	噂（傳聞）	→ 噂（うわさ）[だ]とのことです	（聽說是傳聞）

用法　轉達電話中所聽到的留言內容給當事人時，可以說這句話。

會話練習

上戸（うえと）：半沢課長（はんざわかちょう）、先（さき）ほど東田様（ひがしださま）からお電話（でんわ）がございまして、

「会議（かいぎ）の時間（じかん）に３０分遅（さんじゅっぷんおく）れる」とのことでした。

半沢（はんざわ）：そうか、ありがとう。
這樣子啊

「聽說～」的表現方式

～そうです	→ 遅れる（おく）そうです ※ 較「一般」的說法	（聽說會晚到）
～ということです	→ 遅れる（おく）ということです ※ 較「正式」的說法	（聽說會晚到）
～とのことです	→ 遅れる（おく）とのことです ※ 較「正式」的說法	（聽說會晚到）

中譯　上戸：半澤課長，剛才東田先生打電話來，他說「會比預定的會議時間晚30分鐘到」。
　　　半澤：這樣子啊，謝謝你。

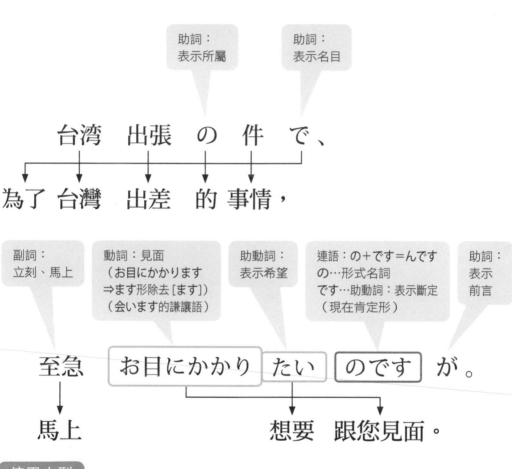

為了到台灣出差的事，想跟您馬上見個面。

台湾出張の件で、至急お目にかかりたいのですが。

助詞：
表示所屬

助詞：
表示名目

台湾　出張　の　件　で、

為了　台灣　出差　的 事情，

副詞：
立刻、馬上

動詞：見面
（お目にかかります
⇒ます形除去 [ます]）
（会います的謙讓語）

助動詞：
表示希望

連語：の＋です＝んです
の…形式名詞
です…助動詞：表示斷定
（現在肯定形）

助詞：
表示
前言

至急　　お目にかかり　たい　のです　が。

馬上　　　　　　　　　想要　跟您見面。

使用文型

動詞

[ます形] ＋ たい　　想要 [做] ～

お目にかかります（見面）→ お目にかかりたい　　　（想要見面）

買います（買）→ 買いたい　　　（想要買）

帰ります（回去）→ 帰りたい　　　（想要回去）

動詞／い形容詞／な形容詞＋な／名詞＋な

[　　　　普通形　　　　]＋んです　　　強調

※「んです」是「のです」的「縮約表現」。
※「な形容詞」、「名詞」的「普通形-現在肯定形」，需要有「な」再接續。
※「動詞ます形 ＋ たい」的「たい」是「助動詞」，變化上與「い形容詞」相同。

動	言います（說）	→ 言ったんです	（已經說了）
い	お目にかかりたい（想要見面）	→ お目にかかりたいんです	（很想要見面）
な	上手（な）（擅長）	→ 上手なんです	（很擅長）
名	学生（學生）	→ 学生なんです	（是學生）

用法　針對某件事情，想要和對方見面直接討論時，可以說這句話。

會話練習

半沢：もしもし、武蔵商社の半沢ですが、
　　　　　　　　　　　　　　　　表示：前言；是一種緩折的語氣

　　　李さんはいらっしゃいますか。
　　　　　　　　　尊敬表現：某人在嗎？

李：ああ、私です。

半沢：あの、台湾出張の件で、至急お目にかかりたいのですが。

李：はい。わかりました。どちらでお会いしましょうか*。
　　　　　　　　　　　　　　在哪裡　　　　謙讓表現：要不要見面呢？

使用文型

動詞

お＋[ます形]＋しましょうか　謙讓表現：(動作涉及對方的) 要不要 [做] ～呢？

| 会います（見面） | → お会いしましょうか* | （要不要見面呢？） |
| 持ちます（拿） | → 荷物をお持ちしましょうか | （要不要幫您拿行李呢？） |

中譯　半澤：喂喂，我是武藏貿易公司的半澤，請問李先生在嗎？
　　　李：啊～，我就是。
　　　半澤：那個…，為了到台灣出差的事，想跟您馬上見個面。
　　　李：好的。我知道了。要在哪裡碰面呢？

MP3 041

那麼，我近期再來拜訪。
では、近日中<ruby>きんじつちゅう</ruby>にまたお伺<ruby>うかが</ruby>いいたします。

| 接續詞：
那麼 | 接尾辭：
～之內 | 助詞：
表示動作
進行時點 | 副詞：
再 | 接頭辭：
表示美化、
鄭重 | 動詞：拜訪
（伺います
⇒ます形
除去 [ます]) | 動詞：做
（します的
謙讓語） |

| では | 、 | 近日 | 中 | に | また | お | 伺い | いたします | 。 |

| 那麼， | | 近期 | 之內 | | 再 | | 拜訪您 | | 。 |

使用文型

動詞

お＋[ます形]＋します　　謙讓表現：（動作涉及對方的）[做] ～

伺います（拜訪）	→ お伺<ruby>うかが</ruby>いします	（我要拜訪您）
持ちます（拿）	→ お持<ruby>も</ruby>ちします	（我為您拿）
待ちます（等待）	→ お待<ruby>ま</ruby>ちします	（我要等待您）

用法 告知對方近期之內還會再來時，可以說這句話。

會話練習

半沢：では、近日中にまたお伺いいたします。
（はんざわ）（きんじつちゅう）（うかが）

呂：お時間があれば※、台湾をご案内しますよ。
（ろ）（じ かん）　　　　　　（たいわん）（あんない）
　　　如果有時間的話　　　　　　　　　　　我為您導覽吧；「よ」表示「提醒」

半沢：ええ、次回は一日ぐらいは 余裕を持って
（はんざわ）　　（じ かい）（いちにち）　　　　（よ ゆう）（も）
　　嗯　　下次　至少一天左右；「は」表示　多預留空檔
　　　　　　　　　　　　「至少」

台湾訪問したいと思っています※ので。
（たいわんほうもん）　　　（おも）
　　　　因為想要訪問台灣

呂：ええ、ぜひ。希望があれば※何でも 言ってください。
（ろ）　　　　　　（き ぼう）　　　　　（なん）　（い）
　　嗯　　務必　　如果有要求的話　　不論什麼都…　　　請說

使用文型

[動詞]

[條件形（～ば）]　　如果 [做] ～的話

あります（有）	→ お時間があれば※	（如果有時間的話）
走ります（跑步）	→ 走れば	（如果跑步的話）
歩きます（步行）	→ 歩けば	（如果步行的話）

[動詞]

[ます形] ＋ たい ＋ と ＋ 思っています　　想要 [做] ～

※ 相較於「動詞 ます形 ＋ たい」，此文型的語感比較含蓄。

訪問します（訪問）	→ 訪問したいと思っています※	（想要訪問）
買います（買）	→ 買いたいと思っています	（想要買）
見ます（看）	→ 見たいと思っています	（想要看）

中譯
　半澤：那麼，我近期再來拜訪。
　　呂：如果有時間的話，我為您導覽台灣吧。
　半澤：嗯，因為下次我想要至少多預留一天左右的空檔在台灣到處走走。
　　呂：嗯，務必要來。如果有什麼要求的話，不論是什麼都請跟我說。

MP3 042

下午三點之後的話，我會在公司。
１５時以降でしたら、社におりますが。
さんじ　いこう　　　　　　　　しゃ

| 接尾辭：
～以後 | 助動詞：表示斷定
（です⇒た形+ら） | 助詞：表示
存在位置 | 動詞：在
（います的
謙讓語） | 助詞：
表示前言 |

１５時　以降　でした　ら　、　社　に　おります　が。

如果是　下午三點以後　的話　，　（我）在　公司。

※「下午三點」寫成「15時」，但唸法為「さんじ」。

使用文型

動詞／い形容詞／な形容詞／名詞

[た形／なかった形] ＋ ら　　如果～的話

※「～たら」的文型一般不需使用「～ました ＋ ら」或「～でした ＋ ら」的形式，只有想要加強鄭重語氣時，才會使用「～ましたら、～ませんでしたら」或「～でしたら、～じゃありませんでしたら」。

動	見ます（看）	→	見たら（み）	（如果要看的話）
い	安い（便宜的）	→	安かったら（やす）	（如果便宜的話）
な	不便（な）（不方便）	→	不便だったら（ふべん）	（如果不方便的話）
名	15時以降（下午三點以後）	→	15時以降でしたら（さんじ　いこう）	（如果是下午三點以後的話）

用法　告訴對方自己什麼時候會在公司時，可以說這句話。

會話練習

陳：甲賀屋ホテルの陳ですが。
ちん　こうがや　　　　　　　ちん
表示：前言，是一種緩折的語氣

半沢：ああ、その節はお世話になりました。
はんざわ　　　　　　　せつ　　　　　　せわ
　　　　　　　　　上次　　　　　　　受您關照了

陳：ええ。…実はちょっと折り入って ご相談したい事があって。
ちん　嗯　　　じつ　　　　　　　おり　い　　　　そうだん　　　こと
　　　　　　　　　　　　　　　　　特別　　　因為有想要跟您商量的事情；「て形」表示
　　　　　　　　　　　　　　　　　　　　　　「原因」

今日中* に お伺いしても よろしいでしょうか*。
きょうじゅう　　　うかが
在今天之內；「に」　謙讓表現：即使拜訪您　可以嗎？「でしょうか」表示「鄭重問法」
表示「動作進行時間點」

半沢：ええ。１５時以降でしたら、社におりますが。
はんざわ　嗯　　さんじいこう　　　　　　　しゃ

使用文型

～中　　整個～、正在～、～期間內

整個～	～中（じゅう）	→ 世界中（整個世界）、一日中（一整天）
正在～	～中（ちゅう）	→ 工事中（施工中）、会議中（會議中）
～期間內	～中（じゅう、ちゅう）	→ 今日中*（今天之內）、今月中（這個月之內）

動詞

[て形]＋も＋よろしいでしょうか　　可以[做]～嗎？

します（做）	→ お伺いしてもよろしいでしょうか*	（可以拜訪您嗎？）
座ります（坐）	→ 座ってもよろしいでしょうか	（可以坐下嗎？）
入ります（進入）	→ 入ってもよろしいでしょうか	（可以進入嗎？）

中譯　　陳：我是甲賀屋飯店的陳。
　　　　半澤：啊～，上次受您關照了。
　　　　陳：嗯，其實，因為我有一些事情想要特別跟您商量。今天可以拜訪您嗎？
　　　　半澤：嗯，下午三點之後的話，我會在公司。

MP3 043

日期請您決定。

そちらでご都合のよい日をご指定ください。

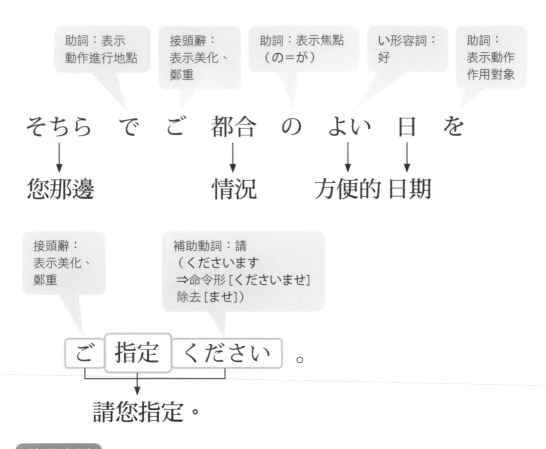

助詞：表示
動作進行地點

接頭辭：
表示美化、
鄭重

助詞：表示焦點
（の＝が）

い形容詞：
好

助詞：
表示動作
作用對象

そちら　　で　　ご　　都合　　の　　よい　　日　　を

您那邊　　　　　　　　　　情況　　　方便的　日期

接頭辭：
表示美化、
鄭重

補助動詞：請
（くださいます
⇒命令形 [くださいませ]
除去 [ませ]）

ご　指定　ください　　。

請您指定。

使用文型

ご ＋ [動作性名詞] ＋ ください　　尊敬表現：請您 [做] ～

指定（指定）→ ご指定ください　　（請您指定）

安心（放心）→ ご安心ください　　（請您放心）

連絡（聯絡）→ ご連絡ください　　（請您聯絡）

用法　請對方決定時間時，可以說這句話。

會話練習

半沢(はんざわ)：今度の<u>打(う)ち合(あ)わせ</u>の<u>日時(にちじ)</u>はいかがいたしましょうか*。
<small>商量　　　　　　日期　　　　　謙讓表現：您要怎麼決定呢？</small>

近藤(こんどう)：<u>来週(らいしゅう)は金曜日(きんようび)以外(いがい)なら</u>*、<u>いつでも結構(けっこう)です</u>。
<small>　　　　　　　如果是星期五以外的話　　　　　　隨時都可以</small>

そちらでご都合(つごう)のよい日(ひ)をご指定(してい)ください。

半沢(はんざわ)：わかりました。<u>今(いま)上司(じょうし)と相談(そうだん)して</u>、<u>折(お)り返(かえ)し</u> <u>すぐ</u>
<small>　　　　　　　　　　商量之後，再…　　　　　　　立刻　　　馬上</small>

<u>電話(でんわ)いたします</u>。
<small>謙讓表現：打電話給您</small>

使用文型

[名詞] ＋ は ＋ いかがいたしましょうか　～您要怎麼決定呢？

※一般説法：名詞 ＋ は ＋ どうしましょうか

日時（日期）	→ 日時(にちじ)はいかがいたしましょうか*
	（日期您要怎麼決定呢？）
飲み物（飲料）	→ 飲(の)み物(もの)はいかがいたしましょうか
	（飲料您要點什麼呢？）
スケジュール（行程）	→ スケジュールはいかがいたしましょうか
	（行程您要怎麼決定呢？）

[名詞] ＋ なら　如果是～的話

以外（以外）	→ 金曜日(きんようび)以外(いがい)なら*	（如果是星期五以外的話）
来月（下個月）	→ 来月(らいげつ)なら	（如果是下個月的話）
独身（單身）	→ 独身(どくしん)なら	（如果是單身的話）

中譯　半澤：下次的商量日期您要怎麼決定呢？
近藤：除了下星期五之外，我隨時都可以。日期請您決定。
半澤：我知道了。我跟上司商量之後，立刻回您電話。

百忙之中打擾您。我是<u>島津產業的李某某</u>。

お忙しいところ、失礼いたします。

私、<u>島津産業の李</u>と申します。

| 接頭辭：表示美化、鄭重 | い形容詞：忙碌 | 形式名詞：表示狀況 | 動詞：打擾（失礼します的謙讓語） |

お 　忙しい 　ところ 、失礼いたします。

正值 　忙碌 　的時候 　我打擾您。

| | 助詞：表示所屬 | 助詞：表示提示內容 | 動詞：說、叫做（言います的謙讓語） |

私、 島津産業 の 李 と 申します。

我 叫做 島津產業 的 李某某。

使用文型

動詞／い形容詞／な形容詞＋な／名詞＋の

[　　　普通形　　　] ＋ ところ 　正值～的時候

※「な形容詞」的「普通形-現在肯定形」，需要有「な」；「名詞」需要有「の」再接續。

動	食べます（吃）	→ 食べているところ	（正在吃的時候）
い	忙しい（忙碌的）	→ 忙しいところ	（正值忙碌的時候）
な	和やか（な）（和諧）	→ 和やかなところ	（正值和諧的時候）
名	会議中（會議中）	→ 会議中のところ	（正在開會的時候）

用法　希望對方在工作中撥空和自己談話時，可以說這句話。

會話練習

李：お忙しいところ、失礼いたします。私、島津産業の

李と申します。

半沢：はい。

李：実は、台湾営業所設立に関して*、
　　　　　　　　　　　　　　　　關於…

お話ししたい* ことがあるんですが。
謙讓表現：想要和您討論　因為有…事情；「んです」表示「理由」；
　　　　　　　　　　　　後面的「が」表示「前言」，是一種緩折的語氣

半沢：ああ、その件ですか。では、こちらへどうぞ。
　　　　　　是那件事情啊　　　　　　　　　　　請往這邊走

使用文型

[名詞] ＋ に関して　　關於～

設立（設立）	→ 台湾営業所設立に関して*	（關於台灣辦事處的設立）
契約（契約）	→ この契約に関して	（關於這個契約）
使い方（使用方法）	→ 携帯の使い方に関して	（關於手機的使用方法）

[動詞]

お ＋ [ます形] ＋ したい　　謙讓表現：（動作涉及對方的）想要 [做] ～

話します（討論）	→ お話ししたい*	（想要和您討論）
願いします（拜託）	→ お願いしたい	（想要拜託您）
渡します（交付）	→ お渡ししたい	（想要交給您）

中譯
　　李：百忙之中打擾您。我是島津產業的李某某。
　　半澤：是的。
　　李：其實我想和您討論一下關於台灣辦事處的設立。
　　半澤：啊～，是那件事啊。那麼，請往這邊走。

117

MP3 045

如果中西先生在的話，我想要拜見一下…。

なかにし
中西さんがおいででしたら、お目にかかりたいのですが…。

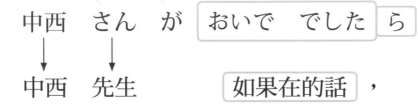

接尾辭：	助詞：	お＋いで：在	助動詞：表示斷定
〜先生、	表示焦點	お…接頭辭：表示美化、鄭重	（です⇒た形＋ら）
〜小姐		いで…動詞：いでます：名詞化	
		⇒ます形除去 [ます]	

中西　さん　が　｜ おいで　でした ｜ ら ｜ 、

中西　先生　　　　｜ 如果在的話 ｜ ，

動詞：見面	助動詞：	連語：の＋です＝んです	助詞：
（お目にかかります	表示希望	の…形式名詞	表示
⇒ます形除去 [ます]）		です…助動詞：表示斷定	前言
（会います的謙讓語）		（現在肯定形）	

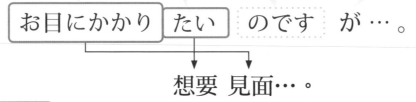

お目にかかり ｜ たい ｜ のです　が … 。

想要　見面…。

使用文型

動詞／い形容詞／な形容詞／名詞

[た形 ／ なかった形] ＋ら　　如果〜的話

※「〜たら」的文型一般不需使用「〜ました＋ら」或「〜でした＋ら」的形式，只有想要加
　強鄭重語氣時，才會使用「〜ましたら、〜ませんでしたら」或「〜でしたら、〜じゃありま
　せんでしたら」。

動	転勤します（轉職）	→ 転勤したら	（如果要轉職的話）
い	甘い（甜的）	→ 甘かったら	（如果甜的話）
な	十分（な）（足夠）	→ 十分だったら	（如果足夠的話）
名	外国の方（外國人）	→ 外国の方でしたら	（如果是外國人的話）

[動詞]

[ます形] ＋ たい　　想要 [做]～

お目にかかります（見面）	→ お目にかかりたい	（想要見面）
開けます（打開）	→ 開けたい	（想要打開）
比べます（比較）	→ 比べたい	（想要比較）

[動詞／い形容詞／な形容詞＋な／名詞＋な]

[　　　　　　普通形　　　　　　] ＋んです　　強調

※「んです」是「のです」的「縮約表現」。
※「な形容詞」、「名詞」的「普通形-現在肯定形」，需要有「な」再接續。
※「動詞ます形 + たい」的「たい」是「助動詞」，變化上與「い形容詞」相同。

動	忘れます（忘記）	→ 忘れたんです	（已經忘記了）
い	お目にかかりたい（想要見面）	→ お目にかかりたいんです	（很想要見面）
な	複雑（な）（複雜）	→ 複雑なんです	（很複雜）
名	秘密（秘密）	→ 秘密なんです	（是秘密）

用法　拜訪別人的公司，傳達自己想和某個人見面時，可以說這句話。

會話練習

半沢：今日は遠いところをお越しくださり、
　　　　　　　 很遠的地方　　　　尊敬表現：為我而來

　　　ありがとうございました。

陳：いえいえ。あ、中西さんがおいででしたら、
　　 不會不會

　　　お目にかかりたいのですが…。

半沢：ああ、今呼んできます。少々 お待ちください。
　　　　　　 叫…再回來　　 稍微　 尊敬表現：請您等待

中譯　半澤：今天讓您遠道而來，謝謝您。
　　　陳：不會不會。啊，如果中西先生在的話，我想要拜見一下…。
　　　半澤：啊～，我現在去叫他來。請您稍候。

您不用特別張羅了。
どうぞお気遣_{きづか}いなく。

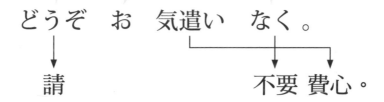

| 副詞：請 | 接頭辭：
表示美化、鄭重 | い形容詞：沒有
（ない⇒副詞用法） |

どうぞ　お　気遣い　なく。

　　↓　　　　　　　　↓　　↓
　　請　　　　　　不要 費心。

使用文型

動詞

どうぞ ＋ お ＋ [ます形] ＋ なく　　　請不要～
どうぞ ＋ ご ＋ [動作性名詞] ＋ なく　請不要～

動	気遣います（費心）	→ どうぞお気遣_{きづか}いなく	（請不要費心）
動	かまいます（張羅）	→ どうぞおかまいなく	（請不要張羅）
名	遠慮_{えんりょ}（客氣）	→ どうぞご遠慮なく	（請不要客氣）

用法　拜訪他人時，對方用心張羅各種事情，想告訴對方不用這麼麻煩時，可以說這句話。

會話練習

上戸：半沢はもうすぐ 参る と思います*ので、
　　　　　　　　　　馬上　　謙讓表現：來　因為覺得…；「と」表示「提示內容」

　　　　もう少し お待ちいただけますか*。
　　　　　再稍微　　謙讓表現：可以請您為我等待嗎？

陳：はい。 わかりました。
　　　　　　　我知道了

上戸：コーヒーはいかがですか。
　　　　　　要不要喝杯咖啡？

陳：あ、 どうぞお気遣いなく。

使用文型

動詞／い形容詞／な形容詞+だ／名詞+だ

[　　　　　普通形　　　　　]＋と＋思います　覺得～、認為～、猜想～

※「な形容詞」、「名詞」的「普通形-現在肯定形」，需要有「だ」再接續。

動	参ります（來）	→ 参ると思います*	（覺得會來）
い	恥ずかしい（丟臉的）	→ 恥ずかしいと思います	（覺得丟臉）
な	複雑（な）（複雜）	→ 複雑だと思います	（覺得複雜）
名	新人（新人）	→ 新人だと思います	（覺得是新人）

動詞

お＋[ます形]＋いただけますか　謙讓表現：可以請您（為我）[做]～嗎？

待ちます（等待）	→ お待ちいただけますか*	（可以請您（為我）等待嗎？）
直します（修改）	→ お直しいただけますか	（可以請您（為我）修改嗎？）
集まります（集合）	→ お集まりいただけますか	（可以請您（為我）集合嗎？）

中譯　上戸：我覺得半澤馬上就來了，可以請您稍候嗎？
　　　陳：好的，我知道了。
　　　上戸：要不要喝杯咖啡？
　　　陳：啊，您不用特別張羅了。

121

今天有勞您特別撥出時間，非常感謝。

本日（ほんじつ）はお時間（じかん）を割（さ）いていただいて、
ありがとうございます。

| 助詞：
表示
主題 | 接頭辭：
表示美化、
鄭重 | 助詞：
表示動作
作用對象 | 動詞：撥出（時間）
（割きます⇒て形） | 補助動詞：
（いただきます
⇒て形）
（て形表示原因） |

本日　は　お　時間　を　割いて　いただいて　、
　↓
今天　　　　因為請您為我　撥出　時間，

招呼用語

ありがとうございます　。
　　　　　↓
　　　　謝謝。

使用文型

動詞

[て形] ＋ いただきます　謙讓表現：請您（為我）[做]～

割きます（撥出（時間））	→ 時間（じかん）を割（さ）いていただきます（請您（為我）撥出時間）
記入します（填寫）	→ 記入（きにゅう）していただきます　（請您（為我）填寫）
待ちます（等待）	→ 待（ま）っていただきます　（請您（為我）等待）

| 動詞 | い形容詞 | な形容詞 |

[て形 / ーい＋くて / ーな＋で / 名詞＋で]、～　因為～，所以～

動	～ていただきます（請您（為我）做～）	→ 時間を割（じかん）いていただいて
		（因為請您為我撥出時間）
い	難しい（困難）	→ 難（むずか）しくて（因為很難，所以～）
な	簡単（な）（簡單）	→ 簡単（かんたん）で（因為很簡單，所以～）
名	独身（單身）	→ 独身（どくしん）で（因為是單身，所以～）

用法 感謝對方特別撥出時間和自己見面時，可以說這句話。

會話練習

半沢（はんざわ）：それでは、これで 失礼（しつれい）します。
　　　　　　　　　　在這個階段　　　告辭

謝（しゃ）：本日（ほんじつ）はお時間（じかん）を割（さ）いていただいて、ありがとうございます。

半沢（はんざわ）：いいえ、こちらこそ。今後（こんご）とも よろしくお願（ねが）いします。
　　　　　　不會　　　彼此彼此　　　今後也　　　　　　請多多指教

謝（しゃ）：よろしくお願（ねが）いします。

使用文型

～いただいて ＋ ありがとうございます 因為請您（為我）[做]～，謝謝

送ります（送行）	→ 駅（えき）まで送（おく）っていただいてありがとうございます。
	（因為您送我到車站，謝謝。）
開きます（舉辦）	→ 私（わたし）のためにパーティーを開（ひら）いていただいてありがとうございます。
	（因為您為我舉辦派對，謝謝。）
集まります（集合）	→ 雨（あめ）の中（なか）、お集（あつ）まりいただいてありがとうございます。
	（下雨天還為我聚集而來，謝謝。）

中譯 半澤：那麼，我就此告辭了。
　　　　謝：今天有勞您特別撥出時間，非常感謝。
　　　半澤：不會，彼此彼此。今後也請多多指教。
　　　　謝：請多多指教。

MP3 048

讓您跑這一趟，非常不好意思。

お呼び立てして申し訳ありません。
よ　た　　　　もう　わけ

接頭辭：
表示美化、
鄭重

動詞：特地叫出來
（呼びたてます
⇒ます形除去[ます]）

動詞：做
（します⇒て形）
（て形表示原因）

招呼用語

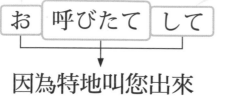

| お | 呼びたてて | して | 申し訳ありません。 |

因為特地叫您出來　　　　不好意思。

使用文型

[動詞]

お＋[ます形]＋します　　謙讓表現：（動作涉及對方的）[做]～

呼びたてます（特地叫出來）	→ お呼びたてします	（特地叫您出來）
呼びます（呼叫）	→ タクシーをお呼びします	（我為您叫計程車）
入れます（倒入）	→ コーヒーをお入れします	（我泡咖啡給您）

[動詞]　[い形容詞]　[な形容詞]

[て形 / －い＋くて / －な＋で / 名詞＋で]、～　因為～，所以～

動	します（做）	→ お呼びたてして	（因為特地叫您出來，所以～）
い	短い（短的）	→ 短くて	（因為很短，所以～）
な	不便（な）（不方便）	→ 不便で	（因為不方便，所以～）
名	限定品（限量商品）	→ 限定品で	（因為是限量商品，所以～）

用法　讓對方特地跑一趟，造成對方的麻煩時，可以用這句話來表示歉意。

會話練習

（喫茶店（きっさてん）で）
咖啡廳

近藤（こんどう）：あ、半沢（はんざわ）さん。こっちです。
這裡；「こっち」是「ここ（這裡）」的口語說法

半沢（はんざわ）：先日（せんじつ）はどうも。今日（きょう）は何（なん）の話（はなし）でしょうか*。
前幾天　　謝謝您　　　　　　　　有什麼事情嗎？

近藤（こんどう）：突然（とつぜん）お呼（よ）び立（た）てして申（もう）し訳（わけ）ありません。実（じつ）は…
其實…

使用文型

動詞／い形容詞／な形容詞／名詞		
[　　　　普通形　　　　] ＋ でしょうか		表示鄭重問法
動	来られます（可以來）→ 来られるでしょうか	（可以來嗎？）
い	よろしい（好的）→ よろしいでしょうか	（可以嗎？）
な	綺麗（きれい）（な）（漂亮）→ 綺麗でしょうか	（漂亮嗎？）
名	話（はなし）（事情）→ 何（なん）の話（はなし）でしょうか*	（有什麼事情嗎？）

中譯　（在咖啡廳）
近藤：啊，半澤先生。這裡。
半澤：前幾天謝謝您。今天您有什麼事情嗎？
近藤：突然讓您跑這一趟，非常不好意思。其實…

MP3 049

您是哪一位？
どちら様でしょうか。

| 名詞（疑問詞）：哪一位 | 助動詞：表示斷定（です⇒意向形） | 助詞：表示疑問 |

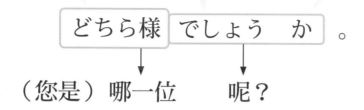

どちら様 でしょう か 。

（您是）哪一位 呢？

使用文型

動詞／い形容詞／な形容詞／名詞		
[普通形] ＋ でしょうか		表示鄭重問法
動	使えます（能使用） → 使えるでしょうか	（能使用嗎？）
い	いい（好的） → 使ってもいいでしょうか	（可以使用嗎？）
な	便利（な）（方便） → 便利でしょうか	（方便嗎？）
名	どちら様（哪一位） → どちら様でしょうか	（您是哪一位？）

用法 要確認對方是誰時，可以說這句話。

會話練習

受付：こんにちは。
　　　（うけつけ）　您好

半沢：あの、東田社長はいらっしゃいますか*。
　　　（はんざわ）　喚起別人注意，開啟對話的發語詞　　（ひがし だ しゃちょう）　尊敬表現：某人在嗎？

受付：どちら様でしょうか。
　　　（うけつけ）　　　　（さま）

半沢：武蔵商社の半沢と申します*。
　　　（はんざわ）　（む さし しょうしゃ）　（はんざわ）（もう）
　　　　　　貿易公司　　　謙讓表現：我是某人

使用文型

[某人]＋は＋いらっしゃいますか　尊敬表現：某人在嗎？

※一般說法：某人＋は＋いますか

東田社長（東田總經理）→ 東田社長はいらっしゃいますか*（東田總經理在嗎？）
　　　　　　　　　　　　　（ひがし だ しゃちょう）

人事部長（人事部長）→ 人事部長はいらっしゃいますか（人事部長在嗎？）
　　　　　　　　　　　（じん じ ぶ ちょう）

陳課長（陳課長）→ 陳課長はいらっしゃいますか（陳課長在嗎？）
　　　　　　　　　（ちん か ちょう）

[人名]＋と＋申します　謙讓表現：我是某人

※此文型只適用於「初次見面的人」，第二次見面時不適用。

半沢（半澤）→ 半沢と申します*（我是半澤）
　　　　　　　（はんざわ）（もう）

田中（田中）→ 田中と申します（我是田中）
　　　　　　　（た なか）（もう）

中西（中西）→ 中西と申します（我是中西）
　　　　　　　（なかにし）（もう）

中譯　櫃台人員：您好。
　　　　　半澤：那個…請問東田總經理在嗎？
　　　　　櫃台人員：您是哪一位？
　　　　　半澤：我是武藏貿易公司的半澤。

MP3 050

請問您有預約嗎？

お約束はいただいておりますでしょうか。
（やくそく）

| 接頭辭：表示美化、鄭重 | 助詞：表示對比（區別） | 動詞：得到、收到（いただきます⇒て形） | 補助動詞：（います的謙讓語） | 助動詞：表示斷定（です⇒意向形） | 助詞：表示疑問 |

お 約束 は ｜ いただいて ｜ おります ｜ でしょうか ｜ 。

您的約定　｜ 目前是 ｜ 我有得到 ｜ 的狀態 ｜ 　嗎？

使用文型

[動詞]

[て形] ＋ おります　目前狀態（謙讓表現）

いただきます（得到）	→ いただいております	（目前是得到的狀態）
住みます（居住）	→ 東京（とうきょう）に住（す）んでおります	（目前是住在東京的狀態）
起きます（醒著、起床）	→ 起（お）きております	（目前是醒著的狀態）

[動詞／い形容詞／な形容詞／名詞]

[　　　普通形　　　] ＋ でしょうか　表示鄭重問法

※ 主題句是「動詞丁寧形（いただいております）＋ でしょうか」，屬於更鄭重的表現方式。

動	買えます（買得起）	→ 買（か）えるでしょうか	（買得起嗎？）
い	おいしい（好吃的）	→ おいしいでしょうか	（好吃嗎？）
な	迷惑（な）（麻煩）	→ 迷惑（めいわく）でしょうか	（麻煩嗎？）
名	何番（幾號）	→ 何番（なんばん）でしょうか	（是幾號呢？）

用法　要確認對方是否事前已經約好碰面時間，可以用這句話詢問。

會話練習

受付(うけつけ)：お約束(やくそく)はいただいておりますでしょうか。

半沢(はんざわ)：はい。本日(ほんじつ)、14時(にじ)に私(わたし)がこちらへ

今天　　　寫成「14時」，
但唸法為「にじ」

伺(うかが)うことになっている*んですが。

預定要拜訪；「んです」表示「強調」；「が」表示「前言」，是一種緩折的語氣

受付(うけつけ)：さようでございますか。少々(しょうしょう) お待(ま)ち下(くだ)さい*。

鄭重表現：這樣子啊　　　　　稍微　　尊敬表現：請您等待

半沢(はんざわ)：はい。

使用文型

[動詞]　　[動詞]
[辭書形／ない形] ＋ ことになっている　預定要[做]～／不要[做]～
有規定～

[辭書]	伺います（拜訪）	→ 伺(うかが)うことになっている*	（預定要拜訪）
[ない]	発表します（發表）	→ まだ発表(はっぴょう)しないことになっている	（預定還不要發表）
[ない]	いけます（可以）	→ 吸(す)ってはいけないことになっている	（規定不可以抽菸）

[動詞]
お ＋ [ます形] ＋ ください　　尊敬表現：請您[做]～

待ちます（等待）	→ お待(ま)ちください*	（請您等待）
下がります（退後）	→ お下(さ)がりください	（請您退後）
尋ねます（詢問）	→ お尋(たず)ねください	（請您詢問）

中譯　櫃台人員：請問您有預約嗎？
　　　　半澤：是的，我預定今天下午兩點要來這裡拜訪。
　　　櫃台人員：這樣子啊，請您稍候。
　　　　半澤：好的。

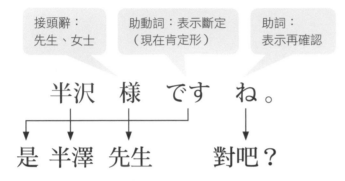
是半澤先生吧？我恭候大駕已久。

半沢様ですね。お待ち申し上げておりました。
はんざわさま　　　　　ま　　もう　あ

接頭辭： 先生、女士	助動詞：表示斷定 （現在肯定形）	助詞： 表示再確認

半沢　様　です　ね。

是　半澤　先生　　　對吧？

接頭辭： 表示美化、 鄭重	動詞：等待 （待ちます ⇒ます形 除去[ます]）	動詞：做 （申し上げます⇒て形） （します的謙讓語）	補助動詞： （おります ⇒過去肯定形） （います的謙讓語）

お　待ち　申し上げて　おりました　。

目前是　我等待您　的狀態　。

使用文型

動詞

お＋[ます形]＋申し上げます　　　謙讓表現：（動作涉及對方的）[做]～

お／ご＋[動作性名詞]＋申し上げます　謙讓表現：（動作涉及對方的）[做]～

※ 此文型是「お＋動詞ます形＋します」和「お／ご＋動作性名詞＋します」的更謙讓的說法。但適用的動詞很少，請參考下方用例。

動	待ちます（等待）	→ お待ち申し上げます	（我要等待您）
動	願います（拜託）	→ お願い申し上げます	（我要拜託您）
名	連絡（聯絡）	→ ご連絡申し上げます	（我要聯絡您）

[動詞]

[て形] ＋ おります　　目前狀態（謙讓表現）

空きます（有空）	→ 空いております	（目前是有空的狀態）
結婚します（結婚）	→ 結婚しております	（目前是已婚的狀態）
済みます（完成）	→ 済んでおります	（目前是完成的狀態）

用法　約好要見面的人已經抵達時，可以說這句話。

會話練習

呂：半沢様ですね。お待ち申し上げておりました。

私、台益工業の呂心潔と申します。
謙讓表現：我是某人

半沢：半沢です。どうぞよろしくお願いします。
請多多指教

台湾は暑いですね。
好熱啊；「ね」表示「期待同意」

呂：そうですね。さあ、冷たいお茶でもいかがですか*。
是啊；「ね」表示　　　嗯~　　　　　要不要喝杯冰茶之類的？
「表示同意」

半沢：ありがとうございます。いただきます。
那我就不客氣了

使用文型

[名詞] ＋ でも ＋ いかがですか　　要不要～之類的？

お茶（茶）	→ 冷たいお茶でもいかがですか*	（要不要喝杯冰茶之類的？）
コーヒー（咖啡）	→ コーヒーでもいかがですか	（要不要喝杯咖啡之類的？）
鍋（火鍋）	→ 鍋でもいかがですか	（要不要吃個火鍋之類的？）

中譯　　呂：是半澤先生吧？我恭候大駕已久。我是台益工業的呂心潔。
半澤：我是半澤。請多多指教。台灣的天氣好熱啊。
　　　呂：是啊。嗯～，你要不要喝杯冰茶之類的？
半澤：謝謝，那我就不客氣了。

MP3 052

請用茶。
粗茶<ruby>そちゃ</ruby>ですが、どうぞ。

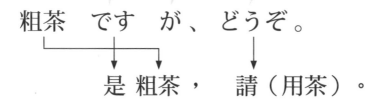

| 助動詞：表示斷定（現在肯定形） | 助詞：表示前言 | 副詞：請 |

粗茶　です　が、　どうぞ。

是　粗茶，　請（用茶）。

相關表現

「送禮、招待訪客」的常用表現

請喝茶	→ 粗茶（そちゃ）ですが、どうぞ。 （是粗茶，請享用。）
請吃東西、請收禮物	→ 粗品（そしな）ですが、どうぞ。 （是不值錢的東西，請吃／請收下。） → つまらない物（もの）ですが、どうぞ。 （是不值錢的東西，請吃／請收下。）

用法　為前來訪問的客人奉茶時，可以說這句話。

會話練習

上戸：では、こちらにおかけになって[*]お待ちください[*]。
　　　　　　　　尊敬表現：請坐；　　　　　　　　　　尊敬表現：請您等待
　　　　　　　「て形」表示「附帶狀況」

陳：失礼します。
　　　不好意思

上戸：……粗茶ですが、どうぞ。

陳：ありがとうございます。いただきます。
　　　　　　　　　　　　　　　　　我要享用了

使用文型

動詞

お ＋ [ます形] ＋ に ＋ なります　　尊敬表現：[做] ～

かけます（坐）	→ おかけになります[*]	（坐）
作ります（製作）	→ お作りになります	（製作）
探します（尋找）	→ お探しになります	（尋找）

動詞

お ＋ [ます形] ＋ ください　　尊敬表現：請您 [做] ～

待ちます（等待）	→ お待ちください[*]	（請您等待）
読みます（讀）	→ お読みください	（請您讀）
使います（使用）	→ お使いください	（請您使用）

中譯　上戸：那麼，請您坐在這裡等待。
　　　　陳：不好意思。
　　　　上戸：……請用茶。
　　　　陳：謝謝您。我要享用了。

那麼，我帶您到總經理室。

それでは、社長室にご案内いたします。

接續詞：那麼

助詞：表示到達點

接頭辭：
表示美化、
鄭重

動詞：做
（します的謙讓語）

それでは 、 社長室 に ご 案内 いたします 。

那麼

我引導您 （到）總經理室。

使用文型

お／ご ＋[動作性名詞]＋します 謙讓表現：(動作涉及對方的) [做]～

案内（導覽）	→ ご案内します	（我來為您導覽）
説明（說明）	→ ご説明します	（我來為您說明）
邪魔（打擾）	→ お邪魔します	（我要打擾您）

用法 要引導客人前往總經理室時，可以說這句話。

會話練習

藤沢：大変お待たせして* 申し訳ありません。東田はただ今、

謙讓表現：因為讓您久等；「て形」
表示「原因」

真的很抱歉

現在剛好

会議が終わりました*。

結束會議了

半沢：そうですか。
　　　　這樣子啊

藤沢：それでは、社長室にご案内いたします。

半沢：ありがとうございます。
　　　　謝謝

使用文型

動詞

お ＋ [ます形] ＋ して　　謙讓表現：（動作涉及對方的）因為 [做] ～

※ 此文型是「お ＋ 動詞ます形 ＋ します」的「て形」。「て形」的用法很多，此為其中之一。

待たせます（讓對方等待）	→ お待たせして＊	（因為我讓您等待）
伺います（詢問）	→ お伺いして	（因為我要詢問您）
包みます（包裝）	→ お包みして	（因為我要為您包裝）

動詞

ただいま ＋ [ます形的過去肯定形]　　現在剛好完成了某動作

※ 注意：連續劇中常聽到的「ただいま」（我回來了）的音調是「た だいま」，「ただいま」如果
　　表示「現在剛好」的意思，語調則變成「た だいま」。

終わります（結束）	→ ただいま会議が終わりました＊	（現在會議剛好結束了）
到着します（到達）	→ ただいま到着しました	（現在剛好到達了）
戻ります（返回）	→ ただいま戻りました	（現在剛好回來了）

中譯　藤澤：讓您久等了，真的很抱歉。東田現在剛好結束會議了。
　　　半澤：這樣子啊。
　　　藤澤：那麼，我帶您到總經理室。
　　　半澤：謝謝。

135

波野正在開會，大概下午四點左右就會結束…。

波野は会議中でして、16時ごろには終わる
予定なんですが…。

助詞：表示主題	接尾辭：正在～當中	助動詞：表示斷定（です⇒て形）（で形表示原因）	接尾辭：～左右	助詞：表示動作進行時點	助詞：表示對比（區別）

波野　は　会議　中　でして　、16　時　ごろ　に　は

波野　　　　開會中，　　　在　下午四點　左右

動詞：結束（終わります⇒辭書形）	名詞：預定（予定⇒名詞接續用法）	連語：ん＋です　ん…形式名詞（の⇒縮約表現）　です…助動詞：表示斷定（現在肯定形）	助詞：表示前言

終わる　予定　な　んです　が　…。

預定要結束…。

※「下午四點」寫成「16 時」，但唸法為「よじ」。

使用文型

動詞

[辭書形 / 名詞 ＋ の] ＋ 予定　　預定～

動	終わります（結束）	→ 終わる予定	（預定結束）
名	出発（出發）	→ 出発の予定	（預定出發）

動詞／い形容詞／な形容詞＋な／名詞＋な

[　　　　　普通形　　　　　]＋んです　　強調

※ 此為「丁寧體文型」用法，「普通體文型」為「～んだ」。
※「な形容詞」、「名詞」的「普通形-現在肯定形」，需要有「な」再接續。

動	決めます（決定）	→	決めたんです	（決定了）
い	詳しい（詳細的）	→	詳しいんです	（很詳細）
な	まじめ（な）（認真）	→	まじめなんです	（很認真）
名	予定（預定）	→	終わる予定なんです	（預定要結束）

用法　告知對方同事的預定行程時，可以說這句話。

會話練習

半沢：あの、波野部長は…？

板橋：波野は会議中でして、16時ごろには終わる予定なんですが…。

半沢：そうですか、あと３０分ですね。
還要 30 分鐘嗎？「ね」表示「再確認」

待たせていただいてもいいでしょうか*。
可以請您讓我等待嗎？「でしょうか」表示「鄭重問法」

板橋：ええ、では応接室の方へ どうぞ。
　　　好的　　　　　往接待室的方向　　請

使用文型

動詞

[使役て形]＋いただいてもいいでしょうか　謙讓表現：可以請您讓我 [做] ～嗎？

| 待たせます（讓～等） | → | 待たせていただいてもいいでしょうか* | （可以請您讓我等待嗎？） |
| 休ませます（讓～請假） | → | 休ませていただいてもいいでしょうか | （可以請您讓我請假嗎？） |

中譯　半澤：那個…，波野部長人呢…？
　　　板橋：波野正在開會，大概下午四點左右就會結束…。
　　　半澤：這樣子啊，還要 30 分鐘嗎？可以請您讓我（在這裡）等他嗎？
　　　板橋：好的，那麼，請往接待室走。

半澤現在不在座位上，請您稍等一下。

はんざわ　　　　　　　　　せき　はず
半沢はただいま席を外しておりますので、

しょうしょう　　　　ま
少々お待ちください。

| 助詞：表示動作主 | 助詞：表示動作作用對象 | 動詞：離開（外します⇒て形） | 補助動詞：（います的謙讓語） | 助詞：表示原因理由 |

半沢　は　ただいま　席　を　外して　おります　ので　、

因為　半澤　現在　　　處於　離開　座位　的狀態　，

| 副詞：稍微 | 接頭辭：表示美化、鄭重 | 動詞：等待（待ちます⇒ます形除去 [ます]） | 補助動詞：請（くださいます⇒命令形 [くださいませ] 除去 [ませ]） |

少々　お　待ち　ください　。

稍微　　　請您等候。

※ [お + 動詞ます形 + ください]：請參考P058
※ 對「其他公司的人」提到「自己公司的人」的時候，不需要加「さん」。

使用文型

動詞

[て形] ＋ おります　目前狀態（謙讓表現）

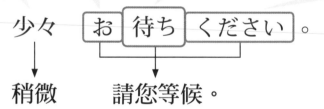

外します（離開）	せき　はず→ 席を外しております	（目前是離開座位的狀態）
切らします（用光）	→ 切らしております	（目前是用光的狀態）
取ります（取得）	やす　と→ 休みを取っております	（目前是取得休假的狀態）

動詞／い形容詞／な形容詞＋な／名詞＋な

[　　　　　　普通形　　　　　　] ＋ ので　　因為～

※「な形容詞」、「名詞」的「普通形-現在肯定形」，需要有「な」再接續。

動	遅れます（遅到）	→ 遅れたので	（因為遅到了）
い	暑い（炎熱的）	→ 暑いので	（因為很熱）
な	便利（な）（方便）	→ 便利なので	（因為方便）
名	外国人（外國人）	→ 外国人なので	（因為是外國人）

動詞／い形容詞／な形容詞／名詞

[　　　　　　丁寧形　　　　　　] ＋ ので　　因為～

動	外しております（目前是離開的狀態）	→ 外しておりますので	（因為目前是離開的狀態）
い	暑い（炎熱的）	→ 暑いですので	（因為很熱）
な	便利（な）（方便）	→ 便利ですので	（因為方便）
名	外国人（外國人）	→ 外国人ですので	（因為是外國人）

用法　對方要找的人現在不在現場時，可以這樣回答。

會話練習

上戸：こんにちは。
　　　您好

波野：あの、私、近江工業の波野ですが、
　　　喚起別人注意，開啟對話的發語詞　　　　　　　　　　表示：前言，是一種緩折的語氣
　　　半沢課長はいらっしゃいますか。
　　　　　　　尊敬表現：某人在嗎？

上戸：半沢はただいま席を外しておりますので、少々お待ちください。

波野：はい。

中譯　上戸：您好。
　　　波野：那個…我是近江工業的波野，請問半澤課長在嗎？
　　　上戸：半澤現在不在座位上，請您稍等一下。
　　　波野：好的。

MP3 056

謝謝您今天特地過來。

本日（ほんじつ）はご足労（そくろう）いただきありがとうございました。

助詞：表示主題	接頭辭：表示美化、鄭重	補助動詞：（いただきます⇒ます形除去[ます]）（屬於句中的中止形用法）

本日　は　｜ご｜足労｜いただき｜

今天　｜請您為我勞駕過來｜

招呼用語

ありがとうございました。

謝謝。

使用文型

お／ご＋[動作性名詞]＋いただきます　謙讓表現：請您（為我）[做]～

足労（勞駕）	→ ご足労（そくろう）いただきます	（請您（為我）勞駕）
検討（商量）	→ ご検討（けんとう）いただきます	（請您（為我）商量）
返事（回覆）	→ お返事（へんじ）いただきます	（請您（給我）回覆）

用法　對前來拜訪、或是參加會議的人表達謝意時，可以說這句話。

會話練習

半沢（はんざわ）：武蔵商社（むさししょうしゃ）の半沢（はんざわ）です。

波野（なみの）：ああ、半沢（はんざわ）さん、本日はご足労いただきありがとう

ございました。

半沢（はんざわ）：<u>いいえ</u>、<u>これも仕事（しごと）ですから</u>*。
　　　　　　　不　　　　　　　因為這也是工作

波野（なみの）：じゃ、<u>会議室（かいぎしつ）へ案内（あんない）しますので</u>*、<u>こちらへどうぞ</u>。
　　　　　　　　　　　　　　　因為要帶路　　　　　　　　　　　　　　　請往這邊走

使用文型

動詞／い形容詞／な形容詞／名詞

[　　　　丁寧形　　　　]＋から　　因為～

動	案内（あんない）します（帶路）	→ 案内（あんない）します<u>から</u>	（因為要帶路）
い	安（やす）い（便宜的）	→ 安（やす）い<u>ですから</u>	（因為便宜）
な	不便（ふべん）（な）（不方便）	→ 不便（ふべん）<u>ですから</u>	（因為不方便）
名	仕事（しごと）（工作）	→ 仕事（しごと）<u>ですから</u>*	（因為是工作）

動詞／い形容詞／な形容詞／名詞

[　　　　丁寧形　　　　]＋ので　　因為～

※「丁寧形 + ので」是比「丁寧形 + から」更鄭重的説法。

動	案内（あんない）します（帶路）	→ 案内（あんない）します<u>ので</u>*	（因為要帶路）
い	安（やす）い（便宜的）	→ 安（やす）い<u>ので</u>	（因為便宜）
な	不便（ふべん）（な）（不方便）	→ 不便（ふべん）<u>ので</u>	（因為不方便）
名	仕事（しごと）（工作）	→ 仕事（しごと）<u>ので</u>	（因為是工作）

中譯　半澤：我是武藏貿易公司的半澤。
　　　波野：啊～，半澤先生，謝謝您今天特地過來。
　　　半澤：不，因為這也是我的工作。
　　　波野：那麼，因為我要帶您去會議室，請往這邊走。

🔘 MP3 057

讓各位久等了。那麼緊接著就開始我們的會議吧。

長_{なが}らくお待_またせいたしました。それでは会議_{かいぎ}を
始_{はじ}めさせていただきます。

副詞： 長久	接頭辭： 表示美化、 鄭重	動詞：等待 （待ちます ⇒使役形 [待たせます] 除去 [ます]）	動詞：做 （いたします ⇒過去肯定形 （します的謙讓語）

長らく ［お］［待たせ］［いたしました］。

↓
［讓您］ 長久 ［等待了］。

接續詞：那麼	助詞： 表示動作 作用對象	動詞：開始 （始めます ⇒使役形 [始めさせます] 的て形）	補助動詞

それでは 会議 を ［始めさせて］［いただきます］。

↓ ↓ ↓
那麼 ［請您］［讓我開始］ 會議。

使用文型

［動詞］
お＋[ます形]＋します　謙讓表現：（動作涉及對方的）[做] ～

待たせます（讓～等待）	→ お待_またせします	（我讓您等待）
伺います（詢問）	→ お伺_{うかが}いします	（我要詢問您）
包みます（包裝）	→ お包_{つつ}みします	（我為您包裝）

動詞

[使役て形] ＋ いただきます　　謙讓表現：請您讓我 [做] ～

始めさせます（讓～開始）	→ 始めさせていただきます	（請您讓我開始）
相談させます（讓～商量）	→ 相談させていただきます	（請您讓我商量）
帰らせます（讓～回去）	→ 帰らせていただきます	（請您讓我回去）

用法　經過漫長等待後，會議終於要開始時，對與會者所說的一句話。

會話練習

內藤：半沢君、遅いな…。
　　　　　　　　真慢啊；「な」表示「感嘆」

中西：得意先から電話があったようです＊よ。あ、来ましたよ。
　　　老客戶　　　　　　　好像有…；「よ」表示「提醒」　　　　　　　　表示：提醒

半沢：長らくお待たせいたしました。それでは会議を
　　　始めさせていただきます。

使用文型

動詞／い形容詞／な形容詞＋な／名詞＋の

[　　　　普通形　　　　] ＋ ようです　　（推斷）好像～

※「な形容詞」的「普通形-現在肯定形」，需要有「な」；「名詞」需要有「の」再接續。

動	あります（有）	→ 電話があったようです＊	（好像有電話）
い	難しい（困難的）	→ 難しいようです	（好像很難）
な	簡単（な）（簡單）	→ 簡単なようです	（好像很簡單）
名	不渡り（跳票）	→ 不渡りのようです	（好像是跳票）

中譯　內藤：半澤真慢啊…。
　　　中西：好像有老客戶打電話來的樣子。啊，他來囉。
　　　半澤：讓各位久等了。那麼緊接著就開始我們的會議吧。

我對<u>淺野分店長</u>的意見沒有異議。
<u>浅野支店長</u>のご意見に異存はございません。

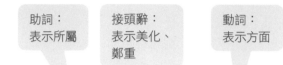

浅野	支店長	の	ご	意見	に
對 淺野	分店長	的		意見	

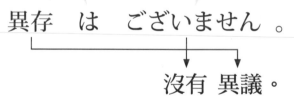

異存　は　ございません　。

沒有 異議。

使用文型

[名詞] ＋ に ＋ 異存はございません　　對～沒有異議

意見（意見）	→ ご意見に異存はございません	（對您的意見沒有異議）
計画（計畫）	→ 計画に異存はございません	（對計畫沒有異議）
方針（方針）	→ 方針に異存はございません	（對方針沒有異議）

用法 在會議中表達對別人所說的意見沒有異議時，可以說這句話。

會話練習

浅野（あさの）：この稟議書（りんぎしょ）は私（わたし）が責任（せきにん）を持（も）って通（とお）します。
提案書　　　　　　　　　負責通過

それでいいですね？
這樣可以吧？「ね」表示「期待同意」

半沢（はんざわ）：そこまでおっしゃるなら*、浅野支店長（あさのしてんちょう）のご意見（いけん）に
要是您都這樣說的話

異存（いぞん）はございません。

浅野（あさの）：じゃ、この方向（ほうこう）で 話（はなし）を進（すす）めてください*。
以這個方向；「で」　　　　　　　　請進行這件事
表示「樣態」

半沢（はんざわ）：わかりました。

※ 稟議書：在企業或政府機構，以取代實際會議的方式，將意見寫於書面，再由相關人員輪流審閱簽名或表述意見的書面文件。

使用文型

動詞　　　動詞

[辭書形／ない形] + [の] + なら 要是 [做] ／ 不 [做] ～的話
※ 可省略「の」。

| 辭書 | おっしゃります（說） | → そこまでおっしゃる[の]なら* | （要是您都這樣說的話） |
| ない | 行きます（去） | → 行（い）かない[の]なら | （要是不去的話） |

動詞

[て形] + ください　　請 [做] ～

進めます（進行）	→ 進（すす）めてください*	（請進行）
電話します（打電話）	→ 電話（でんわ）してください	（請打電話）
言います（說）	→ 言（い）ってください	（請說）

中譯　淺野：這份提案書我要負責讓它通過。這樣可以吧？
　　　半澤：要是您都這樣說的話，我對淺野分店長的意見沒有異議。
　　　淺野：那麼，請以這個方向進行。
　　　半澤：我知道了。

能不能請您稍等一下呢？

少々お待ちいただけますでしょうか。
しょうしょう　ま

| 副詞：稍微 | 接頭辭：表示美化、鄭重 | 動詞：等待（待ちます⇒ます形 除去 [ます]） | 補助動詞：（いただきます⇒可能形） | 助動詞：表示斷定（です⇒意向形） | 助詞：表示疑問 |

少々　| お | 待ち | いただけます | でしょう　か |。

稍微　| 可以請您等待 |　嗎？

使用文型

[動詞]

お＋[ます形]＋いただきます　　謙讓表現：請您（為我）[做]〜

待ちます（等待）	→ お待ちいただきます	（請您（為我）等待）
送ります（寄送）	→ お送りいただきます	（請您（為我）寄送）
書きます（寫）	→ お書きいただきます	（請您（為我）寫）

[動詞／い形容詞／な形容詞／名詞]

[　　　　普通形　　　　]＋でしょうか　　表示鄭重問法

※ 主題句是「動詞丁寧形（お待ちいただけます）＋でしょうか」，屬於更鄭重的表現方式。

動	来られます（可以來）	→ 来られるでしょうか	（可以來嗎？）
い	厳しい（嚴格的）	→ 厳しいでしょうか	（嚴格嗎？）
な	便利（な）（方便）	→ 便利でしょうか	（方便嗎？）
名	倒産（破產）	→ 倒産でしょうか	（是破產嗎？）

用法　請對方稍候時，可以說這句話。

會話練習

半沢（はんざわ）：もしもし、武蔵商社（むさししょうしゃ）の半沢（はんざわ）です。製品（せいひん）TX-7300（ななさんゼロゼロ）について
<u>關於…</u>

お<u>聞（き）きしたい</u>※<u>ことがある</u> のですが。
謙讓表現：想要詢問您　　　有…事情　　　「のです」＝「んです」，表示「強調」；
　　　　　　　　　　　　　　　　　　　　　「が」表示「前言」，是一種緩折的語氣

藤沢（ふじさわ）：少々（しょうしょう）お待（ま）ちいただけますでしょうか。

<u>担当（たんとう）の者（もの）と代（か）わりますので</u>※。
因為要換給承辦人員接聽

半沢（はんざわ）：はい。

板橋（いたばし）：……<u>お電話代（でんわか）わりました</u>、<u>担当（たんとう）</u>の板橋（いたばし）です。
　　　　　　　　　電話換人接聽了　　　　　　承辦

使用文型

動詞

お＋[ます形]＋したい　　謙讓表現：（動作涉及對方的）想要[做]〜

聞きます（詢問）	→ お聞きしたい※	（想要詢問您）
願いします（拜託）	→ お願（ねが）いしたい	（想要拜託您）
渡します（交付）	→ お渡（わた）ししたい	（想要交給您）

動詞／い形容詞／な形容詞／名詞

[　　　　丁寧形　　　　]＋ので　　因為〜

動	代わります（替換）	→ 代（か）わりますので※	（因為要替換）
い	詳しい（詳細的）	→ 詳（くわ）しいですので	（因為很詳細）
な	不便（な）（不方便）	→ 不便（ふべん）ですので	（因為不方便）
名	限定品（限量商品）	→ 限定品（げんていひん）ですので	（因為是限量商品）

中譯　半澤：喂喂，我是武藏貿易公司的半澤，關於產品TX-7300，我有事情想要請
　　　　　教您。
　　　藤澤：能不能請您稍等一下呢？因為我要請承辦人員接電話。
　　　半澤：好的。
　　　板橋：……電話換人接聽了，我是承辦的板橋。

MP3 060

我馬上調查看看，請您稍等一下好嗎？

さっそく調べてみますので、
しばらくお時間をいただけますか。

副詞： 立刻、馬上	動詞：調查 （調べます ⇒て形）	補助動詞： [做] 〜看看	助詞： 表示原因理由

さっそく 　 調べて 　みます 　ので、

因為 馬上 　　　　調查看看，

副詞：暫時	接頭辭： 表示美化、 鄭重	助詞： 表示動作 作用對象	動詞：得到、收到 （いただきます ⇒可能形）	助詞： 表示疑問

しばらく 　お 　時間 　を 　いただけます 　か。

暫時 　　　　　　　我 可以得到（您的）時間 嗎？

使用文型

動詞

[て形] ＋ みます 　　[做] 〜看看

調べます（調查）	→ 調べてみます	（調查看看）
使います（使用）	→ 使ってみます	（用看看）
聞きます（詢問）	→ 聞いてみます	（問看看）

動詞／い形容詞／な形容詞＋な／名詞＋な

[　　　　　　普通形　　　　　]＋ので　　因為～

※「な形容詞」、「名詞」的「普通形-現在肯定形」，需要有「な」再接續。

動	調べてみます（調查看看）	→ 調べてみるので	（因為要調查看看）
い	軽い（輕的）	→ 軽いので	（因為很輕）
な	貴重（な）（珍貴）	→ 貴重なので	（因為很珍貴）
名	円高（日圓升值）	→ 円高なので	（因為日圓升值）

動詞／い形容詞／な形容詞／名詞

[　　　　　丁寧形　　　　　]＋ので　　因為～

動	調べてみます（調查看看）	→ 調べてみますので	（因為要調查看看）
い	軽い（輕的）	→ 軽いですので	（因為很輕）
な	貴重（な）（珍貴）	→ 貴重ですので	（因為很珍貴）
名	円高（日圓升值）	→ 円高ですので	（因為日圓升值）

用法　告知對方現在就會立刻調查，希望對方稍候時，可以說這句話。

會話練習

羽根：台北市内のコンビニ出店率って わかりますか。
便利商店開店率；「って」等同「は」，表示「主題」　　　　　　　知道嗎？

陳：さっそく調べてみますので、しばらくお時間を

いただけますか。

羽根：じゃ、お願いしますね。できれば 今日中に。
謙讓表現：拜託您囉；「ね」　　可以的話　在今天之內
表示「留住注意」

中譯　羽根：你知道台北市內的便利商店的開店率是多少嗎？
　　　陳：我馬上調查看看，請您稍等一下好嗎？
　　　羽根：那麼，拜託您囉。可以的話，在今天之內給我答案。

149

MP3 061

（處理上）需要花一點時間，您可以等嗎？

しょうしょう　　　　　じ　かん
少々お時間をいただきますがよろしいでしょうか。

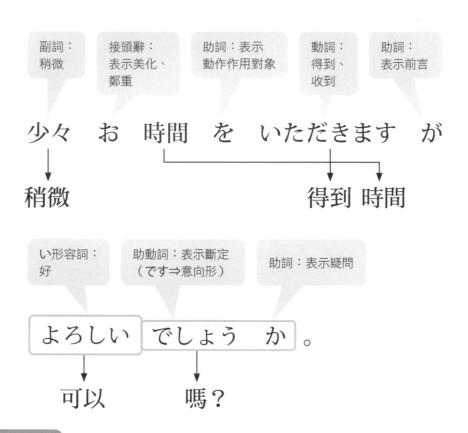

| 副詞：
稍微 | 接頭辭：
表示美化、
鄭重 | 助詞：表示
動作作用對象 | 動詞：
得到、
收到 | 助詞：
表示前言 |

少々　お　時間　を　いただきます　が

稍微　　　　　　　　　得到 時間

| い形容詞：
好 | 助動詞：表示斷定
（です⇒意向形） | 助詞：表示疑問 |

よろしい　でしょう　か　。

可以　　　嗎？

使用文型

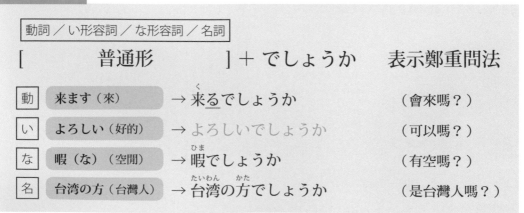

動詞／い形容詞／な形容詞／名詞		
[　　　　普通形　　　　]＋でしょうか	表示鄭重問法	
動 来ます（來）	→ 来るでしょうか	（會來嗎？）
い よろしい（好的）	→ よろしいでしょうか	（可以嗎？）
な 暇（な）（空閒）	→ 暇でしょうか	（有空嗎？）
名 台湾の方（台灣人）	→ 台湾の方でしょうか	（是台灣人嗎？）

用法　處理某件事情，需要請對方稍候時，可以說這句話。

會話練習

半沢（はんざわ）：このような設計（せっけい）で、お願（ねが）いしたい*んですが。
これ這樣的　　　　表示：様態　　　謙讓表現：想要拜託您
　　　　　　　　　　　　　　　　　　　　　　　　　　　　「んです」表示「強調」；
　　　　　　　　　　　　　　　　　　　　　　　　　　　　「が」表示「前言」是一種緩折的語氣

板橋（いたばし）：そうですか。…以前（いぜん）のより 複雑（ふくざつ）ですね。
　　　　　　　　　　　　　　　　和以前的設計相比；　　　很複雜耶；「ね」表示「感嘆」
　　　　　　　　　　　　　　　　「以前の設計より」的
　　　　　　　　　　　　　　　　省略說法

少々（しょうしょう）お時間（じかん）をいただきますがよろしいでしょうか。

半沢（はんざわ）：どのくらい かかりそうです*か。
　　　　　　　　　　　多少時間　　　　　可能要花費呢？

使用文型

動詞

お＋[ます形]＋したい　　謙讓表現：(動作涉及對方的) 想要 [做] 〜

願いします（拜託）	→ お願（ねが）いしたい*	（想要拜託您）
伺います（詢問）	→ お伺（うかが）いしたい	（想要詢問您）
借ります（借入）	→ お借（か）りしたい	（想要跟您借入）

動詞

[ます形]＋そうです　　可能會 [做] 〜、好像會 [做] 〜

かかります（花費）	→ かかりそうです*	（可能會花費）
結婚します（結婚）	→ 結婚（けっこん）しそうです	（好像會結婚）
増えます（增加）	→ 増（ふ）えそうです	（可能會增加）

中譯　半澤：想拜託您做出像這樣的設計。
　　　板橋：這樣子啊。…和以前的相比，是比較複雜的耶。（處理上)需要花一點
　　　　　　時間，您可以等嗎？
　　　半澤：可能要花多少時間呢？

請您坐在那邊稍候。

あちらにお掛^かけになってお待^まちください。

| 助詞：表示 動作歸著點 | 接頭辭： 表示美化、 鄭重 | 動詞：坐 （掛けます⇒ます形 除去[ます]） | 助詞：表示 變化結果 （屬於文型上 的用法） | 動詞：尊敬表現 （なります⇒て形） （て形表示附帶 狀況） |

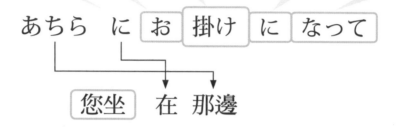

| 接頭辭： 表示美化、 鄭重 | 動詞：等待 （待ちます⇒ます形 除去[ます]） | 補助動詞：請 （くださいます ⇒命令形[くださいませ] 除去[ませ]） |

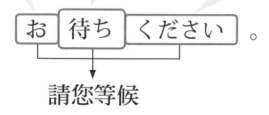

使用文型

[動詞]

お ＋ [ます形] ＋ に ＋ なります　　尊敬表現：[做]～

掛けます（坐）→ お掛^かけになります　　（坐）

読みます（讀）→ お読^よみになります　　（讀）

帰ります（回去）→ お帰^{かえ}りになります　（回去）

動詞

お ＋ [ます形] ＋ ください　　尊敬表現：請您 [做] ～

待ちます（等待）→ お待ちください　　　（請您等待）

書きます（寫）→ お書きください　　　（請您寫）

使います（使用）→ お使いください　　　（請您使用）

用法　要請對方人坐下來等待時，可以說這句話。這是禮貌的說法。

會話練習

（病院で）
在醫院

受付：診察券と保険証 をお願いします*。
　　　掛號證和健保卡　　　　　　　請給我…

半沢：はい。

受付：半沢さんですね。では、あちらにお掛けになって
　　　是半澤先生對吧？「ね」表示「再確認」

　　　お待ちください。

使用文型

[名詞] ＋ を ＋ お願いします　　請給我 ～

保険証（健保卡）→ 保険証 をお願いします*　　（請給我健保卡）

水（水）→ 水をお願いします　　（請給我水）

禁煙席（禁菸座位）→ 禁煙席をお願いします　　（請給我禁菸座位）

中譯　（在醫院）
　　　櫃台人員：請給我掛號證和和健保卡。
　　　　　半澤：好的。
　　　櫃台人員：您是半澤先生對吧？那麼，請您坐在那邊稍候。

🔘 MP3 063

能不能請您再說一次？

もう一度おっしゃっていただけますか。
　いち　ど

| 副詞：再 | 數量詞：一次 | 動詞：説（おっしゃいます⇒て形）（言います的尊敬語） | 補助動詞：（いただきます⇒可能形） | 助詞：表示疑問 |

もう　一度　おっしゃって　いただけます　か。

可以請您　再　說　一次　嗎？

使用文型

動詞

[て形] ＋ いただきます　　謙讓表現：請您（為我）[做] ～

おっしゃいます（說）	→ おっしゃっていただきます	（請您（為我）說）
記入します（填寫）	→ 記入していただきます	（請您（為我）填寫）
教えます（告訴）	→ 教えていただきます	（請您告訴我）

用法　請對方再說一次時，可以用這句話。這是比「もう一度言ってください」（請再說一次）更慎重的說法。
　　　　　　　　　　　　　　　　　　　いち ど い

會話練習

田中：じゃ、この件は、コンプライアンスに
遵守法律（compliance）

気をつけてやってくれ*よ。
你要給我小心去做

李：あ、すみません。もう一度おっしゃっていただけますか。

田中：「コンプライアンス」、企業として*
作為企業

法律をちゃんと守るっていうことだよ。
就是說好好地遵守法律這件事；「っていうことだ」表示「就是說」

李：そういうことですか、わかりました。
是這麼一回事啊

使用文型

動詞

[て形] ＋ くれ　　（命令別人）[做] ～

※ 這是「上對下」的語氣。

やります（做）	→ 気をつけてやってくれ*	（（你）要給我小心做）
帰ります（回去）	→ 帰ってくれ	（（你）給我回去）
掃除します（打掃）	→ 掃除してくれ	（（你）給我去打掃）

[名詞] ＋ として　　作為～

企業（企業）	→ 企業として*	（作為企業）
親（父母親）	→ 親として	（作為父母親）
教師（老師）	→ 教師として	（作為老師）

中譯　田中：那麼，這件事，你要遵守法律，你要給我小心做。
　　　李：啊，不好意思。能不能請您再說一次？
　　　田中：「compliance」就是指作為一家企業，要好好地遵守法律這件事。
　　　李：是這麼一回事啊。我知道了。

請求
064

能否請您再重新考慮一下？

もう一度考え直していただくわけには
いかないでしょうか。

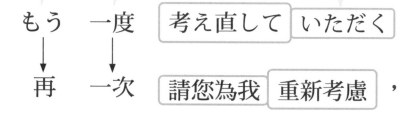

| 副詞：再 | 數量詞：一次 | 動詞：重新考慮（考え直します⇒て形） | 補助動詞：（いただきます⇒辭書形） |

もう　一度　考え直して　いただく

再　一次　請您為我　重新考慮　，

| 連語：不能～ | 助動詞：表示斷定（です⇒意向形） | 助詞：表示疑問 |

わけにはいかない　でしょう　か　。

不能　　　　　　嗎？

※ [動詞辭書形 + わけにはいかない]：請參考P289

使用文型

[動詞]

[て形] ＋ いただきます　　謙讓表現：請您（為我）[做] ～

考え直します（重新考慮）	→ 考え直していただきます	（請您（為我）重新考慮）
記入します（填寫）	→ 記入していただきます	（請您（為我）填寫）
教えます（告訴）	→ 教えていただきます	（請您告訴我）

```
┌─────────────────────────────────────┐
│ 動詞／い形容詞／な形容詞／名詞 │
└─────────────────────────────────────┘
```

[　　　普通形　　　]＋でしょうか　　表示鄭重問法

※ 問句時，用「動詞ない形（否定形）（考え直していただくわけにはいかない）＋ でしょうか」
　 是更鄭重的問法。

動	来られます（可以來）	→ 来<ruby>来<rt>こ</rt></ruby>られる<u>でしょうか</u>	（可以來嗎？）
い	難しい（困難的）	→ 難<ruby>難<rt>むずか</rt></ruby>しいでしょうか	（很難嗎？）
な	貴重（な）（珍貴）	→ 貴<ruby>貴<rt>き ちょう</rt></ruby>重でしょうか	（珍貴嗎？）
名	新人（新人）	→ 新<ruby>新<rt>しんじん</rt></ruby>人でしょうか	（是新人嗎？）

用法　希望對方再考慮一次時，可以用這句話來拜託對方。

會話練習

和田：君は確か英語が得意だったね。
　　　　　　記得　　　　　　　　很擅長對吧；「ね」表示「再確認」

浅野：と、おっしゃいますと…。
　　　　　　您說的意思是…

和田：フィリピンにある子会社に出向してもらえないか*ね。
　　　　　　　在菲律賓的分公司　　　　　可以請你（為我）調職嗎？「ね」表示「期待同意」

浅野：そ、それは…。もう一度考え直していただくわけには
　　　　　　表示：主題

　　　　いかないでしょうか。

使用文型

```
┌──────┐
│ 動詞 │
└──────┘
```

[て形]＋もらえないか　　可以請你（為我）[做]～嗎？

出向します（調職）	→ 出向してもらえないか*	（可以請你（為我）調職嗎？）
貸します（借出）	→ 貸してもらえないか	（可以請你借給我嗎？）
止めます（停止）	→ 止めてもらえないか	（可以請你停止嗎？）

中譯　和田：記得你很擅長英文對吧？
　　　淺野：您說的意思是…。
　　　和田：可以請你調職到菲律賓的分公司嗎？
　　　淺野：那、那個…。能否請您再重新考慮一下？

MP3 065

不好意思，有點事想請教您。
しょうしょう　　うかが
少 々お伺いしたいことがあるのですが。

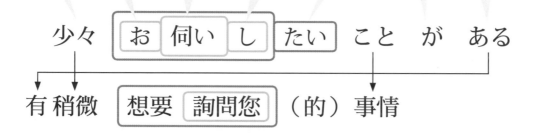

| 副詞：
稍微 | 接頭辭：
表示美化、
鄭重 | 動詞：詢問
（伺います
⇒ます形
除去[ます]） | 動詞：做
（します
⇒ます形
除去[ます]） | 助動詞：
表示希望 | 助詞：
表示焦點 | 動詞：有
（あります
⇒辭書形） |

少々　お　伺い　し　たい　こと　が　ある

有 稍微　想要　詢問您　（的）事情

連語：の＋です＝んです
の…形式名詞
です…助動詞：表示斷定
（現在肯定形）

助詞：表示前言

のです　が。

使用文型

動詞

お＋[ます形]＋します　　謙讓表現：（動作涉及對方的）[做]～

伺います（詢問）　→ お伺いします　　　（我要詢問您）

包みます（包裝）　→ お包みします　　　（我為您包裝）

待ちます（等待）　→ お待ちします　　　（我等您）

動詞

[ます形]＋たい　想要[做]～

お伺いします（我要詢問您）	→	お伺いしたい	（我想要詢問您）
調べます（調查）	→	調べたい	（想要調查）
解雇します（解雇）	→	解雇したい	（想要解雇）

動詞／い形容詞／な形容詞＋な／名詞＋な

[　　　　　普通形　　　　　]＋んです　強調

※「んです」是「のです」的「縮約表現」。
※「な形容詞」、「名詞」的「普通形-現在肯定形」，需要有「な」再接續。

動	あります（有）	→	～ことがあるんです	（有～的事情）
い	危ない（危險的）	→	危ないんです	（很危險）
な	安全（な）（安全）	→	安全なんです	（很安全）
名	汚職（貪污）	→	汚職なんです	（是貪污）

用法　有想要詢問、或打聽的事情時，可以說這句話。

會話練習

半沢：あの、少々お伺いしたいことがあるのですが。

藤沢：はい、何でしょうか。
是什麼事呢？「でしょうか」表示「鄭重問法」

半沢：以前いただいた カタログにある商品番号TX-7300の
　　　　　収到　　　　　商品目錄

性能についてなんですが…
關於…　　　「んです」表示「強調」，前面是「について」時，需要有「な」再接續；
　　　　　　「が」表示「前言」，是一種緩折的語氣

中譯　半澤：不好意思，有點事想請教您。
　　　藤澤：好的，是什麼事呢？
　　　半澤：是關於以前收到的商品目錄中的商品編號 TX-7300 的性能…

不好意思，能不能請您過來一趟？

恐れ入りますが、ご足労願えませんでしょうか。

動詞： 不好意思	助詞： 表示前言

恐れ入ります　が、

↓

不好意思，

接頭辭： 表示美化、 鄭重	動詞：拜託 （願います ⇒可能形［願えます］ 的現在否定形）	助動詞：表示斷定 （です⇒意向形）	助詞： 表示疑問

ご　足労　願えません	でしょう　か	。

不可以拜託您勞駕前來　　　嗎？

使用文型

動詞／い形容詞／な形容詞／名詞

［　　　普通形　　　］＋でしょうか　表示鄭重問法

※ 主題句是「動詞丁寧形（ご足労願えません）＋ でしょうか」，屬於更鄭重的表現方式。

動	使えます（可以使用）	→ まだ使えるでしょうか	（還可以使用嗎？）
い	厳しい（嚴格的）	→ 厳しいでしょうか	（嚴格嗎？）
な	丈夫（な）（堅固）	→ 丈夫でしょうか	（堅固嗎？）
名	小包（包裹）	→ 小包でしょうか	（是包裹嗎？）

用法　希望對方過來一趟時，可以說這句話。

會話練習

板橋：近江工業の板橋ですが、新しい製品について
いたばし　おうみこうぎょう　いたばし　　　　　　あたら　　　　せいひん
　　　　　　　　　　　　　　　　　　　　　　　　　　　　關於…

　　　　ちょっとお話があるんですが。
　　　　　　　　　はなし
　　　　　　有一些事情　　　　「んです」表示「強調」；「が」表示「前言」，是一種緩折的語氣

半沢：ああ、板橋さん。いつもお世話になっております。
はんざわ　　　　いたばし　　　　　　　　　　せわ
　　　　　　　　　　　　　　總是　　　　謙讓表現：受到您的照顧

板橋：操作上の注意点などご説明したい*ので、
いたばし　そうさじょう　ちゅういてん　　　せつめい
　　　　　　注意事項之類的　　　謙讓表現：因為想要跟您說明

　　　　恐れ入りますが、ご足労願えませんでしょうか。
　　　　おそ　い　　　　　　　そくろうねが

半沢：わかりました。貴社へお伺いすればよろしい*んですね？
はんざわ　　　　　　　　きしゃ　うかが
　　　　　　　　　　　　貴公司　　謙讓表現：去拜訪就可以了　　「んです」表示「強調」；
　　　　　　　　　　　　　　　　　　　　　　　　　　　　　　　　「ね」表示「再確認」

使用文型

お／ご＋[動作性名詞]＋したい　謙讓表現：(動作涉及對方的) 想要 [做] ～

説明（說明）	→ ご説明したい*	（想要為您說明）
案内（導覽）	→ ご案内したい	（想要為您導覽）
返事（回覆）	→ 明後日までにお返事したい	（想要在後天之前給您回覆）

[動詞]

[條件形（～ば）] ＋よろしい　　[做] ～就可以了、[做] ～就好了

※ 此為「鄭重表現」，通常為「動詞條件形（～ば）＋いい」。

します（做）	→ お伺いすればよろしい*	（拜訪就可以了）
連絡します（聯絡）	→ 連絡すればよろしい	（聯絡就可以了）

中譯　板橋：我是近江工業的板橋，關於新產品方面，我有一些事情想跟您談談。
　　　半澤：啊～，板橋先生。總是受到您的照顧。
　　　板橋：因為我想跟您說明操作上的注意事項之類的，不好意思，能不能請您過
　　　　　　來一趟？
　　　半澤：好的。就是說我去貴公司拜訪就可以了吧？

🔘 MP3 067

不好意思，能不能請您幫我影印？

申_{もう}し訳_{わけ}ありませんが、コピーをお願_{ねが}いできますか。

招呼用語

助詞：表示前言

申し訳ありません　が　、

↓

不好意思，

助詞：
表示動作
作用對象

接頭辭：
表示美化、
鄭重

動詞：拜託、祈願
（願います
⇒ます形除去 [ます]）

動詞：
可以、能夠、會
（します
⇒可能形）

助詞：
表示
疑問

コピー　を　お　願い　できます　か。

我可以拜託您　影印　嗎？

使用文型

動詞

お＋[ます形]＋します　謙讓表現：(動作涉及對方的) [做] ～

願います（拜託）→ お願_{ねが}いします　　（我拜託您）

伺います（詢問）→ お伺_{うかが}いします　　（我要詢問您）

呼びます（呼叫）→ お呼_よびします　　（我為您呼叫）

用法　有事情要拜託別人時，可以說這句話。另外一種說法是「悪_{わる}いけど、○○をお願_{ねが}いできる？」（不好意思，可以幫我做○○嗎？），但這是屬於日常生活中較不鄭重的坦白語氣。

會話練習

半沢：あ、上戸さん。ちょっと。
　　　　　　　　　　　　等一下

上戸：はい。何か？
　　　　　　　　有什麼事嗎？

半沢：申し訳ありませんが、コピーをお願いできますか。

　　　　この資料を３０部。
　　　　　　　　　　30份

上戸：はい、お昼までに＊やっておきます＊。
　　　　　　　在中午之前　　　　事先做好

使用文型

[時間詞] ＋ までに　　在～之前

お昼（中午）	→ お昼までに＊	（在中午之前）
明日（明天）	→ 明日までに	（在明天之前）　※註：包含明天
金曜日（星期五）	→ 金曜日までに	（在星期五之前）※註：包含星期五

動詞

[て形] ＋ おきます　　事前準備

やります（做）	→ やっておきます＊	（事先做好）
換えます（更換）	→ お金を換えておきます	（事先換錢）
コピーします（影印）	→ コピーしておきます	（事先影印）

中譯　半澤：啊，上戶小姐，等一下。
　　　上戶：嗯，有什麼事嗎？
　　　半澤：不好意思，能不能請您幫我影印？這個資料要印30份。
　　　上戶：好的，我會在中午之前做好的。

163

請求

068

🔘 MP3 068

那麼，就拜託您了。

それでは、よろしくお願_{ねが}いします。

| 接續詞：
那麼 | い形容詞：好
（よろしい
⇒副詞用法 | 接頭辭：
表示美化、
鄭重 | 動詞：拜託、祈願
（願います
⇒ます形
除去［ます］) | 動詞：做 |

それでは 、 よろしく ┃ お ┃ 願い ┃ します ┃ 。

那麼，　　　　　　　　　　我拜託您了。

使用文型

動詞

お＋［ます形］＋します　　謙讓表現：（動作涉及對方的）［做］～

願います（拜託）	→ お願_{ねが}いします	（我來拜託您）
預かります（保管）	→ お預_{あず}かりします	（我為您保管）
伝えます（轉達）	→ お伝_{った}えします	（我為您轉達）

用法　拜託或吩咐別人做事時，可以說這句話。是比「じゃ、よろしく」（那麼，拜託你了）鄭重的說法。

會話練習

半沢_{はんざわ}：では、納期_{のうき}は1か月後_{いっげつご}の10月20日_{じゅうがつはつか}に延期_{えんき}ということです[*]ね。
交貨日期　　一個月後　　　　就是說會延期到10月20號對吧？「ね」表示「再確認」

板橋_{いたばし}：はい、無理_{むり}を言_いって 申_{もう}し訳_{わけ}ありません。
因為提出無理的要求；「て」表示「原因」　　　很抱歉

半沢_{はんざわ}：いいえ、今回_{こんかい}は新_{あたら}しい製品_{せいひん}ですからね[*]。
因為是新產品的緣故吧

それでは、よろしくお願_{ねが}いします。

使用文型

動詞／い形容詞／な形容詞＋[だ]／名詞＋[だ]

[　　　　　普通形　　　　　]＋ということです　　就是說～

※「な形容詞」、「名詞」的「普通形-現在肯定形」，有沒有「だ」都可以。

動	遅れます（遲到）	→ 遅れたということです	（就是說「遲到了」）
い	安い（便宜的）	→ 安いということです	（就是說「很便宜」）
な	優秀（な）（優秀）	→ 優秀[だ]ということです	（就是說「很優秀」）
名	延期（延期）	→ 延期[だ]ということです[*]	（就是說「要延期」）

動詞／い形容詞／な形容詞／名詞

[　　　　　丁寧形　　　　　]＋からね　　因為～的緣故吧

動	持っています（擁有的狀態）	→ 持っていますからね	（因為擁有的緣故吧）
い	高い（貴的）	→ 高いですからね	（因為很貴的緣故吧）
な	新鮮（な）（新鮮）	→ 新鮮ですからね	（因為新鮮的緣故吧）
名	製品（產品）	→ 新しい製品ですからね[*]	（因為是新產品的緣故吧）

中譯　半澤：那麼，就是說，交貨日期會延期到1個月後的10月20號對吧？
板橋：是的，因為提出無理要求，真的很抱歉。
半澤：哪裡，因為這次是新產品的緣故吧。那麼，就拜託您了。

方便的話，能不能告訴我呢？

差し支えなければ、教えていただけませんか。

い形容詞：沒有（ない⇒條件形）	動詞：告訴、教（教えます⇒て形）	補助動詞：（いただきます⇒可能形[いただけます]的現在否定形）	助詞：表示疑問

差し支え ［なければ］ 、 ［教えて］ ［いただけません］ ［か］ 。

［沒有］ 不方便 ［的話］ ， ［不可以請您］ ［告訴我］ 嗎？

使用文型

［動詞］

[て形]＋いただきます　　謙讓表現：請您（為我）[做]～

教えます（告訴）	→ 教えていただきます	（請您告訴我）
伝えます（轉達）	→ 伝えていただきます	（請您（為我）轉達）
記入します（填寫）	→ 記入していただきます	（請您（為我）填寫）

用法　不知道對方的事情是否方便透漏，但很想知道時，可以說這句話。

會話練習

半沢：今回のプロジェクトは近江工業さんと 共同で
　　　　　　　　　企劃　　　　　和近江工業公司；「さん」表示　一起；
　　　　　　　　　　　　　　　　「敬稱」；「と」表示「動作夥伴」　「で」表示「行動單位」

　　　　やっていこうと思っています*。
　　　　打算要做下去

近藤：近江工業（おうみこうぎょう）？　でも、あそこは…。
可是　　　　　　對方

あ、いえ、何（なん）でもないです。
不　　　　沒什麼事

半沢（はんざわ）：何（なに）かあるんですか*。差（さ）し支（つか）えなければ、
有什麼事嗎？

教（おし）えていただけませんか。

近藤（こんどう）：いや、実（じつ）はですね…
哎　　其實…「ね」表示「留住注意」的語氣，是一種親近的語感；
如要避免太親近的語感，則用「ですね」

使用文型

動詞

[意向形] ＋ と ＋ 思っています　　打算[做]〜

やっていきます（做下去）	→ やっていこうと思っています*	（打算做下去）
買います（買）	→ 買（か）おうと思（おも）っています	（打算買）
探します（尋找）	→ 探（さが）そうと思（おも）っています	（打算尋找）

動詞／い形容詞／な形容詞＋な／名詞＋な

[　　　　普通形　　　　] ＋んですか　　關心好奇、期待回答

※ 此為「丁寧體文型」用法，「普通體文型」為「〜の？」。
※「な形容詞」、「名詞」的「普通形-現在肯定形」需要有「な」再接續。

動	あります（有）	→ 何（なに）かあるんですか*	（有什麼事嗎？）
い	正しい（正確的）	→ 正（ただ）しいんですか	（正確嗎？）
な	優秀（な）（優秀）	→ 優秀（ゆうしゅう）なんですか	（優秀嗎？）
名	研修生（實習生）	→ 研修生（けんしゅうせい）なんですか	（是實習生嗎？）

中譯　半澤：這次的企劃，我打算要和近江工業一起合作下去。
近藤：是近江工業嗎？可是，對方…。啊，不，沒什麼事。
半澤：有什麼事嗎？方便的話，能不能告訴我呢？
近藤：哎，其實是這樣的…。

能不能再寬限一點時間？

もう少しお時間をいただけないでしょうか。

副詞： 再～一些	副詞： 一點點	接頭辭： 表示美化、 鄭重	助詞： 表示動作 作用對象	動詞：得到、收到 （いただきます ⇒可能形[いただけます] 的ない形）	助動詞： 表示斷定 （です ⇒意向形）	助詞： 表示 疑問

もう　少し　お　時間　を　[いただけない]　[でしょう　か]　。

[我不可以得到]　再　一點點　（您的）時間　[嗎？]

使用文型

動詞／い形容詞／な形容詞／名詞

[　　　　　普通形　　　　　]＋でしょうか　　表示鄭重問法

※ 問句時，用「動詞ない形（否定形）（いただけない）＋ でしょうか」是更鄭重的問法。

動	いただけます（能得到）	→ いただけないでしょうか	（不能得到嗎？）
い	つまらない（無聊的）	→ つまらないでしょうか	（無聊嗎？）
な	重要（な）（重要）	→ 重要でしょうか	（重要嗎？）
名	どちら様（哪一位）	→ どちら様でしょうか	（您是哪一位？）

用法 希望對方再等一段時間時，可以說這句話。

會話練習

板橋：あ、もしもし、半沢さん。近江工業の板橋です。
<small>喂喂</small>

半沢：いつも お世話になっております。
<small>總是　　　謙讓表現：受到您的照顧</small>

板橋：あの、例の製品のデザインなんですけど、
<small>上次那個產品的設計　　　　「んです」表示「強調」；前面是「名詞的普通形-現在肯定形」時，要加「な」再接續；「けど」表示「前言」，是一種緩折的語氣</small>

もう少しお時間をいただけないでしょうか。

半沢：もう少し、と言いますと*、あとどのぐらい時間が
<small>你說「再一點點」；第一個「と」表示「提示內容」；　　　還有多少時間
第二個「と」表示「條件表現」</small>

必要ですか。
<small>是需要的？</small>

使用文型

～と ＋ 言います ＋ と　　你所說的～，是～

もう少し、と言いますと、あとどのくらい時間が必要ですか。 *
（你所說的「再一點點」，是還需要多少時間呢？）

丸山ホテルと言いますと、所沢駅の近くにあるあのホテルですか。
（你所說的「丸山飯店」，是在所澤車站附近的那個飯店嗎？）

林さんと言いますと、受付の林さんのことですか。
（你所說的「林小姐」，是指櫃台的林小姐？）

中譯　板橋：啊，喂喂，半澤先生。我是近江工業的板橋。
　　　半澤：總是受到您的照顧。
　　　板橋：那個…，關於上次那個產品的設計，能不能再寬限一點時間？
　　　半澤：你說再一點點時間，是還需要多少時間呢？

169

MP3 071

不好意思，您現在時間方便嗎？

恐れ入りますが、今、お時間
よろしいでしょうか。

| 動詞：
不好意思 | 助詞：
表示前言 | 接頭辭：
表示美化、鄭重 |

恐れ入ります　　が　　、今　、　お　時間

不好意思，　　　　　　現在　　您的時間

| い形容詞：
好 | 助動詞：表示斷定
（です⇒意向形） | 助詞：
表示疑問 |

よろしい　でしょう　か　。

（是）可以的　　　　嗎？

使用文型

動詞／い形容詞／な形容詞／名詞

[　　　　普通形　　　　]＋でしょうか　　表示鄭重問法

動	来られます（可以來）	→ 来られるでしょうか	（可以來嗎？）
い	よろしい（好的）	→ よろしいでしょうか	（可以嗎？）
な	暇（な）（空閒）	→ 暇でしょうか	（有空嗎？）
名	いくら（多少錢）	→ いくらでしょうか	（是多少錢？）

用法　想跟對方說話，詢問對方現在是否方便時，可以說這句話。

會話練習

板橋：<u>はい、もしもし。</u>
　　　　　　喂喂，您好

半沢：もしもし、武蔵商社の半沢です。

　　　恐れ入りますが、今、お時間よろしいでしょうか。

板橋：はい、<u>大丈夫ですが</u>＊、<u>何か？</u>
　　　　　　沒問題；「が」表示「前言」，　　有什麼事嗎？
　　　　　　是一種緩折的語氣

半沢：実は、新しい商品の開発を<u>お願いしたい</u>＊のですが…
　　　其實　　　　　　　　　　　　　謙讓表現：想要拜託您…　「のです」表示「理由」；
　　　　　　　　　　　　　　　　　　　　　　　　　　　「が」表示「前言」，
　　　　　　　　　　　　　　　　　　　　　　　　　　　是一種緩折的語氣

使用文型

動詞／い形容詞／な形容詞／名詞

[　　　　丁寧形　　　　]＋が　　表示前言

※ 助詞「が」在此表示「前言」。陳述重點在後句，但是直接説後句會覺得冒昧或意思不夠清楚時，先講出來前句，讓句意清楚，並在前句句尾加「が」，再接續後句。

動	思います（覺得）	→ 私 はそう思いますが	（我覺得是那樣…）
い	いい（好的）	→ 私 はこれでいいですが	（我覺得這樣是好的…）
な	大丈夫（な）（沒問題）	→ 大丈夫ですが＊	（沒問題…）
名	18歳未満（未滿18歳）	→ １８歳未満ですが	（未滿18歳…）

動詞

お＋[ます形]＋したい　　謙讓表現：（動作涉及對方的）想要 [做] ～

願いします（拜託）	→ お願いしたい＊	（想要拜託您）
渡します（交付）	→ お渡ししたい	（想要交給您）
伺います（詢問）	→ お伺いしたい	（想要詢問您）

中譯　板橋：喂喂，您好。
　　　半澤：喂喂，我是武藏貿易公司的半澤。不好意思，您現在時間方便嗎？
　　　板橋：是的，沒問題。您有什麼事嗎？
　　　半澤：其實是因為我想要拜託您開發新商品…

● MP3 072

麻煩您，可以請您填寫聯絡方式嗎？

お手数ですが、連絡先を記入していただけますか。

接頭辭：表示美化、鄭重	助動詞：表示斷定（現在肯定形）	助詞：表示前言

お　手数　です　が、
↓
麻煩

接尾辭：去處	助詞：表示動作作用對象	動詞：填寫（記入します⇒て形）	補助動詞：（いただきます⇒可能形）	助詞：表示疑問

連絡　先　を　記入して　いただけます　か。

可以請您　填寫　聯絡 地點　　　嗎？

使用文型

動詞

[て形] ＋ いただきます　　謙讓表現：請您（為我）[做]～

記入します（填寫）	→ 記入していただきます	（請您（為我）填寫）
待ちます（等待）	→ 待っていただきます	（請您（為我）等待）
押します（蓋（章））	→ 印鑑を押していただきます	（請您（為我）蓋章）

用法　要求對方寫下地址或電話號碼時，可以說這句話。

會話練習

（携帯ショップで）
手機店
けいたい

半沢：あの、携帯電話の調子がおかしいので、
はんざわ　　　　　　　けいたいでんわ　ちょうし
　　　　　　　　　　　　　　　　　　　　　　狀況　　　　　因為怪怪的

　　　　修理をお願いしたい＊んですが。
　　　　しゅうり　ねが
　　　　謙讓表現：想要拜託您修理　　　「んです」表示「強調」；「が」表示「前言」

店員：かしこまりました。では、こちらの用紙に
てんいん　　　　　　　　　　　　　　　　　　ようし
　　　　我知道了　　　　　　　　　這邊的專用紙張；「に」表示「動作歸著點」

お手数ですが、連絡先を記入していただけますか。
て　すう　　　　れんらくさき　きにゅう

半沢：はい、勤め先でいいですか＊。
はんざわ　　　つと　さき
　　　　　　　（留）工作地點的地址就可以了嗎？

使用文型

[名詞]＋を＋お願いしたい　　　謙讓表現：想要拜託您～

修理（修理）→ 修理をお願いしたい＊　　　（想要拜託您修理）
　　　　　　　　しゅうり　ねが

返金（退錢）→ 返金をお願いしたい　　　（想要拜託您退錢）
　　　　　　　　へんきん　ねが

調査（調查）→ 調査をお願いしたい　　　（想要拜託您調查）
　　　　　　　　ちょうさ　ねが

[名詞]＋で＋いいですか　　　～就可以了嗎？

勤め先（工作地點）→ 勤め先でいいですか＊　（（留）工作地點的地址就可以了嗎？）
　　　　　　　　　　　　つと　さき

サイン（簽名）→ サインでいいですか　　　（簽名就可以了嗎？）

手書き（手寫）→ 手書きでいいですか　　　（手寫就可以了嗎？）
　　　　　　　　て　が

中譯　（在手機店）
半澤：那個…，因為我的手機狀況怪怪的，想要拜託您修理。
店員：我知道了，那麼，麻煩您，可以請您在這張紙上填寫聯絡方式嗎？
半澤：好的，留工作地點的地址就可以了嗎？

MP3 073

可以請您填寫在這張表格上嗎？

こちらのカードにご記入<ruby>記入<rt>き にゅう</rt></ruby>いただけますでしょうか。

助詞：表示所在　　　　　助詞：表示動作歸著點

こちら　の　カード　に
　↓　　　↓　　　↓
　這邊　的　表格，

接頭辭：　　　　　補助動詞：　　　　助動詞：表示斷定　　助詞：
表示美化、　　　（いただきます　　（です⇒意向形）　　表示疑問
鄭重　　　　　　⇒可能形）

ご　記入　いただけます　でしょう　か　。

可以請您填寫　　　　　　　嗎？

※［〜でしょうか］：請參考P099

使用文型

お／ご＋［動作性名詞］＋いただきます　謙讓表現：請您（為我）［做］〜

記入（填寫）	→ ご記入<ruby>記入<rt>き にゅう</rt></ruby>いただきます	（請您（為我）填寫）
目通し（過目）	→ お目通し<ruby>目通<rt>め どお</rt></ruby>しいただきます	（請您（為我）過目）
検討（商量）	→ ご検討<ruby>検討<rt>けん とう</rt></ruby>いただきます	（請您（為我）商量）

用法　要求對方在表格上填寫個人資料時，可以說這句話。

（レンタルショップで）
出租店

客：あの、会員カードを作りたいんですが。
　　　　　　會員卡　　　　想要辦理；「んです」表示「強調」；「が」
　　　　　　　　　　　　　表示「前言」，是一種緩折的語氣

店員：はい。新規のお客様ですね。こちらのカードにご記入
　　　　　　新加入的客人對吧？「ね」表示「再確認」

　　　いただけますでしょうか。

客：はい。

店員：こちらに住所とお名前、電話番号をご記入ください*。
　　　　　　　　地址　　　大名　　　　　　　　　尊敬表現：請您填寫

使用文型

ご ＋ [動作性名詞] ＋ ください　　尊敬表現：請您 [做] ～

記入（填寫）	→ ご記入ください*	（請您填寫）
安心（放心）	→ ご安心ください	（請您放心）
指定（指定）	→ ご指定ください	（請您指定）

中譯

（在出租店）
客人：那個…，我想要辦會員卡。
店員：好的。您是新客人對吧？可以請您填寫在這張表格上嗎？
客人：好的。
店員：請您在這裡填寫地址和大名、以及電話號碼。

請在閱讀這份契約後簽名。
こちらの契約書（けいやくしょ）をお読（よ）みのうえ、
サインをしていただけますか。

| 助詞：
表示所屬 | 助詞：
表示動作
作用對象 | 接頭辭：
表示美化、
鄭重 | 名詞：閱讀
（読みます：名詞化
⇒ます形除去[ます]） | 助詞：表示所在
（屬於文型上
的用法） | 連語：
～之後，再～
（可省略で） |

こちら　の　契約書　を　｜ お　読み ｜ の ｜ うえ[で] ｜、

把 這邊　的　契約書　　　　　　　　閱讀之後，

| 助詞：
表示動作
作用對象 | 動詞：做
（します
⇒て形） | 補助動詞：
（いただきます
⇒可能形） | 助詞：
表示疑問 |

サイン　を　して ｜ いただけます ｜ か。

可以請您 ｜ 簽名 ｜　　嗎？

使用文型

動詞

[た形 ／ 名詞＋の] ＋ うえで、～　　[做] ～之後，再～

た形	読みます（讀）	→ よく読（よ）んだうえで	（好好讀過之後，再～）
た形	確認します（確認）	→ 確認（かくにん）したうえで	（確認之後，再～）
名詞	読み（閱讀；名詞化）	→ お読（よ）みのうえで	（閱讀之後，再～）

[て形] ＋ いただきます　　謙讓表現：請您（為我）[做]～

します（做）	→ サインを<u>して</u>いただきます	（請您（為我）簽名）
記入します（填寫）	→ 記入<u>して</u>いただきます	（請您（為我）填寫）
教えます（告訴）	→ 教え<u>て</u>いただきます	（請您告訴我）

用法 要請對方簽訂合約時，可以說這句話。

會話練習

（携帯ショップで）
手機店

客：じゃあ、この機種にします[*]。
　　決定要這個機種；「に」表示「決定結果」

店員：かしこまりました。それでは、こちらの契約書を
　　　我知道了　　　　　那麼

お読みのうえ、サインをしていただけますか。

客：はい。

使用文型

[名詞] ＋ に ＋ します　　決定成～

機種（機種）	→ この機種にします[*]	（決定要這個機種）
中華料理（中華料理）	→ 中華料理にします	（決定點中華料理）
紅茶（紅茶）	→ 紅茶にします	（決定點紅茶）

中譯 （在手機店）
客人：那麼，我決定要這個機種。
店員：我知道了。那麼，請在閱讀這份契約後簽名。
店員：好的。

MP3 075

我覺得那樣有點問題。

それはどうかと<ruby>思<rt>おも</rt></ruby>います。

助詞： 表示主題	副詞（疑問詞）： 怎麼樣、如何	助詞： 表示疑問	助詞：表示 提示內容	動詞： 覺得

それ　は　どう　か　と　思います　。

覺得　那樣　不正常　。

※ 使用疑問詞的表現方式，有些具有暗示不好（負面）的意思的涵意。上方「どうか」的意思是「有點問題、不正常」。

使用文型

動詞／い形容詞／な形容詞＋だ／名詞＋だ

[　　　　　　普通形　　　　　　]＋と＋思います　覺得～、認為～、猜想～

※「な形容詞」的「普通形-現在肯定形」，需要有「だ」再接續。

動	<ruby>遅<rt>おく</rt></ruby>れます（遲到）	→ <ruby>遅<rt>おく</rt></ruby>れると<ruby>思<rt>おも</rt></ruby>います	（覺得會遲到）
い	<ruby>悔<rt>くや</rt></ruby>しい（後悔的）	→ <ruby>悔<rt>くや</rt></ruby>しいと<ruby>思<rt>おも</rt></ruby>います	（覺得後悔）
な	<ruby>贅沢<rt>ぜいたく</rt></ruby>（な）（奢侈）	→ <ruby>贅沢<rt>ぜいたく</rt></ruby>だと<ruby>思<rt>おも</rt></ruby>います	（覺得很奢侈）
名	<ruby>事実<rt>じじつ</rt></ruby>（事實）	→ <ruby>事実<rt>じじつ</rt></ruby>だと<ruby>思<rt>おも</rt></ruby>います	（覺得是事實）

用法　無法贊同對方的想法或意見時，可以說這句話。

會話練習

半沢：台湾でのアンテナショップの中で流すBGMは演歌が
　　　　　　　　　　 ⎵特產店　　　　　　　 ⎵播放的背景音樂

いいかなと思うんですが。
覺得不錯吧？「かな」表示「自言自語、沒有特別期待對方回答的疑問語氣」；「んです」表示「強調」；
「が」表示「前言」，是一種緩折的語氣

呂：それはどうかと思います。今の台湾の人には アニメソング
　　⎵對台灣人而言；「に」表示　　　　　　　　　　　⎵動漫歌曲
　　　「方面」；「は」表示
　　　「對比（區別）」

や J-pop の方が受けがいい* と思います。
　 ⎵日本流行歌曲　　　 ⎵覺得…比較受歡迎

半沢：そうですか。僕は演歌が好きなんだけどなあ*。
　　　 ⎵這樣子啊　　 ⎵喜歡演歌；「んだ」表示「強調」；「けど」表示「前言」，是一種緩折
　　　　　　　　　　　　的語氣；「なあ」表示「感嘆」

使用文型

[名詞] ＋ の ＋ 方が ＋ 受けがいい　　～比較受歡迎

J-pop（日本流行歌曲）	→ J-popの方が受けがいい*	（日本流行歌曲比較受歡迎）
外車（外國車）	→ 外車の方が受けがいい	（外國車比較受歡迎）
黒髪（黑頭髮）	→ 黒髪の方が受けがいい	（黑頭髮比較受歡迎）

[名詞] ＋ が ＋ 好きなんだけどなあ　　喜歡～（感嘆中包含些許不滿的語氣）

演歌（演歌）	→ 演歌が好きなんだけどなあ*	（喜歡演歌）
ラーメン（拉麵）	→ ラーメンが好きなんだけどなあ	（喜歡拉麵）
紅茶（紅茶）	→ 紅茶が好きなんだけどなあ	（喜歡紅茶）

中譯　半澤：我覺得在台灣的特產店裡，播放的背景音樂用演歌不錯吧？
　　　　呂：我覺得那樣有點問題。我覺得對現在的台灣人而言，動漫歌曲或日本流
　　　　　　行歌曲是比較受歡迎的。
　　　　半澤：這樣子啊，我個人倒是喜歡演歌啦。

有關這個部分，可以請您（內部）再商討一下嗎？

そこを何とかご検討いただけないでしょうか。

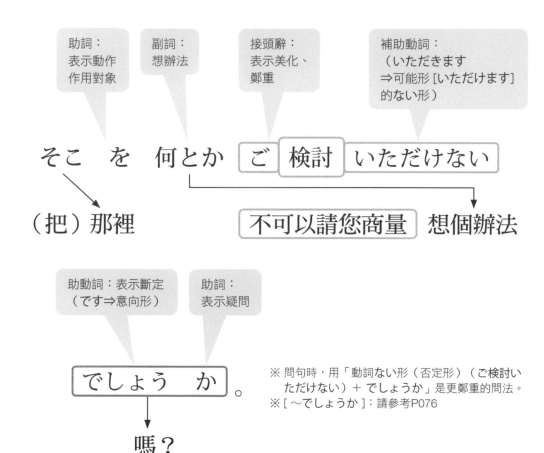

助詞：
表示動作
作用對象

副詞：
想辦法

接頭辭：
表示美化、
鄭重

補助動詞：
（いただきます
⇒可能形 [いただけます]
的ない形）

そこ　を　何とか　ご　検討　いただけない

（把）那裡　　　　不可以請您商量　想個辦法

助動詞：表示斷定
（です⇒意向形）

助詞：
表示疑問

でしょう　か。

嗎？

※ 問句時，用「動詞ない形（否定形）（ご検討い
ただけない）＋ でしょうか」是更鄭重的問法。
※ [〜でしょうか]：請參考P076

使用文型

お／ご＋[動作性名詞]＋いただきます　謙讓表現：請您（為我）[做]〜

検討（商量）	→ ご検討いただきます	（請您（為我）商量）
説明（說明）	→ ご説明いただきます	（請您（為我）說明）
目通し（過目）	→ お目通しいただきます	（請您（為我）過目）

用法　強烈希望對方針對自己提出來的條件好好考慮時，可以說這句話。

會話練習

半沢：こちらが<ruby>新<rt>あたら</rt></ruby>しい<ruby>規格<rt>きかく</rt></ruby>の<ruby>製品<rt>せいひん</rt></ruby>なんですが。
　　　新規格的產品　　　　　　　　　　　　「んです」表示「強調」，前面是「名詞的普通形-
　　　　　　　　　　　　　　　　　　　　　現在肯定形」，需要有「な」再接續；「が」表示
　　　　　　　　　　　　　　　　　　　　　「前言」，是一種緩折的語氣

羽根：うーん。しかし、<ruby>従来<rt>じゅうらい</rt></ruby>の<ruby>製品<rt>せいひん</rt></ruby>でも＊<ruby>特<rt>とく</rt></ruby>に<ruby>問題無<rt>もんだいな</rt></ruby>く
　　　　　　　　　　　即使是以前的產品也…　　　　沒什麼特別的問題

　　　<ruby>使<rt>つか</rt></ruby>えていますから。
　　　因為目前是可以使用的狀態

半沢：そこを<ruby>何<rt>なん</rt></ruby>とかご<ruby>検討<rt>けんとう</rt></ruby>いただけないでしょうか。

羽根：そうですね。<ruby>社長<rt>しゃちょう</rt></ruby>と<ruby>相談<rt>そうだん</rt></ruby>はしてみますが…。
　　　這個嘛；「ね」表示「感嘆」　要和…商量看看；「は」表示：「對比（區別）」
　　　　　　　　　　　　　　　　　「が」表示「前言」，是一種緩折的語氣

使用文型

動詞	い形容詞	な形容詞

[て形 / ーい＋くて / ーな＋で / 名詞＋で] ＋も　即使～，也～

動	寝坊します（睡過頭）	→ <ruby>寝坊<rt>ねぼう</rt></ruby>しても	（即使睡過頭，也～）
い	つまらない（無聊的）	→ つまらなくても	（即使無聊，也～）
な	優秀（な）（優秀）	→ <ruby>優秀<rt>ゆうしゅう</rt></ruby>でも	（即使優秀，也～）
名	製品（產品）	→ <ruby>従来<rt>じゅうらい</rt></ruby>の<ruby>製品<rt>せいひん</rt></ruby>でも＊	（即使是以前的產品，也～）

中譯　半澤：這個是新規格的產品。
　　　　　羽根：嗯～，可是，即使是以前的產品，用起來也沒有什麼特別的問題。
　　　　　半澤：有關這個部分，可以請您（內部）再商討一下嗎？
　　　　　羽根：這個嘛，我和總經理商量看看好了…。

表示意見
077

MP3 077

（對上司或客人反駁、抱持不同意見時）

恕我冒昧，…

お言葉を返すようですが、…
ことば　かえ

| 接頭辭：表示美化、鄭重 | 助詞：表示動作作用對象 | 動詞：還嘴（返します⇒辭書形） | 形式名詞：好像 | 助動詞：表示斷定（現在肯定形） | 助詞：表示前言 |

お　言葉　を　[返す]　[よう　です]　が、…

（我）好像是 要還嘴…

使用文型

動詞／い形容詞／な形容詞＋な／名詞＋の

[　　　　　普通形　　　　　]＋ようです （推斷、舉例、比喻）好像～

※「な形容詞」的「普通形-現在肯定形」，需要有「な」；「名詞」需要有「の」再接續。

動	返します（還嘴）	→ お言葉を返すようです （好像是要還嘴） 〈比喻〉
い	暑い（炎熱的）	→ 暑いようです （好像很熱） 〈推斷〉
な	楽（な）（輕鬆）	→ 楽なようです （好像很輕鬆） 〈推斷〉
名	夏（夏天）	→ 夏のようです （好像夏天） 〈比喻〉
名	陳さん（陳先生）	→ 陳さんのような人材が我が社にも必要です（我們公司也需要像陳先生一樣的人才） 〈舉例〉

用法 對對方的想法或意見提出反駁時，可以先說這句話來緩和氣氛。

會話練習

浅野：最近、既存の顧客の事ばかりで、新規の顧客開拓が
　　　　　　　　　　老客戶　　　　　都是…；「で」表示　　開拓新客戶
　　　　　　　　　　　　　　　　　　「單純接續」

あまりできていないようだね。
好像很少做到對吧？「ね」表示「再確認」

半沢：お言葉を返すようですが、不景気の今は
　　　　　　　　　　　　　　　　　　不景氣的現在

既存のお客が離れないよう＊しっかり
為了不要讓老客戶離開　　　　　　　好好地

サポートするべきではないか＊と思います。
不是應該支援嗎？　　　　　　覺得…；「と」表示「提示內容」

浅野：まあ、それはそうだが…。
　　　嗯…　　說得沒錯，但是…；「が」表示「逆接」

使用文型

[動詞] [動詞]
[辭書形 ／ ない形] ＋ ように、～　　　表示目的

※ 可省略「に」。

辭書　聞こえます（聽得到）　→　聞こえるよう[に]　　　（為了聽得到）

ない　離れます（離開）　→　離れないよう[に]＊　　　（為了不要離開）

[動詞]
[辭書形] ＋ べきではない[です]か　　　不是應該要 [做] ～嗎？

※ 此文形在「句中」時，可以使用普通體「～べきではないか」；如果在「句尾」時，要使用
　「～べきではないですか」比較好。

サポートします（支援）　→　サポートするべきではない[です]か＊　（不是應該要支援嗎？）

行きます（去）　→　行くべきではない[です]か　　　（不是應該要去嗎？）

中譯　淺野：最近都是老客戶，好像很少開拓出新客戶對吧？
　　　半澤：恕我冒昧，我覺得在不景氣的現在，為了不要讓老客戶離開，不是應該
　　　　　　好好地支援嗎？
　　　淺野：嗯…，話是這麼說，但是…。

我明白您的意思，但是…。

おっしゃることはわかりますが、しかし…。

| 動詞：説
（おっしゃいます
⇒辭書形）
（言います的尊敬語） | 助詞：表示
對比（區別） | 動詞：懂 | 助詞：
表示前言 | 接續詞：
可是 |

おっしゃる　こと　は　わかります　が、しかし…。

您說（的）　事情　　（我）知道，　　　　但是…。

使用文型

～、しかし～　　　～，但是～

※「しかし」也可以換成「でも」，「でも」比較口語。

方針には賛成ですが、しかし…　　　　　　（我對方案是贊成的，但是～）

非常に便利だとは思いますが、しかし…　　（我覺得非常方便，但是～）

恐らく問題ないと思いますが、しかし…　　（我覺得大概沒問題，但是～）

用法　雖然理解對方想要表達的事情或意見，但還是想提出自己的看法或問題點時，可以說這句話。

會話練習

羽根：インターネットを通じた 予約システム* の構築を
透過網路　　　　　　　　　　　　預約系統的建構

急いでください。
請趕快

鈴木：おっしゃることはわかりますが、しかし…。

羽根：しかし、何？
但是　　　什麼？

鈴木：開発を依頼する 相手先の信用調査が
委託開發　　　　合作對象

まだ済んでおりません*。
謙讓表現：還沒結束的狀態

使用文型

[名詞A] ＋ を ＋ 通じた ＋ [名詞B]　　透過～的～

インターネット（網路）、予約システム（預約系統）	→ インターネットを通じた予約システム* （透過網路的預約系統）
対話（對話）、解決（解決）	→ 対話を通じた解決（透過對話的解決）
統計手法（統計手法）、マーケティング（行銷）	→ 統計手法を通じたマーケティング （透過統計手法的行銷）

動詞

[て形] ＋ おりません　　目前不是～狀態（謙讓表現）

済みます（結束）	→ 済んでおりません*	（目前不是結束的狀態）
使用します（使用）	→ 使用しておりません	（目前不是使用的狀態）
結婚します（結婚）	→ 結婚しておりません	（目前不是已婚的狀態）

中譯　羽根：請趕快建構透過網路的預約系統。
　　　鈴木：我明白您的意思，但是…。
　　　羽根：但是什麼？
　　　鈴木：我們委託開發的合作對象的信用調查還沒有結束。

🔘 MP3 079

這個條件的話，我們公司在成本上根本划不來。

この条件では当社としては、とても採算がとれません。
　　じょうけん　　とうしゃ　　　　　　　　さいさん

| 連體詞：這個 | 助詞：表示樣態 | 助詞：表示對比（區別） | 連語：作為〜 | 助詞：表示對比（區別） |

この　　条件　　で　　は　　当社　　として　　は、

↓　　　↓　　↓　　↓　　　　　　↓　　　　　↓

這個　　條件 的狀態 的話　　　　　作為 我們公司 的話，

| 副詞：怎麼也不〜（後接否定形） | 助詞：表示焦點 | 動詞：合（算）（とります ⇒可能形[とれます] 的現在否定形） |

とても　　採算　　が　　とれません　。

↓　　　　　　　　　　↓

怎麼也不符合　成本與收益評估。

使用文型

動詞

とても ＋ [否定形]　　怎麼也不〜

とれます（可以合（算））	→ とても採算がとれません	（怎麼也無法划算）
覚えられます（可以記住）	→ とても覚えられません	（怎麼也無法記住）
支払えます（可以支付）	→ とても支払えません	（怎麼也無法支付）

用法　對方提出的條件不佳，公司沒有利潤可言時，可以說這句話。

會話練習

半沢：製品単価ですが、これでいかがでしょうか。
（はんざわ）（せいひんたんか）
表示：前言， 這樣子可以嗎？
是一種緩折的語氣

板橋：……この条件では当社としては、とても採算がとれません。
（いたばし）（じょうけん）（とうしゃ）（さいさん）

半沢：しかし、注文数は以前の三倍になります*から、
（はんざわ）（ちゅうもんすう）（いぜん）（さんばい）
訂購數量 因為會變成以前的三倍

何とかお願いします。
（なん）（ねが）
謙讓表現：拜託您想想辦法

板橋：まいったなあ…。ちょっと上司と相談させてください*。
（いたばし）（じょうし）（そうだん）
真傷腦筋啊；「なあ」表示「感嘆」 請讓我和…商量

使用文型

| 動詞 | い形容詞 | な形容詞 |

[辞書形＋ように／－い＋く／－な＋に／名詞＋に]＋なります　變成

動	読みます（讀）	→ 読むようになります	（變成有讀的習慣）
い	高い（貴的）	→ 高くなります	（變貴）
な	便利（な）（方便）	→ 便利になります	（變方便）
名	三倍（三倍）	→ 三倍になります*	（變成三倍）

| 動詞 |

[て形]＋ください　請[做]～

相談させます（讓～商量）	→ 相談させてください*	（請讓我商量）
待ちます（等待）	→ 待ってください	（請等待）
言います（說）	→ 言ってください	（請說）

中譯　半澤：關於產品單價，這樣子可以嗎？
板橋：……這個條件的話，我們公司在成本上根本划不來。
半澤：可是，因為我們訂購的數量會變成以前的三倍，拜託您想想辦法。
板橋：真傷腦筋啊…。請讓我和上司商量一下。

就是您說的那樣。

おっしゃる通（とお）りでございます。

動詞：説
（おっしゃいます⇒辭書形）
（言います的尊敬語）

連語：（です的禮貌説法）

おっしゃる ｜通り｜ でございます。

是 ｜按照｜ ｜您所說（的）｜ 。

使用文型

動詞　　　動詞

[辭書形 ／ た形 ／ 名詞 ＋ の] ＋ 通（とお）り　　按照～

　　　　　　　[名詞] ＋ 通（どお）り　　按照～

辭書	おっしゃいます（說）	→ おっしゃる通（とお）り	（按照你說的）
た形	見ます（看）	→ 見（み）た通（とお）り	（按照看到的）
名詞	説明書（說明書）	→ 説明書（せつめいしょ）の通（とお）り	（按照說明書）
名詞	説明書（說明書）	→ 説明書通（せつめいしょどお）り	（按照說明書）

用法　同意、贊同對方所說的事情時，可以說這句話。

會話練習

羽根：では、こちらの解除ボタンを押さなければ、作動しない
<small>解除按鈕</small> <small>不按下去的話</small> <small>不能啟動</small>

ということですか。
<small>就是說…嗎？「…ということ」表示「就是說…」</small>

半沢：おっしゃる通りでございます。

羽根：でも、毎回解除ボタンを押さなければならない*のは面倒ですね。
<small>每次</small> <small>一定要按壓是很麻煩的耶；「の」表示「形式名詞」；「は」表示「主題」；「ね」表示「期待同意」</small>

半沢：しかし、安全上このような設計にしてある*ので、
<small>但是</small> <small>因為有做出這樣的設計</small>

変更はできないんです。
<small>不能更改；「んです」表示「強調」</small>

使用文型

動詞

[ない形] ＋ なければならない　　一定要 [做] ～

※ 此為「普通體文型」用法，「丁寧體文型」為「動詞ない形 ＋ なければなりません」。

押します（按壓）	→ 押さなければならない*	（一定要按壓）
行きます（去）	→ 行かなければならない	（一定要去）
来ます（來）	→ 来なければならない	（一定要來）

他動詞

[て形] ＋ ある　　目前狀態（有目的・強調意圖的）

※ 此為「普通體文型」用法，「丁寧體文型」為「他動詞て形 ＋ あります」。

します（做）	→ 設計にしてある*	（有做出設計好的狀態）
冷やします（冰鎮）	→ 冷やしてある	（有冰鎮好的狀態）
開けます（打開）	→ 開けてある	（有打開好的狀態）

中譯　羽根：那麼，就是說沒有按下這個解除按鈕的話，就不能啟動是嗎？
半澤：就是您說的那樣。
羽根：可是，每次都一定要按下解除按鈕是很麻煩的耶。
半澤：但是，因為安全上有做出這樣的設計，所以不能更改。

關於這件事，我改天再跟您談。

この件については後日改めてお話しします。

| 連體詞：這個 | 連語：關於～ | 助詞：表示主題 | 副詞：重新 |

この　件　について　は　後日　改めて

關於 這個事情，改天　　重新

| 接頭辭：表示美化、鄭重 | 動詞：説（話します⇒ます形除去 [ます]） | 動詞：做 |

お 話し します 。

我和您說 。

動詞

お＋[ます形]＋します　　謙讓表現：(動作涉及對方的)[做]～

話します（說）	→ お話しします	（我要和您說）
伺います（詢問）	→ お伺いします	（我要詢問您）
待ちます（等待）	→ お待ちします	（我要等待您）

用法　現在不方便或是沒有時間，想要下次再針對這件事進行討論時，可以說這句話。

會話練習

（会議で）
在會議上

半沢：上半期の業績はおおむね 当初の予想通り*の結果
　　　上半年度　　　　　　大部分　　　按照當初預期

となりました。また、現在取り組んでいる台湾での
　　　成為…　　　另外　　　　　正致力於

事業展開の件ですが、この件については後日改めて
拓展業務的事；「が」表示「前言」，是一種緩折的語氣

お話します。

使用文型

動詞　　　動詞

[辭書形 ／ た形 ／ 名詞＋の] ＋ 通（とお）り　　按照～
　　　　　　　　　[名詞] ＋ 通（どお）り　　按照～

辭書	おっしゃいます（說）	→ おっしゃる通り	（按照你說的）
た形	見ます（看）	→ 見た通り	（按照看到的）
名詞	予想（預期）	→ 予想の通り	（按照預期）
名詞	予想（預期）	→ 予想通り*	（按照預期）

中譯　（在會議上）
半澤：上半年度的業績大部分都按照當初預期的結果。另外，目前正致力於在台灣拓展業務的事，關於這件事，我改天再跟您談。

表示意見
082

MP3 082

我看一下。
ちょっと拝見^{はいけん}します。

| 副詞：一下、有點、稍微 | 動詞：看（見ます的謙讓語） |

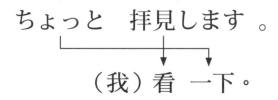

ちょっと　拝見します　。
（我）看　一下。

使用文型

ちょっと＋[謙讓語]　謙讓表現：（動作涉及對方的）[做]～一下

拝見します（看）	→ ちょっと拝見^{はいけん}します	（我看一下）
拝読します（讀）	→ ちょっと拝読^{はいどく}します	（我讀一下）
拝借します（借入）	→ ちょっと拝借^{はいしゃく}します	（我借一下）

[動詞]

ちょっと＋お＋[ます形]＋します　謙讓表現：（動作涉及對方的）[做]～一下

伺います（詢問）	→ ちょっとお伺^{うかが}いします	（我問一下）
願います（拜託）	→ ちょっとお願^{ねが}いします	（我拜託一下）
借ります（借入）	→ ちょっとお借^かりします	（我借用一下）

用法　想要看對方的東西或所有物時，可以說這句話。

會話練習

田中：李君、この中国語はどういう意味？
　　　　　　　　　　　　　　　什麼意思？

　李：ちょっと拝見します。「拋棄式…」ああ、

　　　「使い捨てタイプ」という意味です*。
　　　　是「用完就丟掉的類型」的意思

田中：ああ、なるほど、そういう意味か。
　　　　　　　原來如此　　是那個意思啊；「か」表示「感嘆」

使用文型

> 動詞／い形容詞／な形容詞＋[だ]／名詞＋[だ]

[　　　　普通形　　　　]＋と＋いう＋意味です　是〜的意思

※「な形容詞」、「名詞」的「普通形-現在肯定形」，有沒有「だ」都可以。

動	電話をします（打電話）	→ イタ電するとはいたずら電話をするという意味です
		（「イタ電する」是「打惡作劇電話」的意思）
い	可愛い（可愛的）	→ ブサ可愛いとは不細工だけど可愛いという意味です
		（「ブザ可愛い」是「雖然不漂亮卻是可愛的」的意思）
な	幸せ（幸福）	→ 小確幸とは小さいけれど確かに幸せ[だ]という意味です
		（「小確幸」是「雖然渺小卻是確實地幸福」的意思）
名	タイプ（類型）	→ 「使い捨てタイプ[だ]」という意味です*
		（是「用完就丟掉的類型」的意思）

中譯　田中：小李，這個中文是什麼意思？
　　　　李：我看一下。「拋棄式…」啊〜，是「用完就丟掉的類型」的意思。
　　　田中：啊〜，原來如此，是那個意思啊。

我馬上過去拿。

さっそくいただきに上がります。

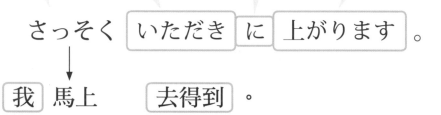

| 副詞：
立刻、馬上 | 動詞：得到、收到
（いただきます
⇒ます形
除去[ます]） | 助詞：
表示目的 | 動詞：去、來
（行きます、来ます的
謙讓語） |

さっそく いただき に 上がります 。

我 馬上 去得到 。

使用文型

動詞

[ます形／動作性名詞]＋に＋行きます／来ます／帰ります 去／來／回去[做]～

※「上がります」是「行きます」和「来ます」的謙讓語。

動	いただきます（得到）	→ いただきに上がります	（要去得到）
動	取ります（拿）	→ お金を取りに帰ります	（要回去拿錢）
名	買い物（購物）	→ 買い物に来ます	（要來購物）

用法　要去對方那裡拿取物品時，可以說這句話。

會話練習

<ruby>電話<rt>でん わ</rt></ruby>で

<ruby>板橋<rt>いたばし</rt></ruby>：<ruby>半沢<rt>はんざわ</rt></ruby>さん、<u><ruby>例<rt>れい</rt></ruby>の<ruby>商品<rt>しょうひん</rt></ruby></u>*の<u><ruby>試作品<rt>し さくひん</rt></ruby></u>ができました。

上次那個；　　　　　　　　　　　　　　　　樣品　　　　　　完成了
指說話雙方都知道的事物

　　　　いつでも <u>お<ruby>渡<rt>わた</rt></ruby>しできます</u>*が。

　　　　　　　　　隨時　　　　謙讓表現：可以交給您；「が」表示「前言」
　　　　　　　　　　　　　　　後面的「どうなさいますか」（您決定怎麼做？）省略沒說出來

<ruby>半沢<rt>はんざわ</rt></ruby>：そうですか。では、<u><ruby>本日<rt>ほんじつ</rt></ruby>の<ruby>午後<rt>ご ご</rt></ruby></u>、さっそくいただきに

　　　　　　　　　　　　　　今天下午

<ruby>上<rt>あ</rt></ruby>がります。

<ruby>板橋<rt>いたばし</rt></ruby>：わかりました。<u><ruby>社<rt>しゃ</rt></ruby>で</u> <u>お<ruby>待<rt>ま</rt></ruby>ちしています</u>。

　　　　　　　　　　　　　　在公司　　　處於等候的狀態

使用文型

<ruby>例<rt></rt></ruby>の ＋ [名詞]　　　上次那個～（指雙方都知道的事物）

商品（商品）	→ <ruby>例<rt>れい</rt></ruby>の<ruby>商品<rt>しょうひん</rt></ruby>*	（上次那個商品）
問題（問題）	→ <ruby>例<rt>れい</rt></ruby>の<ruby>問題<rt>もんだい</rt></ruby>	（上次那個問題）
件（事情）	→ <ruby>例<rt>れい</rt></ruby>の<ruby>件<rt>けん</rt></ruby>	（上次那個事情）

動詞

お ＋ [ます形] ＋ できます　　謙讓表現：（動作涉及對方的）可以 [做] ～

渡します（交付）	→ お<ruby>渡<rt>わた</rt></ruby>しできます*	（可以交給您）
売ります（賣）	→ お<ruby>売<rt>う</rt></ruby>りできます	（可以賣給您）
貸します（借出）	→ お<ruby>貸<rt>か</rt></ruby>しできます	（可以借給您）

中譯　（電話中）
　　　板橋：半澤先生，上次那個商品的樣品已經完成了。隨時都可以交給您。
　　　半澤：這樣子啊。那麼，今天下午我馬上過去拿。
　　　板橋：我知道了，我會在公司等您。

承辦人員非常了解，所以請您放心。
担当者が心得ておりますので、ご安心ください。
（たんとうしゃ　こころえ　　　　　　　　　あんしん）

助詞：
表示主格

動詞：理解、領會
（心得ます⇒て形）

補助動詞：
（います的謙讓語）

助詞：表示
原因理由

担当者　が　心得て　おります　ので　、

因為　承辦人員　目前是　理解　的狀態　，

接頭辭：
表示美化、
鄭重

補助動詞：請
（くださいます
⇒命令形［くださいませ］
除去［ませ］）

ご　安心　ください　。

請您放心。

※［動詞て形 ＋ おります］：請參考P040

使用文型

動詞／い形容詞／な形容詞＋な／名詞＋な
［　　　　普通形　　　　］＋ので　因為〜
※「な形容詞」、「名詞」的「普通形-現在肯定形」，需要有「な」再接續。

動	出張します（出差）	→ 出張するので	（因為要出差）
い	高い（貴的）	→ 高いので	（因為很貴）
な	不満（な）（不滿）	→ 不満なので	（因為很不滿）
名	違法（違法）	→ 違法なので	（因為是違法）

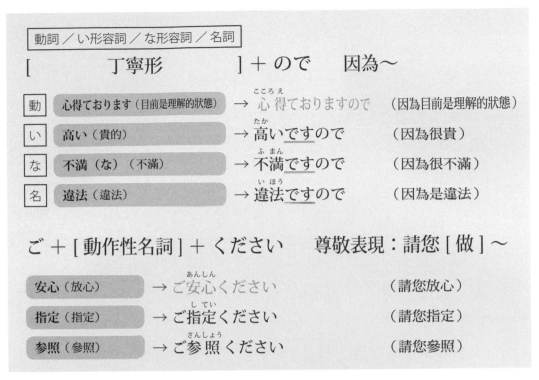

[動詞／い形容詞／な形容詞／名詞]

[丁寧形] ＋ので　因為〜

動	心得ております（目前是理解的狀態）	→	心得ておりますので	（因為目前是理解的狀態）
い	高い（貴的）	→	高いですので	（因為很貴）
な	不満（な）（不滿）	→	不満ですので	（因為很不滿）
名	違法（違法）	→	違法ですので	（因為是違法）

ご ＋ [動作性名詞] ＋ ください　尊敬表現：請您 [做] 〜

安心（放心）	→ ご安心ください	（請您放心）
指定（指定）	→ ご指定ください	（請您指定）
参照（參照）	→ ご参照ください	（請您參照）

用法 對方擔心我方的處理方式時，可以說這句話讓對方放心。

會話練習

田中：来週のミーティングで使うプロジェクターの使い方は

（在會議上）（投影機）（使用方法）

わかりますか。

半沢：ええ、担当者が心得ておりますので、ご安心ください。

田中：そうですか、それなら いいんですが。

（那樣的話）（很好；「んです」表示「強調」；「が」表示「前言」，是一種緩折的語氣）

中譯 田中：下周的會議上要使用的投影機的操作方法，都清楚了嗎？
半澤：嗯〜，承辦人員非常了解，所以請您放心。
田中：這樣子啊，那樣的話就好了。

● MP3 085

不好意思，請問您是高橋先生嗎？

恐れ入りますが、高橋様でいらっしゃいますか。

動詞： 不好意思	助詞： 表示前言	接尾辭： 先生、女士	連語： （です的禮貌説法）	助詞： 表示疑問

恐れ入ります　が、　高橋　様　でいらっしゃいます　か。

不好意思，　是　高橋　先生　　　　　　　　　嗎？

使用文型

[人名／立場／角色] ＋ でいらっしゃいます　　是～某人（禮貌說法）

高橋様（高橋先生）	→ 高橋様でいらっしゃいます	（是高橋先生）
社長様（總經理）	→ 社長様でいらっしゃいます	（是總經理）
お客様（客人）	→ お客様でいらっしゃいます	（是客人）

用法　想確認是否為某人時，可以用這句話來詢問。

會話練習

（待ち合わせで）
　碰面地點

陳：恐れ入りますが、高橋様でいらっしゃいますか。

高橋：はい、そうですが。
　　　　　　我就是；「が」表示「前言」，是一種緩折的語氣

陳：私、甲賀屋ホテル、海外事業部の陳です。

高橋：ああ、この前 お電話でお話しした陳さん*ですか。
　　　　　　　　之前　　　　透過電話聊過天

　　　はじめまして。
　　　初次見面，您好

使用文型

「恐れ入りますが」的常用表現

恐れ入りますが、ちょっとお時間よろしいですか。　　（不好意思，時間上方便嗎？）

恐れ入りますが、お伝えくださいませんか。　　（不好意思，可以請您轉達嗎？）

恐れ入りますが、もうしばらくお待ちいただけませんか。　　（不好意思，可以請您再等一下嗎？）

[動詞]

お＋[ます形]＋した＋名詞　謙讓表現：（動作涉及對方的）[做] ～的～

話します（說話）　→ お話しした陳さん*　　（您是我有聊過天的陳小姐）

かけます（添（麻煩））　→ 迷惑をおかけした件　　（給您添麻煩的事情）

伺います（詢問）　→ お伺いした理由　　（要詢問您的理由）

中譯　（在碰面地點）
　陳：不好意思，請問您是高橋先生嗎？
高橋：是的，我就是。
　陳：我是甲賀屋飯店海外事業部的陳。
高橋：啊～，是之前用電話聊過天的陳小姐啊。初次見面，您好。

MP3 086

對不起，請問是您本人嗎？
<ruby>失礼<rt>しつれい</rt></ruby>ですが、ご<ruby>本人様<rt>ほんにんさま</rt></ruby>でいらっしゃいますか。

な形容詞：失禮	助動詞：表示斷定（現在肯定形）	助詞：表示前言

失礼　です　が、
↓
不好意思，

接頭辭：表示美化、鄭重	接尾辭：先生、女士	連語：（です的禮貌説法）	助詞：表示疑問

ご　本人　様　でいらっしゃいます　か。
↓　　　↓　　　　　　　　　　　　　↓
是　您本人　　　嗎？

使用文型

[人名／立場／角色] ＋ でいらっしゃいます　　是〜某人（禮貌說法）

ご本人様（您本人）	→ ご<ruby>本人様<rt>ほんにんさま</rt></ruby>でいらっしゃいます	（是您本人）
お兄様（哥哥）	→ お<ruby>兄様<rt>にいさま</rt></ruby>でいらっしゃいます	（是哥哥）
校長先生（校長先生）	→ <ruby>校長先生<rt>こうちょうせんせい</rt></ruby>でいらっしゃいます	（是校長先生）

用法 確認對方是否為本人時，可以說這句話。

會話練習

（電話で）
電話中

客：あの、<u>携帯の料金プランの変更をしたい</u>*んですが。
手機的資費方案　　　　　想要變更
「んです」表示「強調」；
「が」表示「前言」，
是一種緩折的語氣

係員：失礼ですが、ご本人様でいらっしゃいますか。

客：はい。<u>本人です</u>。
我是本人

係員：では、<u>ご契約時の住所とお名前を</u>
您簽約時　　地址　　大名

<u>おっしゃっていただけますか</u>*。
謙讓表現：可以請您告訴我嗎？

使用文型

[動詞]

[ます形] ＋ たい　　想要 [做] ～

します（做）	→ したい*	（想要做）
行きます（去）	→ 行きたい	（想要去）
買います（買）	→ 買いたい	（想要買）

[動詞]

[て形] ＋ いただけますか　　謙讓表現：可以請您（為我）[做] ～嗎？

おっしゃいます（說）	→ おっしゃっていただけますか*	（可以請您（為我）說嗎？）
見ます（看）	→ 見ていただけますか	（可以請您（為我）看嗎？）
待ちます（等待）	→ 待っていただけますか	（可以請您（為我）等待嗎？）

中譯　（電話中）
　　　客人：那個…，我想要變更手機的資費方案。
　工作人員：對不起，請問是您本人嗎？
　　　客人：是的，我是本人。
　工作人員：那麼，可以請您告訴我簽約時所留下的地址和大名嗎？

您有什麼事嗎？

どのようなご用件でしょうか。
（ようけん）

連體詞（疑問詞）：怎麼樣的	接頭辭：表示美化、鄭重	助動詞：表示斷定（です⇒意向形）	助詞：表示疑問

どのような ｜ ご　用件 ｜ でしょう　か ｜ 。

怎麼樣的　　　您的事情　　　　　呢？

使用文型

動詞／い形容詞／な形容詞／名詞

[　　　　普通形　　　　] ＋ でしょうか　　表示鄭重問法

動	買います（買）	→ 買うでしょうか（か）	（會買嗎？）
い	安い（便宜的）	→ 安いでしょうか（やす）	（便宜嗎？）
な	好き（な）（喜歡）	→ 好きでしょうか（す）	（喜歡嗎？）
名	用件（事情）	→ どのようなご用件でしょうか（ようけん）	（您有什麼事嗎？）

補充：「どのような」的相關詞彙

このような＝こんな（這樣的）	このような方法（ほうほう）	（這樣的方法）
そのような＝そんな（那樣的）	そのような人（ひと）	（那樣的人）
あのような＝あんな（那樣的）	あのような状況（じょうきょう）	（那樣的狀況）
どのような＝どんな（怎麼樣的）	どのようなご用件でしょうか（ようけん）	（您有什麼事嗎？）

用法　詢問對方有什麼需求時，可以說這句話。

會話練習

波野（なみの）：あの、ちょっとお聞（き）きしたい ことがあるんですが。

謙讓表現：想要詢問您一下　　　　　　　　有…事情；「んです」表示「強調」；

後面的「が」表示「前言」，是一種緩折的語氣

半沢（はんざわ）：はい、どのようなご用件（ようけん）でしょうか。

波野（なみの）：今回（こんかい）の製品（せいひん）は女性向（じょせいむ）け*だということです*が、

這次　　　　　　　　聽說是針對女性；「が」表示「前言」，是一種緩折的語氣

それだったら色（いろ）はもっと明（あか）るい色（いろ）にしたら

這樣的話　　　　　　　　　　如果是更明亮的顏色

どうか と思（おも）うんですが…。

怎麼樣　　覺得…；「んです」表示「強調」；「が」表示「前言」，是一種緩折的語氣

使用文型

[名詞] ＋ 向け　　針對～

女性（女性）	→ 女性向（じょせいむ）け*	（針對女性）
学生（學生）	→ 学生向（がくせいむ）け	（針對學生）
子供（小孩子）	→ 子供向（こどもむ）け	（針對小孩子）

動詞／い形容詞／な形容詞＋[だ]／名詞＋[だ]

[　　　　　普通形　　　　　]＋ ということです　　聽說～

※「な形容詞」、「名詞」的「普通形-現在肯定形」，有沒有「だ」都可以。

動	出張します（出差）	→ 出張（しゅっちょう）するということです	（聽說要去出差）
い	安い（便宜的）	→ 安（やす）いということです	（聽說很便宜）
な	完璧（な）（完美）	→ 完璧（かんぺき）[だ]ということです	（聽說很完美）
名	向け（針對～）	→ 女性向（じょせいむ）け[だ]ということです*	（聽說是針對女性）

中譯　波野：那個…，有事情想要請問您一下。

　　　　半澤：好的，您有什麼事嗎？

　　　　波野：這次的產品聽說是針對女性設計的，這樣的話，如果是更明亮的顏色，

　　　　　　　覺得怎麼樣呢？

MP3 088

您所說的意思是…？

と、おっしゃいますと…？

助詞： 表示提示內容	動詞：説 （言います的 尊敬語）	助詞： 條件表現

と 、 おっしゃいます　と　…？

↓

您所說的

※「とおっしゃいますと」是「というと」的尊敬表現。「というと」是連語，表示「就是説〜」。

使用文型

というと　就是說〜、你所說的〜，是〜

A：明日は社長は会社に来ません。　　　　　　（明天總經理不會來公司。）

B：というと、明日会議は延期ですか。　　　　（就是說明天會議要延期嗎？）

A：会場には駐車場がありません。　　　　　　（會場沒有停車場。）

B：というと、車では来るなということですか。（就是說不要開車過來的意思嗎？）

用法 要確認對方的真正意思時，可以用這句話詢問。

204

會話練習

浅野：半沢君、明日から<u>有給休暇</u>を<u>3日ほど</u>
有薪假期　　　3天左右

<u>使って休んでくれないか</u>*。
可以請你用來休假嗎？

半沢：と、おっしゃいますと…？

浅野：<u>実は</u> <u>うちの課</u>の<u>有給休暇消化率が悪いって</u>*、<u>人事部</u>
其實　　我們這個課　　　　　　　　說是消化率太差了　　　　人事部

<u>から言われてるんだよ</u>。
因為被…說了；「言われているんだよ」的省略說法；「んだ」表示「理由」；「よ」表示「感嘆」

半沢：そうですか、わかりました。では、<u>休ませていただきます</u>。
謙讓表現：請您讓我請假

使用文型

動詞

[て形] ＋ くれないか　可以請你 [做] ～嗎？

※ 就「鄭重程度」而言，「～てくださいませんか」＞「～てくれませんか」＞「～てくれないか」。
※ 句尾是「普通形 ＋ か」的疑問句型屬於「男性語氣」。

休みます（請假）	→ 休んでくれないか*	（可以請你請假嗎？）
教えます（教導）	→ 教えてくれないか	（可以請你教我嗎？）
運びます（搬運）	→ 運んでくれないか	（可以請你搬運嗎？）

動詞／い形容詞／な形容詞+だ／名詞+だ

[　　普通形　　] ＋って 提示傳聞內容（聽說、根據自己所知）

※「な形容詞」的「普通形-現在肯定形」，需要有「だ」再接續。

動	行きます（去）	→ 行くって	（聽說會去）
い	悪い（不好的）	→ 悪いって*	（聽說是不好的）
な	安価（な）（便宜）	→ 安価だって	（聽說很便宜）
名	世界一（世界第一）	→ 世界一だって	（聽說是世界第一）

中譯　淺野：半澤，明天開始可以請你休3天左右的有薪假期嗎？
半澤：您所說的意思是…？
淺野：其實是因為我們這課的有薪假期被人事部說消化率太差了。
半澤：這樣子啊，我知道了。那麼，請您讓我請假。

MP3 089

這樣子可以嗎？

これでよろしいでしょうか。

助詞： 表示樣態	い形容詞： 好	助動詞：表示斷定 （です⇒意向形）	助詞： 表示疑問

これ　で　│ よろしい │ でしょう　か │ 。

これ → 這樣（的）狀態
で → 可以
でしょう か → 嗎？

使用文型

動詞／い形容詞／な形容詞／名詞		
[　　　　普通形　　　　] ＋ でしょうか	表示鄭重問法	
動 わかります（知道） → わかるでしょうか	（知道嗎？）	
い よろしい（好的） → よろしいでしょうか	（可以嗎？）	
な 便利（な）（方便） → 便利でしょうか	（方便嗎？）	
名 どちら様（哪一位） → どちら様でしょうか	（您是哪一位？）	

用法 要詢問對方這樣是否可以時，可以說這句話。口語說法是「これでいい？」。

會話練習

（携帯<ruby>ショップ<rt>けいたい</rt></ruby>で連絡先を記入している[＊]）
手機店　　　　　聯絡方式　　　正在填寫

半沢：…これでよろしいでしょうか。

店員：はい、けっこうです。
　　　　　　　　可以

半沢：あの、修理にはどのくらい かかりそうです[＊]か。
　　　　　　　多少時間　　　　　可能要花費呢？

店員：まずは修理部の方で状態を確認しますので、明日
　　　首先　　在修理部門那邊；「で」表示「動作進行地點」

ご連絡いたします。
　　謙讓表現：我會跟您聯絡

使用文型

動詞

[て形]＋いる　　正在 [做] ～

※ 此為「普通體文型」，「丁寧體文型」為「動詞て形 ＋ います」。
※ 口語時，通常採用「普通體文型」説法，並可省略「動詞て形 ＋ いる」的「い」。

記入します（填寫）	→ 記入している[＊]	（正在填寫）
食べます（吃）	→ 食べている	（正在吃）
歌います（唱歌）	→ 歌っている	（正在唱歌）

動詞

[ます形]＋そうです　　可能會 [做] ～、好像會 [做] ～

かかります（花費）	→ かかりそうです[＊]	（可能會花費～）
辞めます（辭職）	→ 辞めそうです	（好像會辭職）
増えます（增加）	→ 増えそうです	（可能會增加）

中譯　（正在手機店填寫聯絡方式）
半澤：…這樣子可以嗎？
店員：是的，可以的。
半澤：那個…修理可能要花多少時間呢？
店員：因為要先在修理部門那邊確認狀況，我明天會跟您聯絡。

MP3 090

我和上司商量之後，再給您答覆。

上司（じょうし）と相談（そうだん）したうえで改（あらた）めてお返事（へんじ）します。

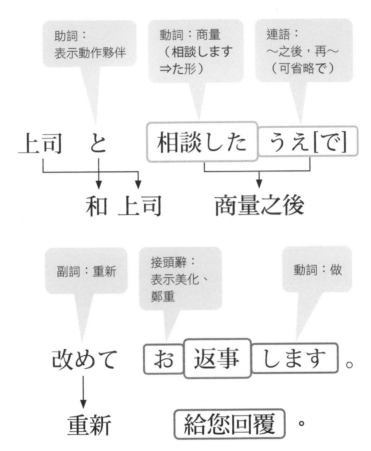

助詞：
表示動作夥伴

動詞：商量
（相談します
⇒た形）

連語：
〜之後，再〜
（可省略で）

上司　と　　相談した　うえ[で]

和 上司　　商量之後

副詞：重新

接頭辭：
表示美化、
鄭重

動詞：做

改めて　　お 返事 します。

重新　　　給您回覆。

※[動詞た形 ＋ うえ[で]]：請參考P176

使用文型

お／ご＋[動作性名詞]＋します　　謙讓表現：（動作涉及對方的）[做]〜

返事（回覆）→ お返事（へんじ）します　　　　（我給您回覆）

辭退（謝絕）→ ご辭退（じたい）します　　　　（我要謝絕您）

案內（導覽）→ ご案內（あんない）します　　　　（我為您導覽）

用法　告知對方，要先和上司討論後再做回答時，可以說這句話。

會話練習

はんざわ　いたばし　　　　　　　　せいひん　のうにゅう　　　　いっしゅうかんまえだお
半沢：板橋さん、製品の納入を一週間前倒しできませんか？
　　　　　　　　　　　　　　交貨　　　　　　　　　　可以提前一個星期嗎？

いたばし　　　　　　　　　　　　　　　　けん　　　　　　　じょうし　　そうだん
板橋：そうですね。この件については上司と相談したうえで
　　　這樣啊；「ね」表示「感嘆」　　　關於…

あらた　　　　　へんじ
改めてお返事します。

はんざわ　　　　　へんじ　ま
半沢：では、お返事お待ちして*おります*。
　　　那麼　　謙讓表現：目前是等待您的答覆的狀態；「お待ちして」是「お待ちします」的「て形」

使用文型

[動詞]

お＋[ます形]＋します　　謙讓表現：（動作涉及對方的）[做]～

待ちます（等待）	→ お待ちします*	（我要等待您）
かけます（添（麻煩））	→ 迷惑をおかけします	（我給您添麻煩）
伺います（詢問）	→ お伺いします	（我要詢問您）

[動詞]

[て形]＋おります　　目前狀態（謙讓表現）

お待ちします（我要等待您）	→ お待ちしております*	（目前是等待您的狀態）
外出します（外出）	→ 外出しております	（目前是外出的狀態）
聞きます（聽）	→ 聞いております	（目前是有聽過的狀態）

中譯　半澤：板橋先生，產品的交貨時間可以提前一個星期嗎？
板橋：這樣啊。關於這件事，我和上司商量之後，再給您答覆。
半澤：那麼，我在等您的答覆。

關於這件事，請讓我跟上司討論一下。

この件に関しましては、上司と相談させていただきます。

| 連體詞：
這個 | 連語：關於～
（ます形的て形）
（～まして屬於
鄭重的表現方式） | 助詞：
表示主題 |

この　件　に関しまして　は、

關於　這個事情，

| 助詞：表示
動作夥伴 | 動詞：商量
（相談します
⇒使役形［相談させます］
的て形） | 補助動詞 |

上司　と　相談させて　いただきます　。

請您　讓我　和上司　商量　。

使用文型

動詞

[使役て形] ＋ いただきます　　謙讓表現：請您讓我 [做] ～

相談させます（讓～商量）	→ 相談させていただきます	（請您讓我商量）
帰らせます（讓～回去）	→ 帰らせていただきます	（請您讓我回去）
休ませます（讓～請假）	→ 休ませていただきます	（請您讓我請假）

用法　進行業務活動，碰到自己無法獨立決定的事情時，可以說這句話。

會話練習

東田：この契約が成立すれば*、5億円規模のビッグビジネスですよ。
　　　　　成立的話　　　　　　　　　　　　　　　　　大生意

半沢：そうですね。この件に関しましては、上司と相談させて
　　　いただきます。

東田：ええ、悪い話じゃないでしょう*。
　　　嗯　　　應該是不錯的商機吧
　　　良い返事が聞けると期待していますよ。
　　　正面回覆　　　　期待能聽到…；「と」表示「提示內容」

半沢：それでは、今日はこの辺で。
　　　那麼　　　　　先談到這裡

使用文型

動詞

[條件形（〜ば）] 　　如果 [做] 〜的話

成立します（成立）	→ 成立すれば*	（如果成立的話）
食べます（吃）	→ 食べれば	（如果吃的話）
行きます（去）	→ 行けば	（如果去的話）

動詞／い形容詞／な形容詞／名詞

[　　　普通形　　　] ＋ でしょう 　　應該〜吧（推斷）

※ 此為「丁寧體文型」用法，「普通體文型」為「〜だろう」。
※「〜でしょう」表示「應該〜吧」的「推斷語氣」時，語調要「下降」。
　　「〜でしょう」表示「〜對不對？」的「再確認語氣」時，語調要「提高」。

動	買います（買）	→ 買うでしょう	（應該會買吧）
い	面白い（有趣的）	→ 面白いでしょう	（應該很有趣吧）
な	静か（な）（安靜）	→ 静かでしょう	（應該很安靜吧）
名	話（事情）	→ 悪い話じゃないでしょう*	（應該是不錯的事情吧）

中譯
東田：如果簽下這份契約，就是5億日圓規模的大生意了。
半澤：說得也是。關於這件事，請讓我跟上司討論一下。
東田：嗯，這應該是不錯的商機吧。我期待能聽到正面的回覆。
半澤：那麼，今天就先談到這裡了。

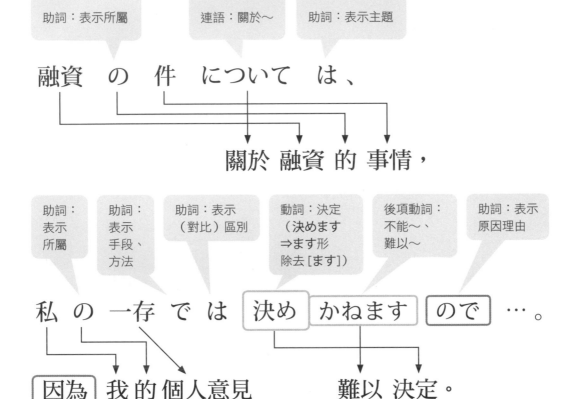

關於融資的事情，因為不是我單方面就可以決定的…。
融資の件については、私の一存では決めかねますので…。

助詞：表示所屬

連語：關於～

助詞：表示主題

融資　の　件　について　は、

關於 融資 的 事情，

助詞：
表示
所屬

助詞：
表示
手段、
方法

助詞：表示
（對比）區別

動詞：決定
（決めます
⇒ます形
除去[ます]）

後項動詞：
不能～、
難以～

助詞：表示
原因理由

私　の　一存　で　は　決め　かねます　ので　…。

因為　我 的 個人意見

難以 決定。

※ 決めかねます：複合型態（＝決め＋かねます）　　※ [動詞ます形 ＋ かねます]：請參考P232。

使用文型

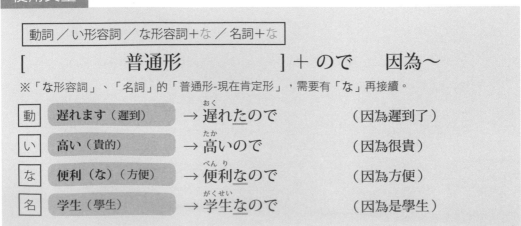

動詞／い形容詞／な形容詞＋な／名詞＋な

[　　　　　　普通形　　　　　　]＋ので　　因為～

※「な形容詞」、「名詞」的「普通形-現在肯定形」，需要有「な」再接續。

動	遅れます（遅到）	→ 遅れたので	（因為遲到了）
い	高い（貴的）	→ 高いので	（因為很貴）
な	便利（な）（方便）	→ 便利なので	（因為方便）
名	学生（學生）	→ 学生なので	（因為是學生）

動詞／い形容詞／な形容詞／名詞

[　　　　丁寧形　　　　] ＋ ので　　因為～

動	決めかねます（難以決定）	→ 決めかねますので	（因為難以決定）
い	高い（貴的）	→ 高いですので	（因為很貴）
な	便利（な）（方便）	→ 便利ですので	（因為方便）
名	学生（學生）	→ 学生ですので	（因為是學生）

用法　告訴對方事情並不是個人權限所能決定時，可以說這句話。

會話練習

東田：じゃ、融資してもらえるんですね*。
可以請你融資給我，對不對？「んです」表示「強調」；「ね」表示「期待同意」

銀行員：社に戻って、検討します。
　　　　回公司後…　　　　　　討論

東田：頼みますよ。この新規事業は必ず うまくいきますから。
　　　表示：提醒　　新事業　　一定　　　因為會順利進行

銀行員：融資の件については、私の一存では決めかねますので…。

使用文型

動詞

[て形] ＋ もらえるんですね　　可以請你 [做]～對不對？

融資します（融資）	→ 融資してもらえるんですね*	（可以請你融資給我對不對？）
貸します（借出）	→ 貸してもらえるんですね	（可以請你借給我對不對？）
待ちます（等待）	→ 待ってもらえるんですね	（可以請你為我等待對不對？）

中譯　東田：那麼，可以請你融資給我對不對？
　　　銀行員：回公司之後，我們會進行討論。
　　　東田：拜託囉。因為我們這個新成立的事業一定會進行得很順利。
　　　銀行員：關於融資的事情，因為不是我單方面就可以決定的…。

前幾天拜託您的產品設計的事，後來怎麼樣了？

先日お願いしました製品のデザインの件ですが、
その後どうなっておりますでしょうか。

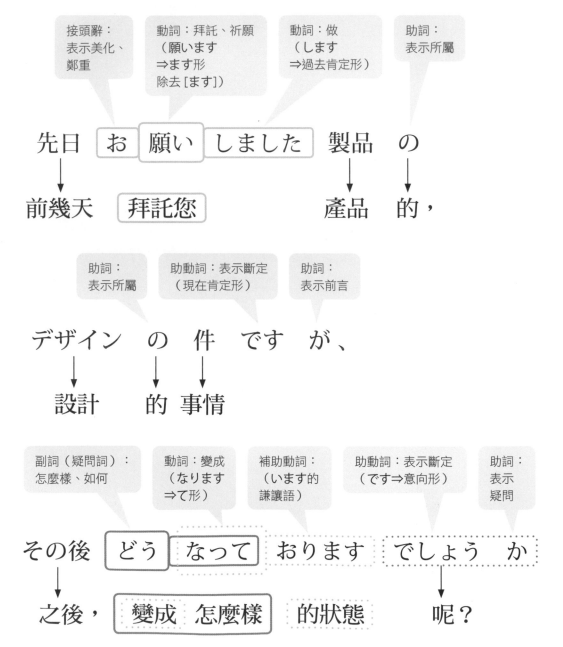

接頭辭：
表示美化、
鄭重

動詞：拜託、祈願
（願います
⇒ます形
除去 [ます]）

動詞：做
（します
⇒過去肯定形）

助詞：
表示所屬

先日　お　願い　しました　製品　の

前幾天　拜託您　　　　　　産品　的，

助詞：
表示所屬

助動詞：表示斷定
（現在肯定形）

助詞：
表示前言

デザイン　の　件　です　が、

設計　　的　事情

副詞（疑問詞）：
怎麼樣、如何

動詞：變成
（なります
⇒て形）

補助動詞：
（います的
謙讓語）

助動詞：表示斷定
（です⇒意向形）

助詞：
表示
疑問

その後　どう　なって　おります　でしょう　か

之後，　變成　怎麼樣　的狀態　　　　呢？

動詞

お＋[ます形]＋します　謙讓表現：（動作涉及對方的）[做]～

願います（拜託）	→ お願いします	（我要拜託您）
渡します（交付）	→ お渡しします	（我交付給您）
呼びます（呼叫）	→ タクシーをお呼びします	（我為您叫計程車）

動詞　　い形容詞　　な形容詞

[辭書形＋ように／－い＋く／－な＋に／名詞＋に]＋なります　變成

※ 疑問詞「どう」接續「なります」時，不用有「に」。

動	読みます（讀）	→ 読むようになります	（變成有閱讀的習慣）
い	短い（短的）	→ 短くなります	（變成短的）
な	綺麗（な）（漂亮）	→ 綺麗になります	（變漂亮）
名	半額（半價）	→ 半額になります	（變成半價）
疑	どう（怎麼樣）	→ どうなります	（變成怎麼樣）

動詞

[て形]＋おります　目前狀態（謙讓表現）

なります（變成）	→ なっております	（目前是變成～的狀態）
開きます（開）	→ 開いております	（目前是開著的狀態）
住みます（居住）	→ 大阪に住んでおります	（目前是住在大阪的狀態）

動詞／い形容詞／な形容詞／名詞

[　　　　普通形　　　　]＋でしょうか　表示鄭重問法

※ 主題句是「動詞丁寧形（なっております）＋でしょうか」，屬於更鄭重的表現方式。

動	行けます（可以去）	→ 行けるでしょうか	（可以去嗎？）
い	速い（快速的）	→ 速いでしょうか	（快嗎？）
な	好き（な）（喜歡）	→ 好きでしょうか	（喜歡嗎？）
名	無料（免費）	→ 無料でしょうか	（是免費嗎？）

用法　想確認以前請託的事情目前有什麼進展時，可以說這句話。

會話練習

半沢<ruby>半沢<rt>はんざわ</rt></ruby>：もしもし、<ruby>武蔵<rt>むさし</rt></ruby><ruby>商社<rt>しょうしゃ</rt></ruby>の<ruby>半沢<rt>はんざわ</rt></ruby>です。
貿易公司

<ruby>板橋<rt>いたばし</rt></ruby>：あ、お<ruby>世話<rt>せわ</rt></ruby>になります。
受到您的照顧

<ruby>半沢<rt>はんざわ</rt></ruby>：<ruby>先日<rt>せんじつ</rt></ruby>お<ruby>願<rt>ねが</rt></ruby>いしました製品のデザインの<ruby>件<rt>けん</rt></ruby>ですが、

その<ruby>後<rt>ご</rt></ruby>どうなっておりますでしょうか。

<ruby>板橋<rt>いたばし</rt></ruby>：はい。<ruby>現在最終段階<rt>げんざいさいしゅうだんかい</rt></ruby>で、<ruby>一両日中<rt>いちりょうじつちゅう</rt></ruby>には<ruby>完成<rt>かんせい</rt></ruby><ruby>図<rt>ず</rt></ruby>を
最後的階段；「で」　　　在一兩天之內；「は」表示
表示「單純接續」　　　「對比（區別）」

お<ruby>渡<rt>わた</rt></ruby>しできる[*]　と<ruby>思<rt>おも</rt></ruby>います[*]。
謙譲表現：可以交給您　　覺得…；「と」表示「提示內容」

使用文型

[動詞]

お＋[ます形]＋できる　　謙譲表現：（動作涉及對方的）可以[做]～

渡します（交付）→ お<ruby>渡<rt>わた</rt></ruby>しできる[*]　　　　（可以交給您）

売ります（賣）→ お<ruby>売<rt>う</rt></ruby>りできる　　　　　（可以賣給您）

貸します（借出）→ お<ruby>貸<rt>か</rt></ruby>しできる　　　　　（可以借給您）

[動詞／い形容詞／な形容詞＋だ／名詞＋だ]

[　　　　　普通形　　　　　]＋と＋思います　覺得～、認為～、猜想～

※「な形容詞」、「名詞」的「普通形-現在肯定形」，需要有「だ」再接續。

動	お渡しできます（可以交給您）	→ お渡しできると<ruby>思<rt>おも</rt></ruby>います[*]	（覺得可以交給您）
い	<ruby>軽<rt>かる</rt></ruby>い（輕的）	→ <ruby>軽<rt>かる</rt></ruby>いと<ruby>思<rt>おも</rt></ruby>います	（覺得很輕）
な	<ruby>綺麗<rt>きれい</rt></ruby>（な）（漂亮）	→ <ruby>綺麗<rt>きれい</rt></ruby>だと<ruby>思<rt>おも</rt></ruby>います	（覺得漂亮）
名	<ruby>冗談<rt>じょうだん</rt></ruby>（玩笑）	→ <ruby>冗談<rt>じょうだん</rt></ruby>だと<ruby>思<rt>おも</rt></ruby>います	（覺得是玩笑）

中譯　半澤：喂喂，我是武藏貿易公司的半澤。
板橋：啊，（平常）受到您的照顧。
半澤：前幾天拜託您的產品設計的事，後來怎麼樣了？
板橋：是的。現在是最後的階段，我覺得這一兩天之內就可以交出完成圖了。

筆記頁

空白一頁,讓你記錄學習心得,也讓下一個單元,能以跨頁呈現,方便於對照閱讀。

がんばってください。

(請加油!)

MP3 094

我等待您的好消息。
良いお返事をお待ちしております。

い形容詞：好	接頭辭：表示美化、鄭重	助詞：表示動作作用對象	接頭辭：表示美化、鄭重	動詞：等待（待ちます⇒ます形除去[ます]）	動詞：做（します⇒て形）	補助動詞：（います的謙讓語）

良い　お　返事　を　[お　待ち　して]　[おります]　。

目前是 [等待您] 好的 回覆 [的狀態] 。

使用文型

[動詞]

お ＋ [ます形] ＋ します　　謙讓表現：（動作涉及對方的）[做] ～

待ちます（等待）	→ お待ちします	（我要等待您）
願います（拜託）	→ お願いします	（我要拜託您）
伺います（詢問）	→ お伺いします	（我要詢問您）

[動詞]

[て形] ＋ おります　　目前狀態（謙讓表現）

お待ちします（我等您）	→ お待ちしております	（目前是要等您的狀態）
住みます（居住）	→ 名古屋に住んでおります	（目前是住在名古屋的狀態）
働きます（工作）	→ 働いております	（目前有工作的狀態）

用法　期待商談可以得到好的回覆時，可以說這句話。

會話練習

半沢：…日本と台湾、互いの特産品を売るアンテナショップを
（彼此）　　　　　　　　　（特產店）

開く、という計画※です。
（開設）　　（…的計畫）

王：なかなか興味深いですね。前向きに
（非常有興趣耶；「ね」表示「表示同意」）　（積極地）

検討させてもらいます※よ。
（請讓我們考慮；「よ」表示「提醒」）

半沢：よろしくお願いします。良いお返事をお待ちしております。
（請多多指教）

使用文型

～という ＋ [名詞]　　～的～

計画（計畫）	→ アンテナショップを開くという計画※	（開設特產店的計畫）
噂（傳聞）	→ 離婚したという噂	（已經離婚的傳聞）
評価（評價）	→ 日本一という評価	（日本第一的評價）

動詞

[使役て形] ＋ もらいます　　請讓我 [做]～

検討します（考慮）	→ 検討させてもらいます※	（請讓我考慮）
置きます（放置）	→ 置かせてもらいます	（請讓我放置）
説明します（說明）	→ 説明させてもらいます	（請讓我說明）

中譯　半澤：…是日本和台灣，開設販賣彼此的特產品的特產店的計畫。
　　　　王：我非常有興趣耶。請讓我們積極地考慮。
　　半澤：請多多指教。我等待您的好消息。

219

MP3 095

如果這星期之內可以得到您的回覆，那就太好了。

こんしゅうちゅう　　　　　へんじ　　　　　　　　　たす
今週 中にお返事いただけると助かるのですが。

接尾辭： ～之內	助詞： 表示動作 進行時點	接頭辭： 表示美化、 鄭重	動詞：得到、收到 （いただきます ⇒可能形［いただけます］ 的辭書形）	助詞： 條件表現

今週	中	に	お	返事	いただける	と
↓	↓					↓
這星期	之內			可以請您為我回覆		的話，

動詞：有幫助 （助かります ⇒辭書形）	連語：の＋です＝んです の…形式名詞 です…助動詞：表示斷定 （現在肯定形）	助詞： 表示前言

助かる	のです	が	。
↓			
就有幫助。			

使用文型

お／ご＋［動作性名詞］＋いただきます　謙讓表現：請您（為我）［做］～

返事（回覆）	へんじ → お返事いただきます	（請您（給我）回覆）
尽力（幫忙）	じんりょく → ご尽力いただきます	（請您（為我）幫忙）
検討（商量）	けんとう → ご検討いただきます	（請您（為我）商量）

[動詞／い形容詞／な形容詞＋だ／名詞＋だ]

[　　　普通形（限：現在形）　　　]＋と、～　　條件表現

※「な形容詞」、「名詞」的「普通形-現在肯定形」，需要有「だ」再接續。

動	いただけます（可以得到）	→ いただけると	（可以得到的話，就～）
い	安い（便宜的）	→ 値段が安いと	（價錢便宜的話，就～）
な	新鮮（な）（新鮮）	→ 新鮮だと	（新鮮的話，就～）
名	無料（免費）	→ 無料だと	（是免費的話，就～）

[動詞／い形容詞／な形容詞＋な／名詞＋な]

[　　　　　普通形　　　　　]＋んです　　　強調

※「んです」是「のです」的「縮約表現」。「な形容詞」、「名詞」的「普通形-現在肯定形」，需要有「な」再接續。

動	助かります（有幫助）	→ 助かるんです	（會有幫助）
い	正しい（正確的）	→ 正しいんです	（很正確）
な	安全（な）（安全）	→ 安全なんです	（很安全）
名	改装中（改裝中）	→ 改装中なんです	（是改裝中）

用法　希望對方在某個時間之前回覆時，可以說這句話。

會話練習

羽根：半沢さん、お世話になります。甲賀屋ホテルの羽根です。突然で
　　　　　　　受到您的照顧　　　　　　　　　　　　　　　　　　　　因為很突然

申し訳ありませんが、TX-8300を追加で50台注文できますか。
真對不起；「が」表示「前言」，是一種緩折的語氣　　追加；「で」表示　　可以訂購嗎？
　　　　　　　　　　　　　　　　　　　　　　　　　「樣態」

半沢：50台ですか。

羽根：再来月の20日までに納品できますか。今週中に
　　　下下個月　　　在…之前　可以交貨嗎？

お返事いただけると助かるのですが。

中譯　羽根：半澤先生，（平常）受到您的照顧。我是甲賀屋飯店的羽根。事出突然
　　　　　　真對不起，我可以追加訂購 50 台 TX-8300 嗎？
　　　半澤：50 台啊。
　　　羽根：可以在下下個月的 20 號之前交貨嗎？如果這星期之內可以得到您的回覆，那就太好了。

我很樂意奉陪。
喜んでご一緒させていただきます。

動詞：樂意、高興
（喜びます⇒て形）
（て形表示附帶狀況）

動詞：奉陪
（ご一緒します
⇒使役形［ご一緒させます］
的て形）

補助動詞

喜んで | ご一緒させて | いただきます | 。

↓

樂意的狀態下 | 請您 | 讓我奉陪 | 。

使用文型

[動詞]
[て形]、～　　附帶狀況

喜びます（樂意） → 喜んでご一緒させていただきます（樂意的狀態下，請您讓我奉陪）

持ちます（帶） → 傘を持って出かけます　　　　（帶傘的狀態下，出門）

食べます（吃） → 朝ごはんを食べて出かけます　（有吃早餐的狀態下，出門）

[動詞]
[使役て形]＋いただきます　　謙讓表現：請您讓我 [做]～

ご一緒させます（讓～奉陪） → ご一緒させていただきます（請您讓我奉陪）

使わせます（讓～使用） → 使わせていただきます　（請您讓我使用）

読ませます（讓～讀） → 読ませていただきます　（請您讓我讀）

用法　告訴對方自己很高興一起同行時，可以說這句話。獲邀參加下班後的喝酒聚會時，也可以用這句話回覆對方。

會話練習

内藤（ないとう）：半沢君（はんざわくん）、仕事（しごと）の後（あと）、一杯飲（いっぱいの）みに行（い）かないか[*]。
　　　　　　　　　　　　　下班後　　　　　　　　　　　要不要去喝一杯？

半沢（はんざわ）：喜（よろこ）んでご一緒（いっしょ）させていただきます。

内藤（ないとう）：上戸（うえと）さんもどう？
　　　　　　　　　也一起去，怎麼樣？

上戸（うえと）：私（わたし）はちょっと…。すみません、今日（きょう）は用事（ようじ）があるので[*]。
　　　　　　　　　　有點…　　　　　　　　　　　　　　　　因為有事情

使用文型

動詞

[ます形 / 動作性名詞] ＋ に ＋ 行かないか　　要不要去 [做] ～？

※ 女性通常説「～ない？」（語調提高，但不説「か」）。

| 動 | 飲みます（喝） | → 一杯飲みに行かないか[*] | （要不要去喝一杯？） |
| 名 | 買い物（購物） | → 買い物に行かないか | （要不要去購物？） |

動詞／い形容詞／な形容詞＋な／名詞＋な

[　　　　　　普通形　　　　　　] ＋ ので　　因為～

※「な形容詞」、「名詞」的「普通形-現在肯定形」，需要有「な」再接續。

動	あります（有）	→ 用事があるので[*]	（因為有事）
い	つまらない（無聊的）	→ つまらないので	（因為很無聊）
な	重要（な）（重要）	→ 重要なので	（因為很重要）
名	冗談（玩笑）	→ 冗談なので	（因為是玩笑）

中譯　内藤：半澤，下班後要不要去喝一杯？
　　　半澤：我很樂意奉陪。
　　　内藤：上戸小姐也一起去，怎麼樣？
　　　上戸：我有點…。不好意思，因為今天有事。

MP3 097

我很樂意去做。

喜(よろこ)んでやらせていただきます。

動詞：樂意、高興
（喜びます⇒て形）
（て形表示附帶狀況）

動詞：做
（やります
⇒使役形 [やらせます]
的て形）

補助動詞

喜んで　やらせて　いただきます 。

樂意的狀態下　請您　讓我做 。

使用文型

動詞

[て形]、～　　附帶狀況

喜びます（樂意）	→ 喜んでやらせていただきます	（樂意的狀態下，請您讓我做）
持ちます（帶）	→ 傘を持って出かけます	（帶傘的狀態下，出門）
食べます（吃）	→ 朝ごはんを食べて出かけます	（有吃早餐的狀態下，出門）

動詞

[使役て形] ＋ いただきます　　謙讓表現：請您讓我 [做] ～

やらせます（讓～做）	→ やらせていただきます	（請您讓我做）
歌わせます（讓～唱歌）	→ 歌わせていただきます	（請您讓我唱歌）
帰らせます（讓～回去）	→ 帰らせていただきます	（請您讓我回去）

用法　告訴對方自己欣喜接受某件事時，可以說這句話。

會話練習

内藤：半沢君、忘年会でのスピーチ、君にお願いしたいんだが。
　　　　　　　　　尾牙　　　　演講　　　　　謙讓表現：想要拜託您　「んだ」表示「強調」；「が」表示「前言」，是一種緩折的語氣

半沢：はい。喜んでやらせていただきます。

内藤：いつも悪いね。仕事以外のことも頼んじゃって*。
　　　　總是麻煩你；「ね」表示「感嘆」　　　　　因為很遺憾要拜託；「て形」表示「原因」

半沢：いえいえ、これも仕事のうち*です。
　　　　不會不會　　　　　　工作的範圍內

使用文型

[動詞]

[そ形（～て／～で）] ＋ ちゃって／じゃって　因為（無法挽回的）遺憾

※ 此為「動詞て形 ＋ しまって」的「縮約表現」，口語時常使用「縮約表現」。
※ 屬於「普通體文型」，「丁寧體文型」為「動詞て形除去[て／で] ＋ ちゃいまして／じゃいまして」。

頼みます（拜託）	→ 頼んじゃって*	（因為很遺憾要拜託）
壊れます（壞掉）	→ 壊れちゃって	（因為很遺憾壞掉了）
縮みます（縮水）	→ 縮んじゃって	（因為很遺憾縮水了）

[名詞] ＋ の ＋ うち　～之中、～的範圍內

仕事（工作）	→ 仕事のうち*	（工作的範圍內）
想定（預測）	→ 想定のうち	（預料之中）
給料（薪水）	→ 給料のうち	（薪水的範圍內）

中譯
内藤：半澤，尾牙的演講，我想要麻煩你一下。
半澤：好的。我很樂意去做。
内藤：總是麻煩你，（因為）很遺憾工作之外的事情也要拜託你。
半澤：不會不會，這也在工作範圍之內。

● MP3 098

那可是求之不得的好事。

それはもう、願ってもないことでございます。

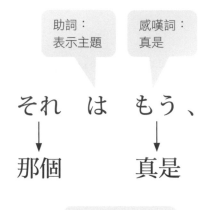

助詞：
表示主題

感嘆詞：
真是

それ　は　もう、
　↓　　　　↓
　那個　　　真是

連語：求之不得

連語：（です的禮貌説法）

願って　も　ない　こと　でございます。
　↓　　　　　　↓　　　　↓
是　即使祈求　也　沒有（的）事情。

※「願ってもない」＝「求之不得」。

使用文型

動詞　　い形容詞　　な形容詞

[て形／ーい＋くて／ーな＋で／名詞＋で]＋も、即使～,也～

動	願います（祈求）	→ 願っても	（即使祈求，也～）
い	高い（貴的）	→ 高くても	（即使貴，也～）
な	優秀（な）（優秀）	→ 優秀でも	（即使優秀，也～）
名	有給休暇（有薪假期）	→ 有給休暇でも	（即使是有薪假期，也～）

用法　很滿意對方提出來的方案或條件時，可以說這句話。

會話練習

羽根：<ruby>新<rt>あたら</rt></ruby>しい<ruby>規格<rt>きかく</rt></ruby>のTX-<ruby>8300<rt>はちさんゼロゼロ</rt></ruby>の<ruby>購入<rt>こうにゅう</rt></ruby>について*なんですが。

新規格 關於…

「んです」表示「強調」，前面是「について」時，需要有「な」再接續；「が」表示「前言」，是一種緩折的語氣

半沢：はい。ありがとうございます。

羽根：<ruby>当初<rt>とうしょ</rt></ruby>の<ruby>100台<rt>ひゃくだい</rt></ruby>の<ruby>予定<rt>よてい</rt></ruby>*を<ruby>１５０台<rt>ひゃくごじゅうだい</rt></ruby>に<ruby>変更<rt>へんこう</rt></ruby>できますか。

預定100台 可以更改成…嗎？「に」表示「變化結果」

半沢：それはもう、<ruby>願<rt>ねが</rt></ruby>ってもないことでございます。

使用文型

[名詞] ＋ について　關於～

購入（購買）	→ <ruby>購入<rt>こうにゅう</rt></ruby>について*	（關於購買）
販売（販賣）	→ <ruby>販売<rt>はんばい</rt></ruby>について	（關於販賣）
価格（價格）	→ <ruby>価格<rt>かかく</rt></ruby>について	（關於價格）

[名詞] ＋ の ＋ 予定　預定～

１００台（100台）	→ <ruby>１００台<rt>ひゃくだい</rt></ruby>の<ruby>予定<rt>よてい</rt></ruby>*	（預定100台）
出発（出發）	→ <ruby>出発<rt>しゅっぱつ</rt></ruby>の<ruby>予定<rt>よてい</rt></ruby>	（預定出發）
出差（出差）	→ <ruby>出張<rt>しゅっちょう</rt></ruby>の<ruby>予定<rt>よてい</rt></ruby>	（預定出差）

中譯
羽根：關於購買新規格的TX-8300這件事。
半澤：是，謝謝您。
羽根：當初預定購買100台，可以改為150台嗎？
半澤：那可是求之不得的好事。

接受提議
099

那樣的話很好。
それで結構（けっこう）でございます。

| 助詞：
表示樣態 | な形容詞：
很好 | 連語：
（です的禮貌説法） |

それ　で　結構　でございます。

那樣（的）狀態 很好。

使用文型

な形容詞

[－な ／ 名詞] ＋ でございます　　是～（禮貌說法）

| な | 結構（な）（很好） | → 結構（けっこう）でございます | （是很好的） |
| 名 | 商社（貿易公司） | → 商社（しょうしゃ）でございます | （是貿易公司） |

用法　接受對方提出的方法、條件、或方案時，可以說這句話。

會話練習

板橋：それでは、貴社からの支払いが確認されたのち*、
　　　　　　　　　　来自貴公司　　付款　　　　被確認之後

発送ということ*でいいですか。
就是說要出貨，這樣子可以嗎？

半沢：それで結構でございます。明日の朝、指定された口座
　　　　　　　　　　　　　　　　　明天早上　　指定的帳戶

に振り込みますので、ご確認願います。
因為會匯款　　　　　　要拜託您確認

使用文型

[動詞]

[た形／名詞 ＋ の] ＋ のち　　〜之後（＝口語的「〜あとで」）

| 確認されます（被確認） | → 確認されたのち* | （被確認之後） |
| 食事（用餐） | → 食事ののち | （用餐之後） |

〜ということ　　就是說〜（再確認）

貴社からの支払いが確認されたのち、発送ということでいいですか。*

（就是說在確認貴公司付款之後，我們就出貨，這樣子可以嗎？）

社長は来られない？　じゃあ、会議は中止ということですか。

（總經理不能來嗎？那麼，就是說會議會中止嗎？）

女人禁制？　じゃ、女性の私は入れないということ？

（女人禁止？那麼，就是說身為女性的我不能進入嗎？）

中譯　板橋：那麼，就是說在確認貴公司付款之後，我們就準備出貨，這樣子可以嗎？
　　　半澤：那樣的話很好。明天早上我們會把貨款匯入指定的帳戶，再拜託您確認
　　　　　　一下。

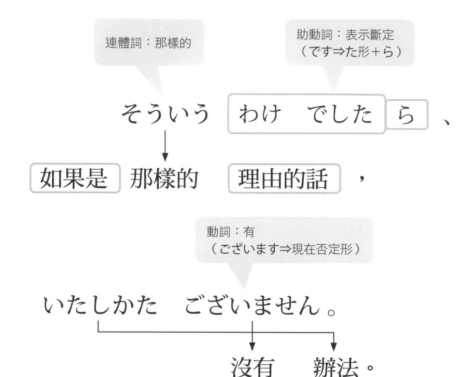

接受提議

100

🔘 MP3 100

如果真是這樣的話，我們也只好接受了。

そういうわけでしたら、いたしかたございません。

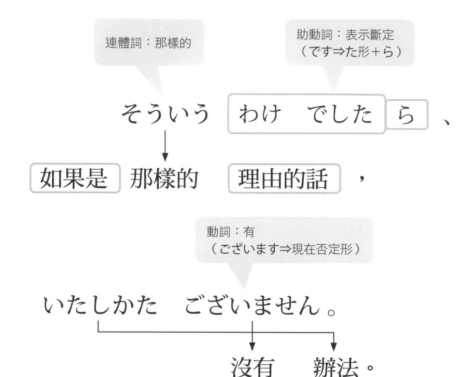

> 連體詞：那樣的
>
> 助動詞：表示斷定
> （です⇒た形＋ら）

そういう わけ でした ら 、

如果是 那樣的 理由的話 ，

> 動詞：有
> （ございます⇒現在否定形）

いたしかた ございません 。

沒有 辦法。

※ 就「鄭重程度」而言，「いたしかたございません」＞「しかたありません」＞「しかたない」。

使用文型

> 動詞／い形容詞／な形容詞／名詞
>
> [た形 ／ なかった形]＋ら 如果～的話

※「～たら」的文型一般不需使用「～ました＋ら」或「～でした＋ら」的形式，只有想要加強鄭重語氣時，才會使用「～ましたら、～ませんでしたら」或「～でしたら、～じゃありませんでしたら」。

| 動 | あります（有） | → お金があったら | （如果有錢的話） |
|

動	あります（有）	→ お金があったら	（如果有錢的話）
い	安い（便宜的）	→ 安かったら	（如果便宜的話）
な	優秀（な）（優秀）	→ 優秀だったら	（如果很優秀的話）
名	わけ（理由）	→ そういうわけでしたら	（如果是那樣的理由的話）

用法 發生麻煩或負面的事情，卻不得不接受時，可以說這句話。

230

板橋：すみません、台風の影響で*工場が
因為颱風的影響

二日間停電してしまいまして*…。
因為很遺憾停電了兩天；「ます形的て形」表示「原因」

半沢：そうでしたか、それは大変でしたね。
是這樣啊　　　　　　　　太糟糕了；「ね」表示「表示同意」

板橋：そのため、納期も二日間延期させていただけませんか。
因此　　納期　交貨日期　　　　謙讓表現：可以請您讓我延後兩天嗎？

半沢：そういうわけでしたら、いたしかたございません。

使用文型

動詞	い形容詞	な形容詞

[て形 / ーい＋くて / ーな＋で / 名詞＋で]、～　因為～，所以～

動	寝坊します（睡過頭）	→ 寝坊して	（因為睡過頭，所以～）
い	広い（寬廣的）	→ 広くて	（因為很寬廣，所以～）
な	完璧（な）（完美）	→ 完璧で	（因為很完美，所以～）
名	影響（影響）	→ 台風の影響で*	（因為颱風的影響，所以～）

動詞

[て形] ＋ しまいまして　　因為（無法挽回的）遺憾

※ 此文型是「動詞て形 ＋ しまいます」的「て形」。

停電します（停電）	→ 停電してしまいまして*	（因為很遺憾停電了）
忘れます（忘記）	→ 忘れてしまいまして	（因為不小心忘記了）
遅れます（遲到）	→ 遅れてしまいまして	（因為不小心遲到了）

中譯　板橋：不好意思，因為受到颱風的影響，很遺憾工廠停電了兩天…。
半澤：是這樣啊，那真是太糟糕了。
板橋：因此，可以請您讓我們也延後兩天交貨嗎？
半澤：如果真是這樣的話，我們也只好接受了。

對不起，我們無法滿足您的要求。

申し訳ございませんが、
ご希望には添いかねます。

招呼用語

助詞：
表示前言

申し訳ございません　が、

↓

對不起，

接頭辭：
表示美化、
鄭重

助詞：
表示方面

助詞：表示
對比（區別）

動詞：滿足
（添います
⇒ます形
除去[ます]）

後項動詞：
不能〜、難以〜

ご　希望　に　は　添い　かねます　。

對於　您的希望　　（的話）　　難以　滿足。

※ 添いかねます：複合型態（＝添い＋かねます）

使用文型

動詞

[ます形] ＋ かねます　　不能〜、難以〜

※ 此文型常用於「委婉的拒絕」。

添います（滿足）	→ 添いかねます	（難以滿足）
負います（負（責任））	→ 責任は負いかねます	（恕不負責）
受けます（接受）	→ 受けかねます	（難以接受）

用法　無法滿足對方的希望時，告訴對方的一句話。

會話練習

（飛行機の機内で）
ひこうき きない
在機艙內

酔客：ワインもっとください。あと5本！
すいきゃく 請多給我一些酒；「ワインをもっとください」 ごほん 再來5瓶
的省略說法

乗務員：申し訳ございませんが、ご希望には添いかねます。
じょうむいん もう わけ きぼう そ

酔客：そんなこと言わないで*、ちょうだいよ～。
すいきゃく い 請不要那樣說；口語時「て形」後面可省略 給我啦～
「ください」

乗務員：お客様、冷たいお茶はいかがですか？*
じょうむいん きゃくさま つめ ちゃ 要不要喝杯冰茶？

使用文型

動詞

[ない形] ＋ で ＋ ください　　請不要 [做] ～

※「丁寧體文型」為「動詞ない形 ＋ で ＋ ください」。
※ 口語時，通常採用「普通體文型」說法，可省略「ください」。

言います（說）→ 言わないで[ください]*　　　　（請不要說）
い

買います（買）→ 買わないで[ください]　　　　（請不要買）
か

見ます（看）→ 見ないで[ください]　　　　（請不要看）
み

[名詞] ＋ は ＋ いかがですか？　　要不要～？

お茶（茶）→ 冷たいお茶はいかがですか？*　（要不要喝杯冰茶？）
つめ ちゃ

寿司（壽司）→ 寿司はいかがですか？　　（要不要吃壽司？）
す し

ビール（啤酒）→ ビールはいかがですか？　　（要不要喝杯啤酒？）

中譯　（在飛機機艙內）
酔漢：請多給我一些酒。再來5瓶！
空服員：對不起，我們無法滿足您的要求。
酔漢：請不要那樣說，快給我啦～。
空服員：這位先生，您要不要喝杯冰茶？

婉拒
102

MP3 102

對我來說責任太重。

私には荷が重すぎます。

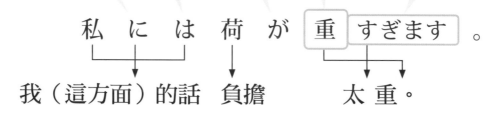

| 助詞：
表示方面 | 助詞：表示
對比（區別） | 助詞：
表示
焦點 | い形容詞：重
（重い
⇒重い除去 [い]） | 後項動詞：
過於、太～ |

私　　に　　は　　荷　　が　　[重] [すぎます]　。

我（這方面）的話　負擔　　　太　重。

※ 重すぎます：複合型態（＝重＋すぎます）

使用文型

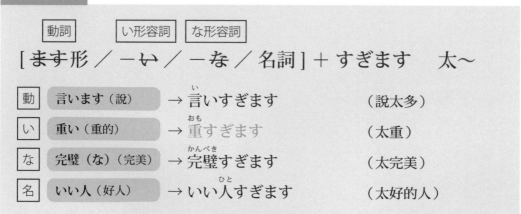

| 動詞 | い形容詞 | な形容詞 |

[ます形／－い／－な／名詞] ＋すぎます　太～

動	言います（說）	→ 言いすぎます	（說太多）
い	重い（重的）	→ 重すぎます	（太重）
な	完璧（な）（完美）	→ 完璧すぎます	（太完美）
名	いい人（好人）	→ いい人すぎます	（太好的人）

用法　受委託的工作超過自己的能力，或是責任過重時，可以說這句話。但是如果過於頻繁使用，可能被認為是個「沒有挑戰意志的人」，要注意。

234

會話練習

田中：李さん、台湾でのプロジェクトのことなんだけど。
　　　　　　　　　　　企劃的事情

「んだ」表示「強調」；
前面是「名詞的普通形-
現在肯定形」時，要加
「な」再接續；「けど」
表示「前言」，是一種緩
折的語氣

李：はい、何でしょうか*。
　　　　　　有什麼事嗎？「でしょうか」表示「鄭重問法」

田中：李さんにプロジェクトリーダーを
　　　　　　　　　　企劃領導

やってもらいたい*んだけど、いいかな？
因為想要請…擔任；「んだ」表示「理由」；「けど」　　可以嗎？「かな」表示「自言自語、
表示「前言」，是一種緩折的語氣　　　　　　　　　沒有特別期待對方回答的疑問語氣」

李：え？私がですか。それは私には荷が重すぎます。
　　　我來做嗎？「が」表示「主格」

使用文型

動詞／い形容詞／な形容詞／名詞

[　　　　普通形　　　　] ＋ でしょうか　　表示鄭重問法

動	使えます（可以使用）	→ まだ使えるでしょうか	（還可以使用嗎？）
い	詳しい（詳細的）	→ 詳しいでしょうか	（詳細嗎？）
な	静か（な）（安靜）	→ 静かでしょうか	（安靜嗎？）
名	何（什麼）	→ 何でしょうか*	（有什麼事嗎？）

動詞

[て形] ＋ もらいたい　　想要請你（為我）[做]～

やります（擔任）	→ やってもらいたい*	（想要請你（為我）擔任）
送ります（送行）	→ 車で送ってもらいたい	（想要請你開車送我）
作ります（製作）	→ 料理を作ってもらいたい	（想要請你（為我）做菜）

中譯　田中：李先生，關於在台灣進行的企劃。
　　　　李：是的，有什麼事嗎？
　　　田中：我想要請李先生擔任企劃領導，可以嗎？
　　　　李：啊？我來做嗎？那個對我來說責任太重。

關於這次的事，請容許我謝絕。
今回の件につきましては、ご辞退させてください。

| 名詞：
這次 | 助詞：
表示所屬 | 名詞：
事件 | 連語：關於～
（ます形的て形）
（～まして屬於
鄭重的表現方式） | 助詞：
表示主題 |

今回　の　件　につきまして　は、

關於 這次的事，

| 接頭辭：
表示美化、
鄭重 | 動詞：做
（します
⇒使役形［させます］
的て形） | 補助動詞：請
（くださいます
⇒命令形［くださいませ］
除去［ませ］） |

ご　辞退　させて　ください　。

請　您讓我辭退　。

※［動詞て形 + ください］：請參考P031

使用文型

お／ご＋[動作性名詞]＋します　　謙讓表現：(動作涉及對方的) [做]～

辭退（謝絕）	→	ご辞退します	（我要謝絕您）
邪魔（打擾）	→	お邪魔します	（我要打擾您）
案内（導覽）	→	ご案内します	（我為您導覽）

用法　要慎重地拒絕對方時，可以說這句話。

會話練習

田中：李さんは台湾人だし*、現地のことも詳しいでしょう？
　　　　　　　因為是台灣人　　　　　　　當地　　　　　　　也很熟悉對不對？

李：そうですが、しかし…。
　　是這樣沒錯；「が」　　但是
　　表示「逆接」

田中：何とか お願いできないかなあ。
　　　　想辦法　　謙讓表現：不可以拜託您嗎？「かなあ」表示「自言自語、沒有特別期待對方回答的疑問語氣」

李：私もこの仕事を始めて まだ半年ですし*、今回の件に
　　　　　開始這份工作　　　　　因為才半年　　　　　　　

つきましては、ご辞退させてください。

使用文型

動詞／い形容詞／な形容詞+だ／名詞+だ

[　　　　普通形　　　　]＋し　　列舉理由

※「な形容詞」、「名詞」的「普通形-現在肯定形」，需要有「だ」再接續。

動	かかります（花費）	→ お金がかかるし	（因為要花錢）
い	優しい（溫柔的）	→ 優しいし	（因為很溫柔）
な	有名（な）（有名）	→ 有名だし	（因為很有名）
名	台湾人（台灣人）	→ 台湾人だし*	（因為是台灣人）

動詞／い形容詞／な形容詞／名詞

[　　　　丁寧形　　　　]＋し　　　列舉理由

動	かかります（花費）	→ お金がかかりますし	（因為要花錢）
い	優しい（溫柔的）	→ 優しいですし	（因為很溫柔）
な	有名（な）（有名）	→ 有名ですし	（因為很有名）
名	半年（半年）	→ 半年ですし*	（因為是半年）

中譯　田中：因為李先生是台灣人，所以對當地也很熟悉對不對？
　　　　　　李：是這樣沒錯，可是…。
　　　　　田中：不可以拜託您想想辦法嗎？
　　　　　　李：因為我開始這份工作也才半年，關於這次的事，請容許我謝絕。

今天的話，還是請您先回去吧。
今日のところはどうぞ、お引き取りください。

| 助詞：
表示所屬 | 形式名詞：
表示狀況 | 助詞：
表示對比（區別） | 副詞：請 |

今日　の　ところ　は　どうぞ、
↓　　↓　　↓　　　↓　　↓
今天　的　狀況　的話　請

| 接頭辭：
表示美化、
鄭重 | 動詞：回去
（引き取ります
⇒ます形除去 [ます]） | 補助動詞：請
（くださいます
⇒命令形 [くださいませ]
除去 [ませ]） |

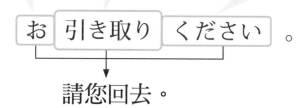

お　引き取り　ください　。
↓
請您回去。

使用文型

動詞

お ＋ [ます形] ＋ ください　　尊敬表現：請您 [做] 〜

引き取ります（回去）	→ お引き取りください	（請您回去）
待ちます（等待）	→ お待ちください	（請您等待）
尋ねます（詢問）	→ あちらでお尋ねください	（請您在那邊詢問）

用法　希望對方回去時，可以說這句話。

會話練習

客：ちょっと、スープが熱すぎて*やけどしそうになった*のよ。
　　　　　　　 湯　　　因為太燙　　　　差一點就要燙傷；「の」表示「強調」

　　どうしてくれるの？
　　你要為我怎麼做呢？「の？」表示「關心好奇、期待回答」

店員：お客様、料理をお出しする時に、熱いので
　　　　　　　　　　謙讓表現：為您送上　　　　　因為很燙

　　　お気を付けください と申しましたが…。
　　　　尊敬表現：請您注意　　　謙讓表現：說過了…；「と」表示「提示內容」；
　　　　　　　　　　　　　　　　　「が」表示「前言」，是一種緩折的語氣

客：とにかく、何とかしてちょうだいよ。
　　　總之　　　　請想辦法；「～てちょうだい」是「～てください」比較沒有那麼鄭重的說法

店員：お代はいただきませんので、今日のところはどうぞ、
　　　　費用　　　　因為不收取

　　　お引き取りください。

使用文型

| 動詞 | い形容詞 | な形容詞 |

[ます形／－い／－な／名詞] ＋ すぎて　　因為太～

動	買います（買）	→ 買いすぎて	（因為買太多）
い	熱い（燙的）	→ 熱すぎて*	（因為太燙）
な	完璧（な）（完美）	→ 完璧すぎて	（因為太完美）
名	いい人（好人）	→ いい人すぎて	（因為是太好的人）

動詞

[ます形] ＋ そうになった　　差一點就要變成～了

| やけどします（燙傷）| → やけどしそうになった* | （差一點就要燙傷了）|
| 遅れます（遲到）| → 遅れそうになった | （差一點就要遲到了）|

中譯　客人：喂，因為湯太燙了，我差一點就要燙傷了。你要為我怎麼做呢？
　　　　店員：這位客人，我為您送上料理時，已經跟您說過因為很燙，請您要注意…。
　　　　客人：總之，請你們想想辦法。
　　　　店員：我們不跟您收費了，今天的話，還是請您先回去吧。

您有中意嗎？
お気（き）に召（め）していただけたでしょうか。

接頭辭： 表示美化、 鄭重	動詞：中意、喜歡上 気に召します ⇒て形 （気に入ります的 尊敬語）	補助動詞： （いただきます ⇒可能形 [いただけます] 的た形）	助動詞： 表示斷定 （です ⇒意向形）	助詞： 表示 疑問

お	気に召して	いただけた	でしょう　か	。
	能請您　喜歡上		嗎？	

使用文型

動詞

[て形] ＋ いただきます　　謙讓表現：請您（為我）[做]～

お気に召します（中意）	→ お気（き）に召（め）<u>して</u>いただきます	（請您（為我）中意）
待ちます（等待）	→ 待（ま）<u>って</u>いただきます	（請您（為我）等待）
考え直します（重新考慮）	→ 考（かんが）え直（なお）<u>して</u>いただきます	（請您（為我）重新考慮）

動詞／い形容詞／な形容詞／名詞

[　　　　普通形　　　　] ＋ でしょうか　　表示鄭重問法

動	～ていただきます（請您（為我）做～）	→ お気（き）に召（め）していただけたでしょうか
		（您有中意嗎？）
い	よろしい（好的）	→ よろしいでしょうか　（可以嗎？）
な	有名（な）（有名）	→ 有名（ゆうめい）でしょうか　（有名嗎？）
名	どなた（哪一位）	→ どなたでしょうか　（您是哪一位？）

用法　要詢問對方對於自己所做的是否喜歡或滿意時，可以用這句話。

會話練習

板橋：製品ができましたので、先週の金曜日に
いたばし　せいひん　　　　　　　　　せんしゅう　きんようび

因為已經完成了

お送りしたんですが。
おく

謙讓表現：已經為您送過去了；「んです」表示「強調」；「が」表示「前言」，是一種緩折的語氣

半沢：はい、もうこちらに届いております*。
はんざわ　　　　　　　　　　とど

已經　　　　　　目前是送達的狀態

板橋：お気に召していただけたでしょうか。
いたばし　　き　　め

半沢：ええ、すばらしい出来だと思います*。
はんざわ　　　　　　　　　　でき　　おも

我覺得做得很好

使用文型

[動詞]

[て形] ＋ おります　　目前狀態（謙讓表現）

届きます（送達）	→ 届いております*	（目前是送達的狀態）
使用します（使用）	→ 使用しております	（目前是有在使用的狀態）
住みます（居住）	→ 大阪に住んでおります	（目前是住在大阪的狀態）

[動詞／い形容詞／な形容詞＋だ／名詞＋だ]

[　　　普通形　　　]＋と＋思います 覺得～、認為～、猜想～

※「な形容詞」、「名詞」的「普通形-現在肯定形」，需要有「だ」再接續。

動	増えます（增加）	→ 増えると思います	（覺得會增加）
い	高い（貴的）	→ 高いと思います	（覺得很貴）
な	安価（な）（便宜）	→ 安価だと思います	（覺得便宜）
名	出来（做出來的結果）	→ すばらしい出来だと思います*	（覺得做得很好）

中譯　板橋：產品已經完成了，所以上個星期五已經為您送過去了。
半澤：是的，已經送到我們這邊了。
板橋：您有中意嗎？
半澤：嗯～，我覺得做得很好。

因為這個是限量商品，所以是很難買到的。

こちらは限定品（げんていひん）で、なかなか手（て）に入（はい）らないものです。

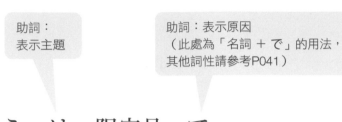

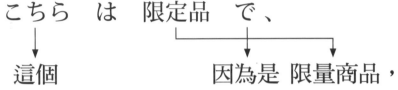

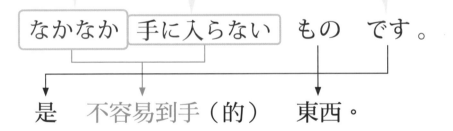

使用文型

[動詞]

なかなか ＋ [ない形]　　不容易 [做] 〜、一直不 [做] 〜、

手に入ります（到手）	→ なかなか手（て）に入（はい）らない	（不容易到手）
覚えられます（可以記住）	→ なかなか覚（おぼ）えられない	（很難記住）
来ます（來）	→ なかなか来（こ）ない	（一直不來）

用法　告訴對方因為是限量商品，非常有價值時，可以說這句話。

會話練習

客_{きゃく}：どれがいいかなあ*。
哪一個　好呢？「かなあ」表示「自言自語、沒有特別期待對方回答的疑問語氣」

店員_{てんいん}：そうですね。こちらは限定品_{げんていひん}で、なかなか手_てに入_{はい}らないものです。
這個嘛；「ね」表示「感嘆」

客_{きゃく}：へえ、そうなんですか*。
哦　　是那樣嗎？「んですか」表示「關心好奇、期待回答」

店員_{てんいん}：いかがでしょう。おすすめですよ。
怎麼樣呢？　　　　　很推薦喔；「よ」表示「提醒」

使用文型

動詞／い形容詞／な形容詞／名詞

[　　　　普通形　　　　]＋かなあ　自言自語、沒有特別期待對方回答的疑問語氣

動	降ります（下（雨））	→ 雨_{あめ}が降_ふるかなあ	（會下雨嗎？）
い	いい（好的）	→ どれがいいかなあ*	（哪一個好呢？）
な	元気（な）（有精神）	→ 元気_{げんき}かなあ	（有精神嗎？）
名	地震（地震）	→ 地震_{じしん}かなあ	（是地震嗎？）

動詞／い形容詞／な形容詞＋な／名詞＋な

[　　　　普通形　　　　]＋んですか　關心好奇、期待回答

※ 此為「丁寧體文型」用法，「普通體文型」為「～の？」。
※「な形容詞」、「名詞」的「普通形-現在肯定形」，需要有「な」再接續。
※「副詞」需要有「な」再接續。

動	発売します（販賣）	→ 発売_{はつばい}するんですか	（要販賣嗎？）
い	厳しい（嚴格的）	→ 厳_{きび}しいんですか	（很嚴格嗎？）
な	優秀（な）（優秀）	→ 優秀_{ゆうしゅう}なんですか	（很優秀嗎？）
名	残業（加班）	→ 残業_{ざんぎょう}なんですか	（是加班嗎？）
副	そう（那樣）	→ そうなんですか*	（是那樣嗎？）

中譯　客人：哪一個好呢？
　　　店員：這個嘛。因為這個是限量商品，所以是很難買到的。
　　　客人：哦，是那樣嗎？
　　　店員：您覺得怎麼樣呢？我很推薦喔。

要不要包裝成禮物的樣子呢？

プレゼント用にお包みしましょうか。

| 接尾辭：
～用、
供～使用 | 助詞：
表示目的 | 接頭辭：
表示美化、
鄭重 | 動詞：包裝
（包みます
⇒ます形
除去［ます］） | 動詞：做
（します
⇒ます形的
意向形） | 助詞：
表示
疑問 |

プレゼント 用 に お 包み しましょう か 。

要不要為您包裝成 禮物 用 ？

使用文型

動詞

お＋［ます形］＋します　　謙讓表現：（動作涉及對方的）［做］～

包みます（包裝）	→ お包みします	（我為您包裝）
願います（拜託）	→ お願いします	（我要拜託您）
伺います（詢問）	→ お伺いします	（我要詢問您）

用法　結帳櫃台人員詢問顧客是否要包裝成禮物時，所說的一句話。

會話練習

（レジで）
結帳櫃台

店員：こちらの品、プレゼント用にお包みしましょうか。
　　　　這個商品

客：あ、できるなら*お願いします。
　　　　　　要是可以的話　　謙讓表現：我拜託您

店員：二種類のラッピングから選べますが、
　　　兩種　　　　包裝紙　　可以從…選擇；「が」表示「前言」，是一種緩折的語氣

　　　どちらになさいますか。
　　　　　　尊敬表現：您要選哪一種？

客：じゃあ、そっちの方でお願いします。
　　　　　　　　用那種包裝紙　　謙讓表現：我拜託您

使用文型

[動詞]　　[動詞]

[辭書形 ／ ない形] ＋ [の] ＋ なら　要是 [做] ／ 不 [做]～的話

※ 可省略「の」。

| 辭書 | できます（可以） | → できる[の]なら* | （要是可以的話） |
| ない | 要ります（需要） | → 要らない[の]なら | （要是不需要的話） |

中譯

（在櫃台）
店員：這個商品要不要包裝成禮物的樣子呢？
客人：啊，要是可以的話就拜託您了。
店員：有兩種包裝紙可以選擇，您要選哪一種？
客人：那麼，請幫我用那種包裝紙。

這是免費贈送給您的。

こちらはサービスでお付けします。

Free!!

助詞：表示 對比（區別）	助詞： 表示名目	接頭辭： 表示美化、 鄭重	動詞：附加 （付けます ⇒ます形除去 [ます]）	動詞： 做

こちら　は　サービス　で　| お | 付け | します | 。

這個　　　　　　免費　的名義　| 附加給您 |　。

使用文型

動詞

お＋[ます形]＋します　　謙讓表現：（動作涉及對方的）[做]～

付けます（附加）	→ お付けします	（我要附加給您）
伺います（詢問）	→ お伺いします	（我要詢問您）
包みます（包裝）	→ お包みします	（我為您包裝）

用法　免費贈送東西給購買商品的人時，可以說這句話。

會話練習

店員：お買い上げありがとうございました*。
　　　　　　　　　尊敬表現：感謝您的購買

客：どうも。……これは？
　　　謝謝　　　　　這個是？

店員：こちらはサービスでお付けします。

客：ありがとう。

使用文型

[動詞]

お＋[ます形]＋ありがとうございました　尊敬表現：感謝您[做]～

買い上げます（購買）	→ お買い上げありがとうございました*	（感謝您購買）
問い合わせます（詢問）	→ お問い合わせありがとうございました	（感謝您詢問）
気遣います（掛念）	→ お気遣いありがとうございました	（感謝您掛念）

中譯　店員：謝謝您的惠顧。
　　　客人：謝謝。……這個是？
　　　店員：這是免費贈送給您的。
　　　客人：謝謝。

247

MP3 109

這是免費招待的。

こちらはサービスでございます。

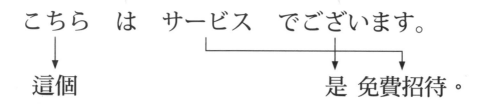

助詞：
表示主題

連語：
（です的禮貌説法）

こちら　は　サービス　でございます。

→ 這個

→ 是 免費招待。

使用文型

こちらは ＋ [名詞] ＋ でございます　　這是〜（禮貌說法）

サービス（免費）	→ こちらはサービスでございます	（這是免費）
有料（收費）	→ こちらは有料（ゆうりょう）でございます	（這是要收費的）
サンプル（樣品）	→ こちらはサンプルでございます	（這是樣品）

用法 告知對方這是免費招待時，可以說這句話。

會話練習

店員（てんいん）：お待（ま）たせいたしました。こちらはマーボー豆腐（どうふ）です。
　　　　　　謙讓表現：讓您久等了　　　　　　　　　　　　　麻婆豆腐

それから、こちらも。
　　另外　　　這個也是您的

客：え？　こんなの頼んだっけ？*
きゃく　　　　　　　　　　　たの
　　　　唉？　　點了這個東西來著嗎？「の」表示「代替名詞」，等同「物」

店員：こちらはサービスでございます。台湾のカラスミです。
てんいん　　　　　　　　　　　　　　　　　　　　たいわん
　　　　　　　　　　　　　　　　　　　　　　　　　　　　　　烏魚子

　　　召し上がってみてください*。
　　　め　あ
　　　　　尊敬表現：請您吃看看

客：ああ、どうも。……わっ、おいしいねこれ！
きゃく
　　　謝謝　　　　　　哇　　很好吃耶；「ね」表示「感嘆」

使用文型

動詞／い形容詞／な形容詞＋だ／名詞＋だ

[　　　　普通形　　　　]＋っけ？是不是～來著？

※「な形容詞」、「名詞」的「普通形-現在肯定形」，需要有「だ」再接續。

動	頼みます（訂購）	→ 頼んだっけ？*	（是不是訂購了～來著？）
い	面白い（有趣的）	→ 面白かったっけ？	（是不是很有趣來著？）
な	嫌い（な）（討厭）	→ 嫌いだったっけ？	（是不是很討厭來著？）
名	去年（去年）	→ 去年だったっけ？	（是不是去年來著？）

動詞

[て形]＋みてください　請[做]～看看

召し上がります（吃）	→ 召し上がってみてください*	（請吃看看）
使います（使用）	→ 使ってみてください	（請用看看）
書きます（寫）	→ 書いてみてください	（請寫看看）

中譯　店員：讓您久等了。這個是麻婆豆腐。另外，這個也是您的。
　　　客人：咦？我有點這個嗎？
　　　店員：這是免費招待的。是台灣的烏魚子，請您吃看看。
　　　客人：啊～，謝謝。……哇，這個很好吃耶！

● MP3 110

不好意思，請先付款。

恐れ入りますが、前払いでお願いいたします。

動詞： 不好意思	助詞： 表示前言

恐れ入ります　が　、

↓

不好意思，

助詞：表示 手段、方法	接頭辭： 表示美化、 鄭重	動詞：拜託、祈願 （願います ⇒ます形除去[ます]）	動詞：做 （します的謙讓語）

前払い　で　お 願い いたします 。

拜託您 採取 事先付款。

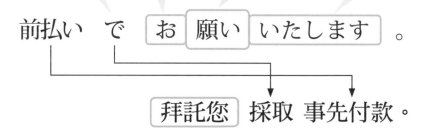

使用文型

動詞

お＋[ます形]＋します　謙讓表現：（動作涉及對方的）[做]～

願います（詢問）	→ お願いします	（我要拜託您）
伺います（詢問）	→ お伺いします	（我要詢問您）
待ちます（等待）	→ お待ちします	（我要等待您）

用法　要求對方事先付款時，可以說這句話。

會話練習

客：じゃあ、<u>これとこれ</u> <u>をください</u>＊。あと台湾ビール二つ。
　　　　　這個和這個　　　　　請給我…　　　　　還有兩瓶台灣啤酒

店員：<u>かしこまりました</u>。あ、お客様、恐れ入りますが、
　　　　　我知道了

前払いでお願いいたします。

客：あ、<u>はいはい</u>。<u>全部で</u>＊いくら？
　　　　　好的好的　　全部總共　多少錢？

店員：８８０元です。

使用文型

[名詞]＋を＋ください　　請給我～

これ（這個）	→ これをください＊	（請給我這個）
新聞（報紙）	→ 新聞をください	（請給我報紙）
ジュース（果汁）	→ ジュースをください	（請給我果汁）

[名詞（數量詞）]＋で　　表示言及範圍

全部（全部）	→ 全部でいくら？＊	（全部總共多少錢？）
五つ（五個）	→ 五つで500元です。	（五個總共500元。）
三人（三個人）	→ 三人で３６００円です。	（三個人總共3600日圓。）

中譯　客人：那麼，請給我這個跟這個。還有兩瓶台灣啤酒。
　　　　　店員：我知道了。啊，這位客人，不好意思，請先付款。
　　　　　客人：啊，好的好的，全部總共是多少錢？
　　　　　店員：880元。

MP3 111

您要怎麼付款呢？
お支払いはどうなさいますか。

接頭辭：表示美化、鄭重	助詞：表示主題	副詞（疑問詞）：怎麼樣、如何	動詞：做（します的尊敬語）	助詞：表示疑問

お　支払い　は　どう　なさいます　か　。

付款　　　怎麼　　做　　呢？

使用文型

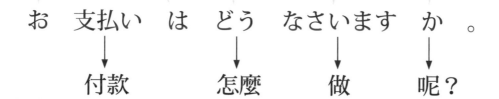

[名詞] ＋ は ＋ どうなさいますか　　～要怎麼辦呢、～要怎麼做呢？

支払い（付款）	→ お支払いはどうなさいますか	（付款要怎麼付呢？）
注文（點餐）	→ ご注文はどうなさいますか	（點餐要點什麼呢？）
食事（吃飯）	→ お食事はどうなさいますか	（吃飯的話要吃什麼呢？）

用法　店員跟顧客確認付款方法時，所說的一句話。

會話練習

客：じゃあ、これをください。
　　　　　　請給我這個

店員：お買い上げありがとうございます*。お支払いはどう
　　　　尊敬表現：感謝您的購買

なさいますか。

客：このカード、使えますか。
　　　　卡片　　　可以使用嗎？

店員：はい、お使いになれます*。
　　　　尊敬表現：可以使用

カードでの支払いでよろしいですか。
　　　用信用卡付款的方式是沒問題的嗎？

使用文型

動詞

お＋[ます形]＋ありがとうございます 尊敬表現：感謝您[做]～

買い上げます（購買）	→ お買い上げありがとうございます*	（感謝您購買）
問い合わせます（詢問）	→ お問い合わせありがとうございます	（感謝您詢問）
気遣います（掛念）	→ お気遣いありがとうございます	（感謝您掛念）

動詞

お＋[ます形]＋に＋なれます　　尊敬表現：您可以[做]～

使います（使用）	→ お使いになれます*	（您可以使用）
乗ります（搭乘）	→ お乗りになれます	（您可以搭乘）
帰ります（回去）	→ お帰りになれます	（您可以回去）

中譯　客人：那麼，我要買這個。
　　　店員：感謝您的購買。您要怎麼付款呢？
　　　客人：這張卡可以使用嗎？
　　　店員：是的，可以使用。您要刷卡付款嗎？

匯款手續費由客戶負擔。

振り込み手数料はお客様のご負担となります。
ふ こ　て すうりょう　　　　　きゃくさま　　ふ たん

名詞：匯入
（動詞［振り込みます］
的名詞化）

助詞：
表示主題

振り込み　手数料　は
↓　　　　　↓
匯款　　　手續費

接頭辭：
表示美化、
鄭重

助詞：
表示所屬

接頭辭：
表示美化、
鄭重

助詞：
變化結果

動詞：變成

お　客様　の　ご 負担　と　なります　。
　　　↓　　↓
是　客戶　的　負擔　。

使用文型

[名詞] ＋ と／に ＋ なります　　鄭重的斷定表現

※ 相較於「～になります」，「～となります」比較有強調「整個過程的最後結果」的語感

負担（負擔）→ 負担となります　　　（是～負擔）
　　　　　　　ふ たん

販売（販賣）→ 販売となります　　　（是～販賣）
　　　　　　　はんばい

対象（對象）→ 対象となります　　　（是～對象）
　　　　　　　たいしょう

用法　告知對方匯款手續費是由哪一方支付時，可以說這句話。

會話練習

李：あの、支払いは銀行振り込みでもいい*んですか*。
付款　　　　　　　　銀行匯款也可以嗎？

店員：はい、ただし振り込み手数料はお客様のご負担
但是

となります。

李：わかりました。じゃ、口座番号を教えてください。
帳戶號碼　　　　　　請告訴我

[名詞] ＋ でもいい　　～也可以

振り込み（匯款）	→ 銀行振り込みでもいい*	（銀行匯款也可以）
サイン（簽名）	→ サインでもいい	（簽名也可以）
明日（明天）	→ 明日でもいい	（明天也可以）

動詞／い形容詞／な形容詞＋な／名詞＋な

[　　　　　普通形　　　　　]＋んですか　　關心好奇、期待回答

※ 此為「丁寧體文型」用法，「普通體文型」為「～の？」。
※「な形容詞」、「名詞」的「普通形-現在肯定形」，需要有「な」再接續。

動	買収します（買下）	→ 買収するんですか	（要買下嗎？）
い	いい（好的）	→ 振り込みでもいいんですか*	（匯款也可以嗎？）
な	優秀（な）（優秀）	→ 優秀なんですか	（很優秀嗎？）
名	有給休暇（有薪假期）	→ 有給休暇なんですか	（是有薪假期嗎？）

中譯
　　李：那個…，付款用銀行匯款也可以嗎？
　　店員：是的，但是，匯款手續費由客戶負擔。
　　李：我知道了。那麼，請告訴我帳戶號碼。

今天已將您訂購的物品寄出了。

本日ご注文の品を発送いたしました。
ほんじつ　ちゅうもん　　しな　　はっそう

| 接頭辭：表示美化、鄭重 | 名詞：訂購 | 助詞：表示所屬 | 名詞：物品 | 助詞：表示動作作用對象 | 動詞：發送、寄送（発送いたします⇒過去肯定形）（発送します的謙讓語） |

本日　　ご 注文 の 品　を　発送いたしました。

今天　　　我已經寄出了　　　您訂購的物品　。

使用文型

ご注文＋の＋[名詞]＋を＋発送いたします　我要寄出您訂購的～

品（物品）	→ ご注文の品を発送いたします（我要寄出您訂購的物品）
家具（家具）	→ ご注文の家具を発送いたします（我要寄出您訂購的家具）
部品（零件）	→ ご注文の部品を発送いたします（我要寄出您訂購的零件）

用法 通知對方已經出貨時，可以說這句話。

會話練習

板橋（いたばし）：もしもし、半沢（はんざわ）さんですか。本日（ほんじつ）ご注文（ちゅうもん）の品（しな）を
喂喂

発送（はっそう）いたしました。

半沢（はんざわ）：早（はや）い 対応（たいおう）ありがとうございます。
　　　　　　　　快速的　　處理

板橋（いたばし）：一両日中（いちりょうじつちゅう）には 届（とど）くと思（おも）います*ので、ご確認（かくにん）ください*。
　　　　　　在這一兩天內；　　　　　　　　　因為我覺得會送達　　　　　　尊敬表現：請您確認
　　　　　　「は」表示「對比（區別）」

半沢（はんざわ）：わかりました。今後（こんご）とも よろしくお願（ねが）いします。
　　　　　　　　　　　　　　今後也　　　　　　請多多指教

動詞／い形容詞／な形容詞＋だ／名詞＋だ

[　　　　　普通形　　　　　]＋と＋思います　覺得～、認為～、猜想～

※「な形容詞」、「名詞」的「普通形-現在肯定形」，需要有「だ」再接續。

動	届きます（送達）	→ 届（とど）くと思（おも）います*	（覺得會送達）
い	正しい（正確的）	→ 正（ただ）しいと思（おも）います	（覺得很正確）
な	完璧（な）（完美）	→ 完璧（かんぺき）だと思（おも）います	（覺得很完美）
名	弱点（缺點）	→ 弱点（じゃくてん）だと思（おも）います	（覺得是缺點）

ご ＋ [動作性名詞] ＋ ください　　尊敬表現：請您 [做]～

確認（確認）	→ ご確認（かくにん）ください*	（請您確認）
安心（放心）	→ ご安心（あんしん）ください	（請您放心）
指定（指定）	→ ご指定（してい）ください	（請您指定）

中譯　板橋：喂喂，半澤先生嗎？今天已將您訂購的物品寄出了。
　　　半澤：處理的動作好快，謝謝您。
　　　板橋：我覺得在這一兩天內就會送達，再請您確認一下。
　　　半澤：我知道了。今後也請多多指教。

您所訂購的商品，我已經送達了。

ご注文（ちゅうもん）の品（しな）をお届（とど）けに上（あ）がりました。

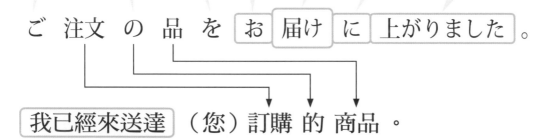

接頭辭：表示美化、鄭重	助詞：表示所屬	助詞：表示動作作用對象	接頭辭：表示美化、鄭重	動詞：送達（届けます⇒ます形除去［ます］）	助詞：表示目的	動詞：去、來（上がります⇒過去肯定形）（行きます、来ます的謙讓語）

ご　注文　の　品　を　［お　届け］　に　［上がりました］　。

［我已經來送達］　（您）訂購　的　商品　。

使用文型

動詞

[ます形 / 動作性名詞] ＋ に ＋ 行きます／来ます／帰ります 去／來／回去 [做] ～

※「上がります」是「行きます」和「来ます」的謙讓語，「現在形」的話，通常表示「去」的意思。

動	届けます（送達）	→ 届（とど）けに上（あ）がります	（要去送達）
動	置きます（放置）	→ 荷物（にもつ）を置（お）きに帰（かえ）ります	（要回去放行李）
名	見物（參觀）	→ 見物（けんぶつ）に来（き）ます	（要來參觀）

用法　利用宅急便、快遞配送物品給客戶時，可以說這句話。

會話練習

客：はい。どちら様ですか。
きゃく　　　　　　さま
　　　您好　　　　您是哪一位？

店員：ドレミピザです。ご注文の品をお届けに上がりました。
てんいん　　　　　　　　　ちゅうもん　しな　　とど　　　あ
　　　　　披薩

客：今開けます。
きゃく　いま　あ
　　　　開門

店員：ご注文の品です。２９８０円です。…20円の
てんいん　ちゅうもん　しな　　　にせんきゅうひゃくはちじゅうえん　　　　にじゅうえん
　　　　這是您訂購的東西

　　　お返しです。毎度ありがとうございました！
　　　かえ　　　　　まい　ど
　　　找零　　　　　謝謝惠顧

小知識

「ありがとうございます」VS.「ありがとうございました」

「ありがとうございました」包含「告一段落、再見」的語感，所以如果恩惠關係仍在繼續的話，使用「ありがとうございます」比較好。

中譯　客人：您好，請問是哪一位？
　　　　　店員：我是 DOREME 披薩。您所訂購的商品，我已經送達了。
　　　　　客人：我馬上開門。
　　　　　店員：這是您訂講的東西。2980 日圓。…找您20日圓。謝謝惠顧！

交貨日期能否順延一周？

<ruby>納<rt>のう</rt></ruby><ruby>期<rt>き</rt></ruby>を１<ruby>週間<rt>いっしゅうかん</rt></ruby><ruby>遅<rt>おく</rt></ruby>らせていただけないでしょうか。

助詞： 表示動作 作用對象	動詞：延後 （遅らせます ⇒て形）	補助動詞： （いただきます ⇒可能形 [いただけます] 的ない形）	助動詞： 表示斷定 （です ⇒意向形）	助詞： 表示 疑問

納期　を　１週間　| 遅らせて | いただけない | でしょうか | 。

交貨日期　| 不能請您為我 | 延後 | 一周的時間 嗎？

使用文型

動詞

[て形] ＋ いただきます　　謙讓表現：請您（為我）[做]〜

遅らせます（延遲）	→	遅<ruby>ら<rt>おく</rt></ruby>せ<u>て</u>いただきます	（請您（為我）延遲）
作ります（製作）	→	<ruby>料理<rt>りょうり</rt></ruby>を<ruby>作<rt>つく</rt></ruby>っ<u>て</u>いただきます	（請您（為我）做菜）
貸します（借出）	→	お<ruby>金<rt>かね</rt></ruby>を<ruby>貸<rt>か</rt></ruby>し<u>て</u>いただきます	（請您借我錢）

動詞／い形容詞／な形容詞／名詞

[　　　普通形　　　] ＋ でしょうか　　表示鄭重問法

※ 問句時，用「動詞ない形（否定形）（遅らせていただけない）＋ でしょうか」是更鄭重的問法。

動	〜ていただきます（請您（為我）做〜）	→	遅<ruby>ら<rt>おく</rt></ruby>せていただけないでしょうか
			（不可以請您（為我）延遲嗎？）
い	詳しい（詳細的）	→	<ruby>詳<rt>くわ</rt></ruby>しいでしょうか　（詳細嗎？）
な	便利（な）（方便）	→	<ruby>便利<rt>べんり</rt></ruby>でしょうか　（方便嗎？）
名	本社（總公司）	→	<ruby>本社<rt>ほんしゃ</rt></ruby>でしょうか　（是總公司嗎？）

用法　希望對方能夠同意延後交貨日期時，可以說這句話。

會話練習

板橋：<u>もしもし</u>、近江工業の板橋です<u>が</u>…。
喂喂　　　　　　　　　　　　　　　　表示：前言，是一種緩折的語氣

半沢：ああ、板橋さん、<u>いつも</u> <u>お世話になっております</u>*。
　　　　　　　　　　　　　　　總是　　　　謙讓表現：受到您的照顧

板橋：あの…、<u>今回の注文なんですが</u>、納期を 1 週間遅らせて
　　　　　　　因為這次的訂購；「んです」表示「理由」；「が」表示「前言」，是一種緩折的語氣

いただけないでしょうか。

半沢：板橋さん、<u>こちらも</u> <u>取引相手</u>に 来月の10日に
　　　　　　　　我們這邊也　　客戶

<u>お渡しできる</u> <u>と約束している</u>*ので…。
謙讓表現：可以交貨　　因為約好了…；「と」表示「提示內容」

使用文型

動詞
[て形] ＋ おります　　　目前狀態（謙讓表現）

お世話になります（受照顧）　→ お世話になっております*　（目前是受照顧的狀態）

働きます（工作）　→ 働いております　　　（目前是有工作的狀態）

外します（離開）　→ 席を外しております　　（目前是離開座位的狀態）

動詞
[て形] ＋ いる　　　目前狀態

※ 此為「普通體文型」，「丁寧體文型」為「動詞て形 ＋ います」。
※ 口語時，通常採用「普通體文型」說法，並可省略「動詞て形 ＋ いる」的「い」。

約束します（約定）　→ 約束している*　　　（目前是約好的狀態）

知ります（知道）　→ 知っている　　　　（目前是知道的狀態）

働きます（工作）　→ 働いている　　　　（目前是有工作的狀態）

中譯　板橋：喂喂，我是近江工業的板橋…。
　　　半澤：啊～，板橋先生，總是受到您的照顧。
　　　板橋：那個…這次的訂單，交貨日期能否順延一周？
　　　半澤：板橋先生，因為我們也已經跟客戶約定好下個月的10號可以交貨…。

這件事我不清楚，要麻煩您詢問相關的業務人員。

私にはわかりかねますので、担当の者にお尋ねください。

| 助詞：
表示方面 | 助詞：表示
對比（區別） | 動詞：懂
（わかります
⇒ます形
除去[ます]） | 後項動詞：
不能～、
難以～ | 助詞：表示
原因理由 |

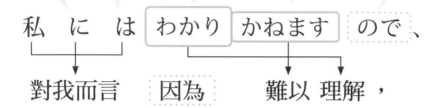

私　に　は　わかり　かねます　ので、

對我而言　　因為　　　　難以 理解，

| 助詞：
表示所屬 | 助詞：表示
動作的對方 | 接頭辭：
表示美化、
鄭重 | 動詞：詢問
（尋ねます
⇒ます形
除去[ます]） | 補助動詞：請
（くださいます
⇒命令形[くださいませ]
除去[ませ]） |

担当　の　者　に　お　尋ね　ください。

請您 向 承辦 的 人 詢問 。

※ わかりかねます：複合型態（＝わかり＋かねます）
※ [お + 動詞ます形 + ください]：請參考P058

使用文型

動詞

[ます形] ＋ かねます　不能～、難以～

※ 此文型常用於「委婉的拒絕」。

わかります（懂）	→ わかりかねます	（難懂）
理解します（理解）	→ 理解しかねます	（難以理解）
負います（負（責任））	→ 責任は負いかねます	（不能負責任）

動詞／い形容詞／な形容詞＋な／名詞＋な

[　　　　　普通形　　　　　]＋ので　　因為～

※「な形容詞」、「名詞」的「普通形-現在肯定形」，需要有「な」再接續。

動	倒産します（破產）	→ 倒産したので	（因為破產了）
い	安い（便宜的）	→ 安いので	（因為便宜）
な	安全（な）（安全）	→ 安全なので	（因為安全）
名	黒字（順差）	→ 黒字なので	（因為是順差）

動詞／い形容詞／な形容詞／名詞

[　　　　　丁寧形　　　　　]＋ので　　因為～

動	わかりかねます（難懂）	→ わかりかねますので	（因為難懂）
い	安い（便宜的）	→ 安いですので	（因為便宜）
な	安全（な）（安全）	→ 安全ですので	（因為安全）
名	黒字（順差）	→ 黒字ですので	（因為是順差）

用法 被問到自己工作範圍外的事，請對方去詢問相關負責人員時，可以說這句話。

會話練習

波野：あの、以前頼まれた商品の納期について伺いたいことがある

被委託製造的　　關於商品的交貨日期　　有想要詢問的事情

んですが。

「んです」表示「強調」；「が」表示「前言」，是一種緩折的語氣

上戸：私にはわかりかねますので、担当の者にお尋ねください。

電話をお取り次ぎ致しますので、少々お待ちいただけますか。

謙讓表現：因為我要幫您轉接　　稍微　　謙讓表現：可以請您為我等待嗎？

波野：お願いします。

中譯 波野：那個…，我想要請問關於以前受託製造的商品的交貨日期。
上戶：這件事我不清楚，要麻煩您詢問相關的業務人員。我幫您轉接電話，可以請您稍候嗎？
波野：拜託您了。

MP3 117

關於這件事，我們會在一兩天內查明，並給您答覆。

この件につきましては、一両日中に調査のうえ、
お返事いたします。

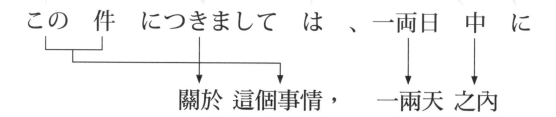

| 連體詞：
這個 | 連語：關於～
（ます形的て形）
（～まして屬於
鄭重的表現方式） | 助詞：
表示主題 | 接尾辭：
～之內 | 助詞：表示
動作進行時點 |

この　件　につきまして　は　、一両日　中　に

關於 這個事情，　　一兩天 之內

| 助詞：表示所在
（屬於文型上的
用法） | 連語：
～之後，再～
（可省略で） | 接頭辭：
表示美化、鄭重 | 動詞：做
（します的謙讓語） |

調査 の うえ[で] 、 お 返事 いたします 。

調査之後，　　　　我會回覆您 。

※ [名詞 ＋ の ＋ うえ[で]]：請參考P176

使用文型

お／ご＋[動作性名詞]＋します　　謙讓表現：（動作涉及對方的）[做]～

返事（回覆）→ お返事します　　（我要回覆您）

辭退（謝絕）→ ご辭退します　　（我要謝絕您）

邪魔（打擾）→ お邪魔します　　（我要打擾您）

用法　發生了問題時，告訴對方自己這邊會先查明，並進一步回報對方時，所說的一
句話。

會話練習

波野：先日<u>納入</u>した商品について、<u>購入者側から</u>
　　　　　交貨　　　　　　　關於…　　　　　從買方那邊

クレームが来たんですが。
傳來不滿的意見；「んです」表示「強調」；「が」表示「前言」，是一種緩折的語氣

半沢：<u>と、おっしゃいますと？</u>
　　　　　　您說的意思是？

波野：要求した設計と<u>違うと言う</u>*んです。弊社は武蔵商社
　　　　　　　　　說是和…不一樣；「んです」表示「強調」　弊公司

さんの<u>指示通り</u>*に <u>設計したんですが</u>。
　　　　按照指示；「～通り」　　設計了；「んです」表示「強調」；「が」
　　　　用法請參考P188；　　　表示「前言」，是一種緩折的語氣
　　　　「に」表示「樣態」

半沢：<u>申し訳ありません</u>。この件につきましては、一両日中に
　　　　真的很抱歉

調査のうえ、お返事いたします。

使用文型

動詞／い形容詞／な形容詞＋[だ]／名詞＋[だ]／文型

$$[\quad\quad 普通形 \quad\quad]＋と＋言う \quad 說～$$

※ 此為「普通體文型」用法，「丁寧體文型」為「～と言います」。
※「な形容詞」、「名詞」的「普通形-現在肯定形」，有沒有「だ」都可以。

動	違います（不一樣）	→ 違うと言う*	（說「不一樣」）
い	面白い（有趣的）	→ 面白いと言う	（說「是有趣的」）
な	便利（な）（方便）	→ 便利[だ]と言う	（說「很方便」）
名	来月（下個月）	→ 来月[だ]と言う	（說「是下個月」）

中譯　波野：關於前幾天交貨的商品，從買方那邊傳來不滿的意見。
　　　半澤：您說的意思是？
　　　波野：說是和他們要求的設計不一樣。敝公司是按照武藏貿易公司的指示設計的。
　　　半澤：真的很抱歉。關於這件事，我們會在一兩天內查明，並給您答覆。

MP3 118

真是對不起，我馬上就為您更換。

誠に申し訳ございません。

直ちにお取り換えいたします。

副詞：實在

招呼用語

誠に　申し訳ございません　。
↓　　　↓
實在　　　對不起，

| 副詞：
立刻、馬上 | 接頭辭：
表示美化、
鄭重 | 動詞：交換
（取り換えます
⇒ます形除去[ます]） | 動詞：做
（します的謙讓語） |

直ちに　　お　取り換え　いたします　。
↓　　　　　　　　↓
馬上　　　　我為您更換　。

使用文型

動詞

お＋[ます形]＋します　謙讓表現：（動作涉及對方的）[做]～

取り換えます（交換）	→ お取り換えします	（我為您交換）
渡します（交付）	→ お渡しします	（我交付給您）
調べます（調查）	→ お調べします	（我為您調查）

用法　提供的物品有問題，告知對方會立刻為他更換時，所使用的一句話。

會話練習

客：あの、ちょっと。
きゃく
喚起別人注意，不好意思
開啟對話的發語詞

店員：はい。
てんいん

客：スープに 髪の毛が入ってた*んだけど。
きゃく　　　　　かみ　け　　はい
表示：進入點　頭髮　　　　放入了…的狀態；「入っていたんだけど」的省略説法；「んだ」表示
「強調」；「けど」表示「前言」，是一種緩折的語氣

店員：誠に申し訳ございません。直ちにお取り換えいたします。
てんいん　まこと　もう　わけ　　　　　　　　　　ただ　　　　と　か

使用文型

動詞

［て形］＋いる　　目前狀態

※ 此為「普通體文型」，「丁寧體文型」為「動詞て形 ＋ います」。
※ 口語時，通常採用「普通體文型」説法，並可省略「動詞て形 ＋ いる」的「い」。
※ 上方的「入って[い]た」是「た形」（過去形）的用法。

入ります（放入）　→ 入って[い]た*　　　　　（目前是放入了的狀態）
　　　　　　　　　　　はい

壊れます（損壞）　→ 壊れて[い]る　　　　　（目前是損壞的狀態）
　　　　　　　　　　　こわ

空きます（空閒）　→ 空いて[い]る　　　　　（目前是空閒的狀態）
　　　　　　　　　　　あ

比較「道歉」的程度差異

ごめん　　　　　　　　　　　　　　（抱歉）　　　　　　　　　　　　　　　輕

すみません　　　　　　　　　　　　（對不起）

どうもすみません　　　　　　　　　（很對不起）

申し訳ありません　　　　　　　　　（真對不起）
もう　わけ

誠に申し訳ございません　　　　　　（實在是對不起）　　　　　　　　　　強
まこと　もう　わけ

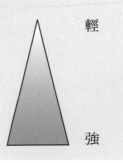

中譯　客人：那個…，不好意思。
　　　店員：是的。
　　　客人：湯裡面有頭髮。
　　　店員：真是對不起，我馬上就為您更換。

267

我想是有些誤會，所以請讓我解釋一下。

誤解^{ご かい}があるように思^{おも}いますので、説明^{せつめい}させてください。

助詞： 表示焦點	動詞：有 （あります ⇒辭書形）	連語：好像〜 （よう⇒副詞用法）	動詞： 覺得	助詞： 表示原因理由

誤解　が　｜ある｜ように｜　｜思います｜｜ので｜、

｜因為｜｜覺得｜　｜好像｜｜有｜　誤會，

動詞：説明 （説明します ⇒使役形［説明させます］ 的て形）	補助動詞：請 （くださいます ⇒命令形［くださいませ］ 除去［ませ］）

｜説明させて｜｜ください｜。

｜請｜讓我說明｜。

使用文型

動詞／い形容詞／な形容詞＋な／名詞＋の

[　　　　　普通形　　　　　]＋よう　　（推斷）好像〜

※「な形容詞」的「普通形-現在肯定形」，需要有「な」；「名詞」需要有「の」再接續。

動	あります（有）	→ 誤解^{ご かい}がある<u>よう</u>	（推斷好像有誤會）
い	難しい（困難的）	→ 難^{むずか}しい<u>よう</u>	（推斷好像很困難）
な	優秀（な）（優秀）	→ 優秀^{ゆうしゅう}<u>な</u>よう	（推斷好像很優秀）
名	男（男人）	→ 男^{おとこ}<u>の</u>よう	（推斷好像是男人）

動詞／い形容詞／な形容詞＋な／名詞＋な

[　　　　普通形　　　　　]＋ので　　因為～

※「な形容詞」、「名詞」的「普通形-現在肯定形」，需要有「な」再接續。

動	思います（覺得）	→ 思うので	（因為覺得）
い	つまらない（無聊的）	→ つまらないので	（因為很無聊）
な	簡単（な）（簡單）	→ 簡単なので	（因為很簡單）
名	上司（上司）	→ 上司なので	（因為是上司）

動詞／い形容詞／な形容詞／名詞

[　　　　丁寧形　　　　　]＋ので　　因為～

動	思います（覺得）	→ 思いますので	（因為覺得）
い	つまらない（無聊的）	→ つまらないですので	（因為很無聊）
な	簡単（な）（簡單）	→ 簡単ですので	（因為很簡單）
名	上司（上司）	→ 上司ですので	（因為是上司）

動詞

[て形]＋ください　　請[做]～

説明させます（讓～說明）	→ 説明させてください	（請讓我說明）
使います（使用）	→ 使ってください	（請使用）
来ます（來）	→ 来てください	（請來）

用法　為了消除對方的誤解，希望對方讓自己說明清楚時，可以說這句話。

會話練習

（スーパーで）
超市

客：いったい どういうこと？ 私を万引き扱いする なんて。
到底　　　怎麼樣的事情？　　　視為扒手　　　竟然

店員にどういう教育をしてるの？
對店員是怎麼教育的？「店員にどういう教育をしているの」的省略説法；
「に」表示「動作的對方」；「の？」表示「關心好奇、期待回答」

店長：お客様、誤解があるように思いますので、説明させてください。

こちらのペットボトル飲料は、お惣菜をお買い上げの方に
寶特瓶　　　　　小菜　　　購買的人；「に」表示「動作的對方」

差し上げてる物でして…。
因為是贈送的東西；「差し上げている物でして」的省略説法；「て形」表示「原因」

客：あら、それなら、はっきり 書いてください よ。
哎　　那樣的話　　清楚地　　　請寫　　　表示：感嘆

てっきり 無料でもらえるものかと思った*わ。
無存疑地　以為是可以免費得到的東西；「で」表示「様態」；「か」表示　表示：女性語氣
「疑問」；「と」表示「提示内容」

使用文型

動詞／い形容詞／な形容詞／名詞
[　　　　普通形　　　　]＋か＋と＋思った　　以為～

動	来ます（來）	→ 来るかと思った	（以為會來）
い	面白い（有趣的）	→ 面白いかと思った	（以為很有趣）
な	便利（な）（方便）	→ 便利かと思った	（以為很方便）
名	もの（東西）	→ 無料でもらえるものかと思った*	（以為是免費得到的東西）

中譯　（在超市）
客人：到底是怎麼一回事？竟然把我當扒手看？你們對店員是怎麼教育的啊？
店長：這位客人，我想是有些誤會，所以請讓我解釋一下。因為這個寶特瓶飲
　　　料是送給買小菜的客人的東西…。
客人：哎，那樣的話，請你們寫清楚嘛。肯定會以為是可以免費得到的東西。

筆記頁

空白一頁，讓你記錄學習心得，也讓下一個單元，能以跨頁呈現，方便於對照閱讀。

がんばってください。

（請加油！）

接送

120

MP3 120

我會到機場接您。

空港（くうこう）までお迎（むか）えに上（あ）がります。

| 助詞：
表示界限 | 接頭辭：
表示美化、
鄭重 | 動詞：迎接
（迎えます
⇒ます形除去 [ます]） | 助詞：
表示
目的 | 動詞：去、來
（行きます、
来ます的謙讓語） |

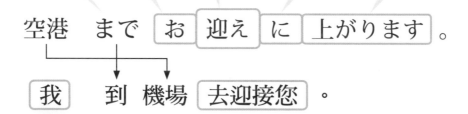

空港　まで　お　迎え　に　上がります　。

我　　　到　機場　去迎接您　。

使用文型

動詞

[ます形／動作性名詞] ＋に＋行きます／来ます／帰ります　去／來／回去 [做] ～

※「上がります」是「行きます」和「来ます」的謙讓語，「現在形」的話，通常表示「去」的意思。

動	迎えます（迎接）	→ 迎（むか）えに上（あ）がります	（要去迎接您）
動	取ります（拿）	→ 資料（しりょう）を取（と）りに帰（かえ）ります	（要回去拿資料）
名	掃除（打掃）	→ 掃除（そうじ）に来（き）ます	（要來打掃）

用法　跟對方提議會去機場迎接時，可以說這句話。

會話練習

内藤：あ、もしもし、半沢君？　今、羽田行きの飛行機に
　　　　　　　　喂喂　　　　　　　　　　　　　　　往羽田
　　　　乗るから。
　　　　表示：宣言

半沢：部長、出張お疲れさまでした。空港までお迎えに上がります。
　　　　　　　您出差辛苦了

内藤：そうしてくれる*と*助かるよ。じゃ、また空港で。
　　　那樣為我做的話，就…　　太好了　　　　　機場見；「で」表示
　　　　　　　　　　　　　　　　　　　　　　　　「動作進行地點」

半沢：はい。

使用文型

動詞

[て形]＋くれる　　別人為我[做]～

※ 此為「普通體文型」，「丁寧體文型」為「動詞て形 + くれます」。

します（做）	→ そうしてくれる*	（別人為我那樣做）
買います（買）	→ 買ってくれる	（別人為我買）
貸します（借出）	→ 鉛筆を貸してくれる	（別人借我鉛筆）

動詞／い形容詞／な形容詞＋だ／名詞＋だ

[　　普通形（限：現在形）　　]＋と　　條件表現

※「な形容詞」、「名詞」的「普通形-現在肯定形」，需要有「だ」再接續。

動	してくれます（為我做）	→ してくれると*	（為我做的話，就～）
い	安い（便宜的）	→ 安いと	（便宜的話，就～）
な	便利（な）（方便）	→ 便利だと	（方便的話，就～）
名	汚職（貪污）	→ 汚職だと	（是貪污的話，就～）

中譯
内藤：啊，喂喂，是半澤嗎？我現在要搭乘飛往羽田的飛機。
半澤：部長，您出差辛苦了。我會到機場接您。
内藤：那樣為我做的話就太好了。那麼，我們機場見。
半澤：好的。

273

接送
121

 🔘 MP3 121

我來迎接您了。
お迎えに上がりました。

接頭辭： 表示美化、 鄭重	動詞：迎接 （迎えます ⇒ます形 除去[ます]）	助詞： 表示 目的	動詞：去、來 （上がります⇒過去肯定形） （行きます、来ます的謙讓語）

お｜迎え｜に｜上がりました｜。

我來迎接您了｜。

使用文型

[動詞]

[ます形/動作性名詞]＋に＋行きます／来ます／帰ります 去／來／回去[做]～

※「上がります」是「行きます」和「来ます」的謙讓語，「現在形」的話，通常表示「去」的意思。

動	迎えます（迎接）	→ 迎えに上がります	（要去迎接）
動	着替えます（換衣服）	→ 着替えに帰ります	（要回去換衣服）
名	買い物（購物）	→ 買い物に来ます	（要來購物）

用法 去迎接對方時，可以對等候的人說這句話。

274

會話練習

（空港で）
くうこう
機場

黄：あ、武蔵商社の半沢さんですか。
こう　　む さししょうしゃ　　はんざわ

半沢：はい。あなたは？*
はんざわ
您是？

黄：台益工業の黄です。お迎えに上がりました。
こう　　たいえきこうぎょう　　こう　　　　むか　　あ

半沢：ああ、どうも 初めまして。半沢と申します。
はんざわ　　　　　　　はじ　　　　　　はんざわ　　もう
您好　　初次見面　　　　　謙讓表現：我是某人

使用文型

あなたは？　　你呢？（回答對方的問題後，反問對方）

（1）A：出身はどちらですか。　　　　（你來自哪裡？）
　　　　　しゅっしん
　　　 B：埼玉です。あなたは？　　　　（我來自埼玉，你呢？）
　　　　　さいたま

（2）A：独身ですか。　　　　　　　　（你是單身嗎？）
　　　　　どくしん
　　　 B：はい。あなたは？　　　　　　（是的，你呢？）

中譯　（在機場）
　　　　黄：啊，您是武藏貿易公司的半澤先生嗎？
　　　半澤：是的，您是？
　　　　黄：我是台益工業的黃。我來迎接您了。
　　　半澤：啊～，初次見面，你好，我是半澤。

MP3 122

我現在就幫您安排計程車。

ただいま、タクシーを手配しております。

助詞：
表示動作
作用對象

動詞：安排
（手配します
⇒て形）

補助動詞：
（います的謙讓語）

ただいま、 タクシー を 手配して おります 。

現在 正在 安排 計程車。

使用文型

動詞

[て形] ＋ おります 正在 [做]～ （謙讓表現）

手配します（安排） → 手配しております （正在安排）

降ります（下（雨）） → 雨が降っております （正在下雨）

食事します（用餐） → 食事しております （正在用餐）

用法 告知對方要幫忙安排計程車時，可以說這句話。

會話練習

観光客（かんこうきゃく）：えっと、次の予定*は…。
嗯…　下一個預定行程

ガイド：次（つぎ）は、故宮博物院（こきゅうはくぶついん）を見学（けんがく）です。ただいま、タクシーを
接下來　　　　　　　　　　　　　参觀；「を」表示「動作作用對象」；
　　　　　　　　　　　　　　　　句尾的「見学」作為名詞使用，所以加「です」

手配（てはい）しております。少々（しょうしょう）お待（ま）ちください*。
　　　　　　　　　　　　　　　稍微　　　尊敬表現：請您等待

使用文型

次＋の＋[名詞]　　　下一個～

予定（預定行程）→ 次の予定（つぎ　よてい）*　　　　　　　　　　　（下一個預定行程）

駅（車站）→ 次の駅（つぎ　えき）　　　　　　　　　　　　　　　（下一個車站）

金曜日（星期五）→ 次の金曜日（つぎ　きんようび）　　　　　　　（下一個星期五）

[動詞]

お＋[ます形]＋ください　　尊敬表現：請您[做]～

待ちます（等待）→ お待（ま）ちください*　　　　　　　　　（請您等待）

使います（使用）→ お使（つか）いください　　　　　　　　　（請您使用）

尋ねます（詢問）→ あちらでお尋（たず）ねください　　　　　（請您在那邊詢問）

中譯　観光客：嗯…，下一個預定行程…。
　　　導遊：接下來是參觀故宮博物院。我現在就幫您安排計程車。請您稍候。

MP3 123

請稍等一下，我馬上幫您叫計程車。

今、タクシーをお呼びしますので少々お待ちください。

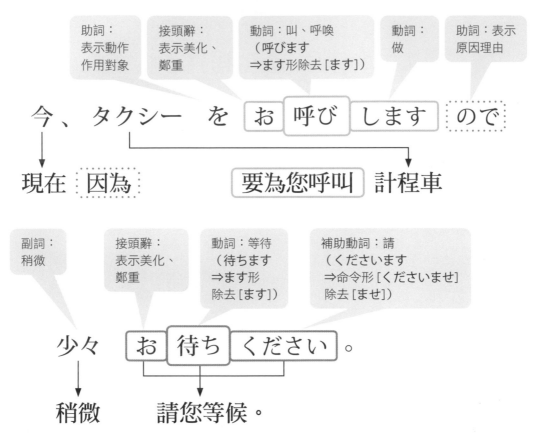

		動詞：叫、呼喚		
助詞：表示動作作用對象	接頭辭：表示美化、鄭重	（呼びます⇒ます形除去[ます])	動詞：做	助詞：表示原因理由

今、　タクシー　を　お　呼び　します　ので

現在　因為　　　　　要為您呼叫　計程車

副詞：稍微	接頭辭：表示美化、鄭重	動詞：等待（待ちます⇒ます形除去[ます])	補助動詞：請（くださいます⇒命令形[くださいませ]除去[ませ])

少々　お　待ち　ください。

稍微　　請您等候。

※[お＋動詞ます形＋します]：請參考P033　　※[お＋動詞ます形＋ください]：請參考P058

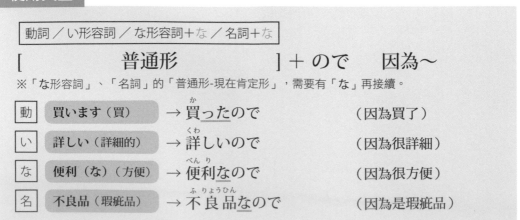

使用文型

動詞／い形容詞／な形容詞＋な／名詞＋な

[　　　　普通形　　　　]＋ので　　因為～

※「な形容詞」、「名詞」的「普通形-現在肯定形」，需要有「な」再接續。

動	買います（買）	→ 買ったので	（因為買了）
い	詳しい（詳細的）	→ 詳しいので	（因為很詳細）
な	便利（な）（方便）	→ 便利なので	（因為很方便）
名	不良品（瑕疵品）	→ 不良品なので	（因為是瑕疵品）

動詞／い形容詞／な形容詞／名詞

[　　　　丁寧形　　　　] ＋ ので　　因為～

動	お呼びします（我為您呼叫）	→ お呼びしますので	（因為我要為您呼叫）
い	詳しい（詳細的）	→ 詳しいですので	（因為很詳細）
な	便利（な）（方便）	→ 便利ですので	（因為很方便）
名	不良品（瑕疵品）	→ 不良品ですので	（因為是瑕疵品）

用法 替對方安排計程車，希望對方稍候時，可以說這句話。

會話練習

半沢：あ、そろそろ近江工業へ訪問に行かなきゃ*。
　　　　　　　　　　差不多要…　　　　　　　　一定要去拜訪

上戸：課長、今、タクシーをお呼びしますので

　　　少々お待ちください。

半沢：ありがとう。じゃ、あとの仕事は頼んだよ。
　　　　　　　　　　　　　　　剩下的工作　　　拜託你囉

使用文型

動詞

[ない形] ＋ なきゃ　　一定要 [做]～

※ 此為「動詞ない形 ＋ なければ」的「縮約表現」，口語時常使用「縮約表現」。

行きます（去）	→ 行かなきゃ*	（一定要去）
言います（說）	→ 言わなきゃ	（一定要說）
書きます（寫）	→ 書かなきゃ	（一定要寫）

中譯 半澤：啊，差不多要去拜訪近江工業了。
　　　上戶：課長，請稍等一下，我馬上幫您叫計程車。
　　　半澤：謝謝。那麼，剩下的工作就拜託你囉。

MP3 124

我代表全體同仁，向您表示誠摯的謝意。

一同を代表して心より御礼申し上げます。
いちどう　だいひょう　　こころ　　おんれいもう　あ

助詞：表示動作作用對象	動詞：代表（代表します⇒て形）	助詞：表示起點	動詞：説（言います的謙讓語）

一同　を　代表して　心　より　御礼　申し上げます。

代表　全體　　從　內心　　　　說　感謝。

使用文型

[名詞] ＋ を ＋ 代表します　　代表〜

一同（全體）	→ 一同を代表します	（代表全體）
政府（政府）	→ 政府を代表します	（代表政府）
国民（國民）	→ 国民を代表します	（代表國民）

心より ＋ [名詞] ＋ 申し上げます　　從內心表示〜

御礼（感謝）	→ 心より御礼申し上げます	（從內心表示感謝）
お詫び（歉意）	→ 心よりお詫び申し上げます	（從內心表示歉意）
お祝い（祝賀）	→ 心よりお祝い申し上げます	（從內心表示祝賀）

用法　代表全體人員表達謝意時，可以說這句話。

會話練習

王：この度、日本での展示会は貴社のご協力のおかげで*
　　這次　　　　　　　　　　　　　　　　　多虧貴公司的協助

無事成功致しました。一同を代表して心より御礼申し
謙讓表現：順利完成了

上げます。

半沢：こちらこそ、日本にはない斬新な商品をたくさん
　　　彼此彼此　　日本沒有的；「に」表示　斬新的
　　　　　　　　　「存在位置」；「は」表示
　　　　　　　　　「對比（區別）」

拝見できてたいへん有意義でした。今後ともよろしく
因為可以見到；「て形」　　非常有意義　　　　今後也
表示「原因」

お願いします。

使用文型

動詞

[た形 ／ 名詞 ＋ の] ＋ おかげで　　多虧～

動 手伝ってくれます（為我幫忙）　→　手伝ってくれたおかげで（多虧為我幫忙）

名 ご協力（協助）　→　貴社のご協力のおかげで*（多虧貴公司的協助）

中譯

王：這次在日本舉行的展示會，多虧貴公司的協助，才能順利完成。我代表全體同仁，向您表示誠摯的謝意。

半澤：彼此彼此。我們可以見識到許多日本沒有的斬新商品，非常有意義。今後也請多多指教。

這次得到您許多幫忙，非常感謝。

この度は、ご尽力いただき
ありがとうございました。

| 助詞：表示主題 | 接頭辭：表示美化、鄭重 | 補助動詞：（いただきます⇒ます形除去 [ます]）（屬於句中的中止形用法） |

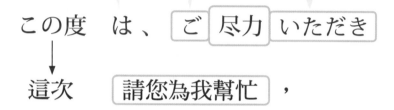

この度　は、　ご　尽力　いただき

↓

這次　　請您為我幫忙　，

招呼用語

ありがとうございました　。

↓

謝謝。

使用文型

お／ご＋[動作性名詞]＋いただきます　謙讓表現：請您（為我）[做]～

尽力（幫忙）	→ ご尽力いただきます	（請您（為我）幫忙）
検討（商量）	→ ご検討いただきます	（請您（為我）商量）
返事（回覆）	→ お返事いただきます	（請您（給我）回覆）

用法　對對方的協助表達感謝之意時，可以說這句話。

會話練習

半沢：王さん、<ruby>無事<rt>ぶ じ</rt></ruby> アンテナショップの<ruby>開店<rt>かいてん</rt></ruby>まで
順利　　　　　　　　　　　到開設特產店的地步

<ruby>漕<rt>こ</rt></ruby>ぎつけましたね。
終於達到了；「ね」表示「期待同意」

王：<ruby>良<rt>よ</rt></ruby>かったです。この<ruby>店<rt>みせ</rt></ruby>を<ruby>通<rt>とお</rt></ruby>して*
　　　太好了　　　　　　　　透過…

<ruby>相互理解<rt>そう ご り かい</rt></ruby>が<ruby>深<rt>ふか</rt></ruby>まるといいです*ね。
加深彼此的理解的話，多好；「ね」表示「期待同意」

半沢：<ruby>みな<rt>はんざわ</rt></ruby>さん、この<ruby>度<rt>たび</rt></ruby>は、ご<ruby>尽力<rt>じんりょく</rt></ruby>いただきありがとうございました。
各位

王：こちらこそありがとうございます。
「こちらこそ」字面意義是「我這邊才是」，就是「彼此彼此」的意思

使用文型

[名詞] ＋ を ＋ <ruby>通<rt>とお</rt></ruby>して　　　透過〜

店（店家）	→ この<ruby>店<rt>みせ</rt></ruby>を<ruby>通<rt>とお</rt></ruby>して*	（透過這家店）
実験（實驗）	→ <ruby>実験<rt>じっけん</rt></ruby>を<ruby>通<rt>とお</rt></ruby>して	（透過實驗）
調査（調查）	→ <ruby>調査<rt>ちょう さ</rt></ruby>を<ruby>通<rt>とお</rt></ruby>して	（透過調查）

動詞／い形容詞／な形容詞＋だ／名詞＋だ

[　普通形（限：現在形）　]＋と＋いいです　〜的話，多好

※「な形容詞」、「名詞」的「普通形-現在肯定形」，需要有「だ」再接續。

動	深まります（加深）	→ <ruby>深<rt>ふか</rt></ruby>まるといいです*	（加深的話，多好）
い	安い（便宜的）	→ もっと<ruby>安<rt>やす</rt></ruby>いといいです	（更便宜的話，多好）
な	綺麗（な）（漂亮）	→ <ruby>綺麗<rt>き れい</rt></ruby>だといいです	（漂亮的話，多好）
名	冗談（玩笑）	→ <ruby>冗談<rt>じょうだん</rt></ruby>だといいです	（是玩笑的話，多好）

中譯　半澤：王先生，我們終於達到順利開設特產店的地步了。
　　　王：太好了。如果透過這家店，能夠加深彼此之間的了解的話，那該多好啊。
　　半澤：各位，這次得到大家許多幫忙，非常感謝。
　　　王：彼此彼此，我們才要感謝您。

前些日子您那麼忙（還幫我這麼多），謝謝您。

先日はお忙しいところをありがとうございました。

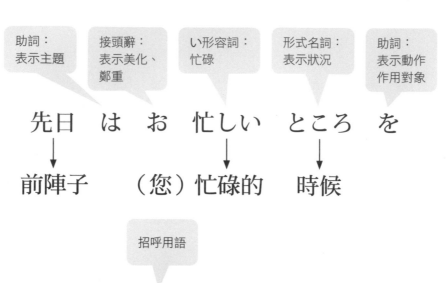

| 助詞：
表示主題 | 接頭辭：
表示美化、
鄭重 | い形容詞：
忙碌 | 形式名詞：
表示狀況 | 助詞：
表示動作
作用對象 |

先日　は　お　忙しい　ところ　を

前陣子　　（您）忙碌的　時候

招呼用語

ありがとうございました。

謝謝。

使用文型

動詞／い形容詞／な形容詞＋な／名詞＋の

[　　　　普通形　　　　]＋ところ　　正值～的時候

※「な形容詞」的「普通形-現在肯定形」，需要有「な」；「名詞」需要有「の」再接續。

動	食べます（吃）	→ 食べているところ　　　　　　　　　（正在吃的時候）
い	忙しい（忙碌的）	→ お忙しいところをありがとうございました （正值忙碌的時候，謝謝您）
な	大変（な）（不得了）	→ 大変なところご迷惑をおかけしました （正值不得了的時候，給您添麻煩了）
名	取り込み（忙碌）	→ お取り込みのところ、ちょっと失礼します （正值忙碌的時候，有點不好意思）

用法　對很忙碌卻又特地前來的人表達謝意的一種說法。。

會話練習

李：半沢さん、先日はお忙しいところをありがとうございました。

半沢：いえ、こちらこそ。
　　　　　不　　　字面意義是「我這邊才是」，就是「彼此彼此」的意思

李：早速ですが、海外でのＰＢ商品開発に関して*、
　　　趕快；「が」表示　　　　　　　表示：動作進行地點　　　　關於…
　　　「前言」，是一種緩折的語氣

　　会議に ぜひ参加していただけますか*。
　　表示：進入點　　　謙讓表現：可以請您務必參加嗎？

半沢：はい。日時はお決まりですか。
　　　　　日期　　　尊敬表現：決定好了嗎？

使用文型

[名詞] ＋ に関して　　關於～

開発（開發）	→ 商品開発に関して*	（關於商品開發）
政治（政治）	→ 政治に関して	（關於政治）
調査（調查）	→ 調査に関して	（關於調查）

動詞

[て形] ＋ いただけますか　謙讓表現：可以請您（為我）[做]～嗎？

参加します（參加）	→ 参加していただけますか*	（可以請您（為我）參加嗎？）
待ちます（等待）	→ 待っていただけますか	（可以請您（為我）等待嗎？）
連絡します（聯絡）	→ 連絡していただけますか	（可以請您（為我）聯絡嗎？）

中譯　　李：半澤先生，前些日子您那麼忙（還幫我這麼多），謝謝您。
　　　半澤：不，我才要謝謝您。
　　　　李：我們趕快進入正題，關於在國外開發PB商品這件事，可以請您務必參加會議嗎？
　　　半澤：好的。時間已經決定好了嗎？

表達謝意

127

MP3 127

實在是不好意思，那我收下了。
恐れ入ります。頂戴いたします。
（おそ　い）（ちょうだい）

動詞：不好意思

動詞：領受
（頂戴します的謙讓語）
（「頂戴」也可以視為動作性名詞）

恐れ入ります。頂戴いたします　。

↓　　　　　　　　↓

不好意思，　　　　我收下了。

使用文型

| [動作性名詞] ＋ いたします | 動作性名詞 ＋ します | 的謙讓表現 |

頂戴（領受）	→ 頂戴いたします（ちょうだい）	（我收下（您的東西））
案内（導覽）	→ 私が案内いたします（わたし　あんない）	（我來（為您）導覽）
連絡（聯絡）	→ 明日連絡いたします（あした　れんらく）	（我明天聯絡（您））

用法 收到東西時，可以說這句話來表示謝意。這是非常禮貌的說法。

會話練習

浅野：半沢君、これ、<u>出張先で</u> <u>買ったお土産</u>。<u>どうぞ</u>。
　　　　　　　　　　　在出差地　　買的特產　　　請收下

半沢：恐れ入ります。頂戴いたします。<u>これは…？</u>
　　　　　　　　　　　　　　　　　　　　　這個是…？

浅野：ああ、<u>カラスミだよ</u>。<u>お酒のつまみに最高だよ</u>*。
　　　　　　是烏魚子喔；　　　　　用來當下酒菜是最棒的喔；「に」表示「方面」；
　　　　　　「よ」表示「提醒」　　「よ」表示「提醒」

半沢：ありがとうございます。

使用文型

[名詞] ＋ に ＋ 最高だよ　　用來當作〜是最棒的喔

お酒のつまみ（下酒菜）	→ お酒のつまみに最高だよ*	（用來當作下酒菜是最棒的喔）
防止（預防）	→ ボケ防止に最高だよ	（用來預防老年癡呆是最棒的喔）
暇つぶし（打發時間）	→ 暇つぶしに最高だよ	（用來打發時間是最棒的喔）

中譯　淺野：半澤，這是我在出差地買的特產，請收下。
　　　　　半澤：實在是不好意思，那我收下了。這個是…'？
　　　　　淺野：啊～，這是烏魚子喔。當作下酒菜是最棒的喔。
　　　　　半澤：謝謝你。

我很高興，但是我不能收下。

お気持ちは嬉しいのですが、これは受け取るわけ
にはいきません。

接頭辭： 表示美化、 鄭重	助詞： 表示對比 （區別）	い形容詞： 高興	連語：の＋です＝んです の…形式名詞 です…助動詞：表示斷定 （現在肯定形）	助詞： 表示逆接

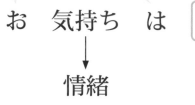 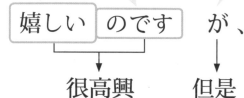

お　気持ち　は　　嬉しい　のです　　が、

↓　　　　　　　　　　　　　↓　　　　　　　↓

情緒　　　　　　　　　　很高興　　　但是

助詞： 表示主題	動詞：接收、領取 （受け取ります ⇒辭書形）	連語：不能～

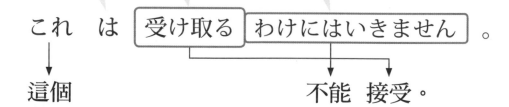

これ　は　受け取る　わけにはいきません　。

↓　　　　　　　　　　　　　　↓　　　↓

這個　　　　　　　　　不能　接受。

使用文型

動詞／い形容詞／な形容詞＋な／名詞＋な

[　　　　　　普通形　　　　　　]＋んです　　　強調

※「んです」是「のです」的「縮約表現」。
※「な形容詞」、「名詞」的「普通形-現在肯定形」，需要有「な」再接續。

動	見ます（看）	→ 見たんです	（看了）
い	嬉しい（高興的）	→ 嬉しいんです	（很高興）
な	安全（な）（安全）	→ 安全なんです	（很安全）
名	初心者（初學者）	→ 初心者なんです	（是初學者）

動詞　動詞
[辭書形／ない形] ＋ わけにはいきません　（道理上）不能[做]～／不[做]～

辭書　受け取ります（接受）　→ 受け取るわけにはいきません　（道理上不能接受）
ない　飲みます（喝）　→ 飲まないわけにはいきません　（道理上不能不喝）

用法　因為身為利害關係人，處於不能收受禮物的立場時，可以說這句話。

會話練習

板橋：半沢さん、次回の発注もぜひ うちの会社 に…。これ、
　　　　　　　　　下次　下單　務必　我們公司　表示：動作對方

　　　つまらない物ですが…。
　　　不值錢的東西；「が」表示「前言」，是一種緩折的語氣

半沢：お気持ちは嬉しいのですが、これは受け取るわけにはいきません。

板橋：いえ、そんなこと言わずに*。どうぞ。
　　　　　　不要那樣說　　　請收下

半沢：すみません。どうしても 受け取るわけには…。
　　　　　　　　　　無論如何也…　不能接受；「わけには」後面省略了「いきません」

使用文型

動詞

[ない形] ＋ ずに　　附帶狀況（＝ないで）

言います（說）　→ 言わずに*　　　（在不說的狀態下，做～）
行きます（去）　→ 行かずに　　　（在不去的狀態下，做～）
食べます（吃）　→ 食べずに　　　（在不吃的狀態下，做～）

中譯　板橋：半澤先生，下次下單也務必跟我們公司…。這個是不值錢的東西…。
　　　半澤：我很高興，但是我不能收下。
　　　板橋：不，不要那樣說。請您收下。
　　　半澤：不好意思，我無論如何也不能接受…。

MP3 129

非常謝謝您的關心。

お気遣いいただきまして、ありがとうございます。
（き づか）

| 接頭辭：表示美化、鄭重 | 動詞：掛念、關心（気遣います⇒ます形除去[ます]） | 補助動詞：（いただきます⇒ます形的て形）（て形表示原因）（～まして屬於鄭重的表現方式） | 招呼用語 |

| お | 気遣い | いただきまして | 、ありがとうございます。 |

| 請您為我掛念 | , | 謝謝。 |

使用文型

[動詞]

お＋[ます形]＋いただきます　　謙讓表現：請您（為我）[做]～

気遣います（掛念）	→ お気遣いいただきます（き づか）	（請您（為我）掛念）
待ちます（等待）	→ お待ちいただきます（ま）	（請您（為我）等待）
集まります（集合）	→ お集まりいただきます（あつ）	（請您（為我）集合）

用法　向為自己擔心的人表達謝意時，可以說這句話。

會話練習

浅野（あさの）：半沢君（はんざわくん）、もう風邪（かぜ）はだいじょうぶなの？※
感冒已經沒大礙了嗎？

半沢（はんざわ）：おかげさまで よくなりました。
托您的福　　　　　　　已經好轉了

お気遣（きづか）いいただきまして、ありがとうございます。

浅野（あさの）：体調管理（たいちょうかんり）も 仕事（しごと）のうちだぞ※。
身體的健康管理　　也　工作範圍之內啊；「ぞ」表示「加強語氣」

半沢（はんざわ）：はい、気（き）をつけます。
我會注意

使用文型

動詞／い形容詞／な形容詞＋な／名詞＋な

[　　　　　　　普通形　　　　　　　]＋の？　　關心好奇、期待回答

※ 此為「普通體文型」用法，「丁寧體文型」為「～んですか」。
※「な形容詞」、「名詞」的「普通形-現在肯定形」，需要有「な」再接續。

動	買収します（收購）	→ 買収（ばいしゅう）するの？	（要收購嗎？）
い	難しい（困難的）	→ 難（むずか）しいの？	（困難嗎？）
な	だいじょうぶ（な）（沒問題）	→ だいじょうぶなの？※	（沒問題嗎？）
名	詐欺（詐欺）	→ 詐欺（さぎ）なの？	（是詐欺嗎？）

動詞／い形容詞／な形容詞＋だ／名詞＋だ

[　　　　　　　普通形　　　　　　　]＋ぞ　　加強語氣（男性語氣）

※「な形容詞」、「名詞」的「普通形-現在肯定形」，需要有「だ」再接續。

動	負けます（輸）	→ 負（ま）けないぞ	（不要輸了啊）
い	危ない（危險的）	→ 危（あぶ）ないぞ	（很危險啊）
な	安全（な）（安全）	→ 安全（あんぜん）だぞ	（很安全啊）
名	うち（在～之內）	→ 仕事（しごと）のうちだぞ※	（是在工作範圍之內啊）

中譯　淺野：半澤，感冒已經沒大礙了嗎？
半澤：托您的福，已經好轉了。非常謝謝您的關心。
淺野：身體的健康管理也在工作範圍之內啊。
半澤：是的，我會注意。

MP3 130

非常感謝大家今天百忙之中來到這裡。

本日はお忙しいなか、お集まりいただき
誠にありがとうございます。

| 助詞：
表示
主題 | 接頭辭：
表示美化、
鄭重 | い形容詞：
忙碌 | 接頭辭：
表示美化、
鄭重 | 動詞：集合
（集まります
⇒ます形
除去 [ます]） | 補助動詞：
（いただきます
⇒ます形除去 [ます]）
（屬於句中的中止形用法） |

本日	は	お	忙しい	なか、	お 集まり いただき
↓			↓	↓	
今天			忙碌	的時候，	請大家為我集合

副詞：實在		招呼用語

誠に	ありがとうございます	。
↓	↓	
實在	感謝。	

使用文型

動詞

お ＋ [ます形] ＋ いただきます　　謙讓表現：請您（為我）[做] ～

集まります（集合）	→ お集まりいただきます	（請您（為我）集合）
気遣います（掛念）	→ お気遣いいただきます	（請您（為我）掛念）
待ちます（等待）	→ お待ちいただきます	（請您（為我）等待）

用法　感謝大家抽空前來參與派對等活動時，可以說這句話。

會話練習

半沢（はんざわ）：本日（ほんじつ）はお忙（いそが）しいなか、お集（あつ）まりいただき誠（まこと）にありがとうございます。

おかげさまで、弊社（へいしゃ）も４０周年（よんじゅうしゅうねん）を迎（むか）えることができました[*]。
托各位的福　　　弊公司　也　　　　　　　　　可以迎接…了

今後（こんご）は海外（かいがい）へも事業（じぎょう）をさらに展開（てんかい）し、一層（いっそう）の発展（はってん）を
表示：方向　也　　　　　　更加拓展；展開して的　　　更上一層的發展
　　　　　　　　　　　　　　　　　　　　「中止形用法」

期（き）したいと思（おも）います[*]。それでは皆様（みなさま）、乾杯（かんぱい）！
想要期待　　　　　　　　　　　各位

全員（ぜんいん）：乾杯（かんぱい）！

使用文型

[動詞]

[辭書形]＋こと＋が＋できました　　可以 [做] ～了

迎えます（迎接）	→ 迎えることができました[*]	（可以迎接了）
調べます（調査）	→ 調べることができました	（可以調査了）
受けます（接受）	→ 受けることができました	（可以接受了）

[動詞]

[ます形]＋たい＋と＋思います　　想要 [做] ～

※ 相較於「動詞 **ます形＋たい**」，此文型的語感比較含蓄。

期します（期待）	→ 期したいと思います[*]	（想要期待）
食べます（吃）	→ 食べたいと思います	（想要吃）
使います（使用）	→ 使いたいと思います	（想要使用）

中譯　半澤：非常感謝大家今天百忙之中來到這裡。托各位的福，弊公司也可以迎接
４０週年的到來。今後也期待往海外的事業能更加擴展，有更上一層的
發展。那麼，各位，我們乾杯！
全員：乾杯！

我沒想到那麼多。又學了一招。

そこまでは考(かんが)えが回(まわ)りませんでした。いい勉強(べんきょう)に
なりました。

| 助詞：
表示程度 | 助詞：表示
對比（區別） | 名詞：考慮
（考えます：名詞化
⇒ます形除去 [ます]) | 動詞：（想）到
（回ります
⇒過去否定形） |

そこ　まで　は　考え　が　回りませんでした。

想法　　　沒有轉到　　那裡（的）程度。

| い形容詞：
好、良好 | 連語：見識、經驗
（勉強になります⇒過去肯定形） |

いい　勉強　に　なりました　。

變成了　好的　經驗　。

使用文型

| 動詞 | | い形容詞 | な形容詞 |

[辭書形＋ように／ーい＋く／ーな＋に／名詞＋に]＋なります　變成

動	掃除します（打掃）	→	掃除(そうじ)するようになります	（變成有打掃的習慣）
い	重い（重的）	→	重(おも)くなります	（變重）
な	貴重（な）（珍貴）	→	貴重(きちょう)になります	（變珍貴）
名	勉強（經驗）	→	勉強(べんきょう)になります	（獲得經驗）

用法　承認自己的知識不足，率直地表達謝意時，可以說這句話。

會話練習

半沢：台湾への<u>輸送</u>コストがなかなか<u>圧縮できない</u>*ため
　　　　　　　　　運輸成本　　　　　　　　　　　　　因為很難壓縮

　　　価格を<u>低く抑え</u>られません。
　　　　　　　　無法壓低

内藤：<u>台湾から日本向けの輸送を扱ってる運輸会社</u>に
　　　　從台灣向日本進口　　　　　　　　經營的貨運公司；「扱っている運輸
　　　　　　　　　　　　　　　　　　　　会社」的省略說法

　　　<u>当たってみ</u>ましたか。
　　　有試著打聽過嗎？

半沢：<u>なるほど</u>、<u>台湾へ戻る船</u>に<u>頼めば</u>、<u>割安で</u> <u>運んでくれる</u>
　　　原來如此　　　　返回　　　　委託的話　用比較便宜的價格　為我們運送

　　　かもしれません*ね。そこまでは<u>考えが回り</u>ませんでした。
　　　　或許；「ね」表示「感嘆」

　　　いい<u>勉強</u>になりました。

使用文型

動詞

なかなか + [ない形]　　不容易 [做] ～、一直不 [做] ～

| 圧縮できます（可以壓縮）| → なかなか圧縮できない* |（很難壓縮）|
| 成功します（成功）| → なかなか成功しない |（不容易成功）|

動詞／い形容詞／な形容詞／名詞

[　　　普通形　　　] ＋ かもしれません　　或許～、有可能～

※ 此為「丁寧體文型」用法，「普通體文型」為「～かもしれない」。

動	運んでくれます（為我們運送）	→ 運んでくれるかもしれません*	（或許會為我們運送）
い	面白い（有趣的）	→ 面白いかもしれません	（或許很有趣）
な	上手（な）（擅長）	→ 上手かもしれません	（或許很擅長）
名	詐欺（詐欺）	→ 詐欺かもしれません	（有可能是詐欺）

中譯　半澤：因為貨品送往台灣的運輸成本很難壓縮，所以價格無法壓低。
　　　內藤：有試著打聽過經營台灣進口到日本的貨運公司嗎？
　　　半澤：原來如此，如果委託回台灣的船隻，或許會用比較便宜的價格為我們運
　　　　　　送。我沒想到那麼多。又學了一招。

MP3 132

這次給您添這麼多麻煩，實在不好意思。

この度は、たいへんご迷惑をおかけしました。

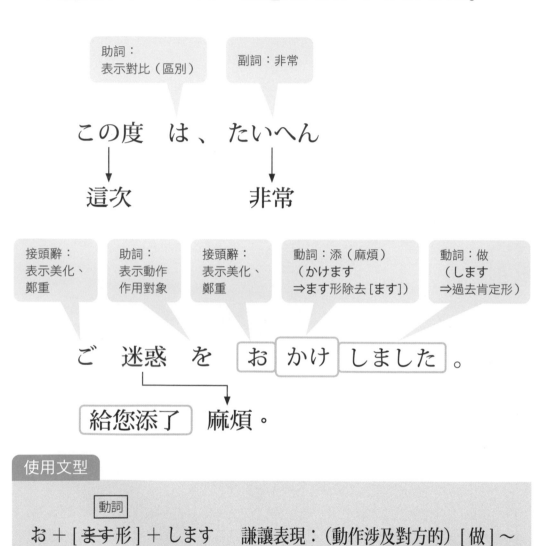

助詞：
表示對比（區別）

副詞：非常

この度　は、たいへん

↓　　　　　　　　　↓

這次　　　　　　　非常

接頭辭：
表示美化、
鄭重

助詞：
表示動作
作用對象

接頭辭：
表示美化、
鄭重

動詞：添（麻煩）
（かけます
⇒ます形除去 [ます]）

動詞：做
（します
⇒過去肯定形）

ご　迷惑　を　お　かけ　しました　。

給您添了　麻煩。

使用文型

動詞

お ＋ [ます形] ＋ します　　謙讓表現：（動作涉及對方的）[做] ～

かけます（添（麻煩））	→ ご迷惑をおかけします	（給您添麻煩）
持ちます（拿）	→ お持ちします	（我為您拿）
呼びます（呼叫）	→ お呼びします	（我為您呼叫）

用法　出了什麼錯誤、或是錯過什麼事情，造成對方公司的困擾時，可以說這句話來
　　　表示歉意。

會話練習

板橋：<ruby>納入品<rt>のうにゅうひん</rt></ruby>に<ruby>不具合<rt>ふぐあい</rt></ruby>があったそうで、
<ruby>板橋<rt>いたばし</rt></ruby>
供貨　　　　　　因為聽說有狀況；「で」表示「原因」

この<ruby>度<rt>たび</rt></ruby>は、たいへんご<ruby>迷惑<rt>めいわく</rt></ruby>をおかけしました。

半沢：うちの<ruby>信用<rt>しんよう</rt></ruby>にもかかわります*から、
<ruby>半沢<rt>はんざわ</rt></ruby>
本公司的信用　　　　也關係到…　　　　因為

<ruby>以後<rt>いご</rt></ruby>、<ruby>気<rt>き</rt></ruby>をつけてください ね。
請注意　　　　　　表示：期待同意

板橋：はい、<ruby>二度<rt>にど</rt></ruby>とこのような<ruby>事<rt>こと</rt></ruby>がないよう*、
<ruby>板橋<rt>いたばし</rt></ruby>
避免再次發生這樣的事情

チェックを<ruby>厳重<rt>げんじゅう</rt></ruby>にしますので。
檢查工作　　　因為會嚴格執行

使用文型

[名詞] ＋ にもかかわります　　也關係到〜

信用（信用）→ <ruby>信用<rt>しんよう</rt></ruby>にもかかわります*　　（也關係到信用）

名誉（名譽）→ <ruby>名誉<rt>めいよ</rt></ruby>にもかかわります　　（也關係到名譽）

生命（生命）→ <ruby>生命<rt>せいめい</rt></ruby>にもかかわります　　（也關係到生命）

動詞

二度と ＋ [ない形] ＋ よう　　避免再度 [做] 〜

あります（有）→ <ruby>二度<rt>にど</rt></ruby>とこのような<ruby>事<rt>こと</rt></ruby>がないよう*　（避免再有這樣的事情）

犯します（犯下）→ <ruby>二度<rt>にど</rt></ruby>と<ruby>過<rt>あやま</rt></ruby>ちを<ruby>犯<rt>おか</rt></ruby>さないよう　（避免再度犯錯）

起こります（發生）→ <ruby>二度<rt>にど</rt></ruby>と<ruby>起<rt>お</rt></ruby>こらないよう　　（避免再度發生）

中譯　板橋：因為聽說供貨出了狀況，這次給您添這麼多麻煩，實在不好意思。
半澤：因為這件事也關係到本公司的信用問題，以後請注意喔。
板橋：是的，我們會嚴格檢查，避免再發生這樣的事情。

我會嚴厲地訓誡他，還請您多多包涵。

本人にも厳しく言っておきますので、ここはどうか
お許しください。

助詞：表示 動作的對方	助詞： 表示並列	い形容詞：嚴厲 （厳しい ⇒副詞用法）	動詞：説 （言います ⇒て形）	補助動詞： 善後措施	助詞：表示 原因理由

本人　に　も　厳しく　言って　おきます　ので　、

因為　對　本人　也　會採取　嚴格　說的措施　，

助詞：表示 對比（區別）	副詞：請	接頭辭： 表示美化、 鄭重	動詞：原諒 （許します ⇒ます形 除去[ます]）	補助動詞：請 （くださいます ⇒命令形[くださいませ] 除去[ませ]）

ここ　は　どうか　お　許し　ください　。

這裡　　懇求　　請您原諒。

※[動詞て形＋おきます]：請參考P091　　※[お＋動詞ます形＋ください]：請參考P058

使用文型

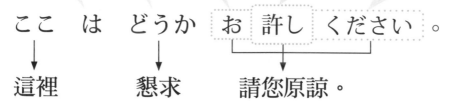

動詞／い形容詞／な形容詞＋な／名詞＋な

[　　　　普通形　　　　]＋ので　　因為～

※「な形容詞」、「名詞」的「普通形-現在肯定形」，需要有「な」再接續。

動	言っておきます（採取說的措施）	→ 言っておくので　（因為採取說的措施）
い	涼しい（涼爽的）	→ 涼しいので　　　（因為很涼爽）
な	十分（な）（足夠）	→ 十分なので　　　（因為很足夠）
名	円安（日圓貶值）	→ 円安なので　　　（因為日圓貶值）

動詞／い形容詞／な形容詞／名詞

[丁寧形] ＋ ので 因為～

動	言っておきます（採取說的措施）	→	言っておきますので	（因為採取說的措施）
い	涼しい（涼爽的）	→	涼しいですので	（因為很涼爽）
な	十分（な）（足夠）	→	十分ですので	（因為很足夠）
名	円安（日圓貶值）	→	円安ですので	（因為日圓貶值）

用法 自己的部屬犯錯，先代替部屬向對方道歉時，可以說這句話。

會話練習

客：あの、店長はあなたですか。
　　是你嗎？

店長：はい。私ですが…。
　　　我是…；「が」表示「前言」，是一種緩折的語氣

客：さっき、あの店員に「お皿取り換えて」と言ったら、
　　剛才　　　　　　　　　要換盤子　　　　　說了…之後；「と」表示「提示內容」

舌打ちしたのよ。
咂嘴了；「の」表示「強調」；「よ」表示「提醒」

店員：さようでございますか。本人にも厳しく言っておきます
　　　這樣子啊

ので、ここはどうかお許しください。

中譯 客人：那個…，你是店長嗎？
　　　　店長：是的，我是…。
　　　　客人：剛才我對那個店員說「我要換盤子」之後，他（對我）咂嘴了。
　　　　店長：這樣子啊。我會嚴厲地訓誡他，還請您多多包涵。

我已經盡力了，不過…。

私 としてはできる限りのことはしたつもりなんですが…。

連語： 作為～	助詞：表示 對比（區別）	動詞：做 （します ⇒可能形）	接尾辭： 盡可能～	助詞： 表示所屬	助詞： 表示主題

私　として　は　｜できる　限り｜　の　こと　は

以我而言的話，　｜盡可能 能夠做｜　的　事情

動詞：做 （します ⇒た形）	形式名詞：認為 （つもり ⇒名詞接續用法）	連語：ん＋です ん…形式名詞（の⇒縮約表現） です…助動詞：表示斷定 （現在肯定形）	助詞： 表示前言

した　つもりな｜んです｜　が　…。

認為　已經做了…。

使用文型

動詞／い形容詞／な形容詞＋な／名詞＋な

[　　　　普通形　　　　]＋んです　　強調

※「な形容詞」、「名詞」的「普通形-現在肯定形」，需要有「な」再接續。

動	食べます（吃）	→ 食べたんです	（吃了）
い	安い（便宜的）	→ 安いんです	（很便宜）
な	完璧（な）（完美）	→ 完璧なんです	（很完美）
名	つもり（認為）	→ したつもりなんです	（認為已經做了）

用法　已經很努力了，但是沒有出現期待中的結果時，可以說這句話。

會話練習

内藤：半沢君、島津産業との契約は結局、
和…的契約　　　　　　最後

成立には至らなかった そうだ ね。
並沒有完成；「に」表示「到達點」；「は」　聽說　表示：再確認
表示「對比（區別）」

半沢：はい…。私としてはできる限りのことはしたつもりなんですが…。

内藤：ま、気にしないで。
總之　　不要在意

いつも うまくいくとは限らない*から ね。
總是　　　因為不見得會順利進行；「から」表示「原因理由」　表示：留住注意

半沢：はい。次こそはうまくいくよう*頑張ります。
下次一定；　　　　　　　為了順利進行要努力
「こそ」表示「強調」

使用文型

動詞／い形容詞／な形容詞／名詞

[　　　普通形　　　] ＋ とは限らない　　不見得～、未必～

動	うまくいきます（順利進行）	→ うまくいくとは限らない*	（不見得順利進行）
い	安い（便宜的）	→ 安いとは限らない	（不見得便宜）
な	優秀（な）（優秀）	→ 優秀とは限らない	（不見得優秀）
名	弱点（缺點）	→ 弱点とは限らない	（不見得是缺點）

動詞　　　動詞

[辭書形 ／ ない形] ＋ ように、～　　表示目的　　※可省略「に」。

| 辭書 | いきます（進行） | → うまくいくよう[に]* | （為了順利進行） |
| ない | 寝坊します（睡過頭） | → 寝坊しないよう[に] | （為了不要睡過頭） |

中譯　内藤：半澤，聽說和島津產業的契約最後並沒有簽下來對不對？
　　　半澤：是的…。我已經盡力了，不過…。
　　　内藤：總之，你不要在意。因為不見得總是都能順利進行的。
　　　半澤：是。下次為了讓事情順利進行，我一定會更努力。

MP3 135

我下次不會再犯同樣的錯誤。
今後二度とこのような失敗はいたしません。

| 副詞：
再也不〜 | 連體詞：這樣的 | 助詞：表示
對比（區別） | 動詞：做
（いたします
⇒現在否定形）
（します的謙讓語） |

今後　二度と　このような　失敗　は　いたしません。

下次　　　　　　這樣的　　失敗（我）再也　不做。

使用文型

[動詞]
二度と＋[否定形]　　再也不[做]〜

いたします（做）	→ 二度といたしません	（再也不做）
買います（買）	→ 二度と買いません	（再也不買）
行きます（去）	→ 二度と行きません	（再也不去）

用法　堅定地宣告自己不會再有同樣的失敗時，可以說這句話。

會話練習

田中：え？　会議の資料をなくした？
　　　咦？　　　弄丟了嗎？

李：はい。大変申し訳ありません。
　　　　　真的很抱歉

田中：困るよ。今回は別に重要な資料じゃないから
たなか　こま　　　　　　こんかい　　べつ　じゅうよう　　しりょう
真傷腦筋耶；　　　　　　　　　　　　因為不是特別重要的資料
「よ」表示「感嘆」

よかったけど*、もし極秘資料だったら*どうするの？
　　　　　　　　　　　　　　ごくひ　しりょう
還好，但是…　　　假如　　非常機密的資料的話　　要怎麼辦呢？「の？」表示
　　　　　　　　　　　　　　　　　　　　　　　　　　「關心好奇、期待回答」

李：本当にすみませんでした。今後二度とこのような失敗はいたしません。
　　り　ほんとう　　　　　　　　　こんごにど　　　　　　　　　　しっぱい
　　　　真的

使用文型

動詞／い形容詞／な形容詞＋だ／名詞＋だ

[　　　　普通形　　　　]＋けど　　雖然〜，但是〜

※「な形容詞」的「普通形-現在肯定形」，需要有「だ」再接續。

動	行きます（去）	→ 行ったけど	（雖然去了，但是〜）
い	よい（好的）	→ よかったけど*	（雖然好，但是〜）
な	優秀（な）（優秀）	→ 優秀だけど	（雖然很優秀，但是〜）
名	有給休暇（有薪假期）	→ 有給休暇だけど	（雖然是有薪假期，但是〜）

動詞／い形容詞／な形容詞／名詞

[　た形／なかった形　]＋ら　　如果〜的話

動	来ます（來）	→ 来たら	（如果來的話）
い	高い（貴的）	→ 高かったら	（如果貴的話）
な	有効（な）（有效）	→ 有効だったら	（如果有效的話）
名	資料（資料）	→ 極秘資料だったら*	（如果是非常機密的資料的話）

中譯　田中：咦？你弄丟會議資料了？
　　　　李：是的。真的很抱歉。
　　　田中：真傷腦筋耶。還好這次並不是特別重要的資料，但是假如是非常機密的
　　　　　　資料的話，你要怎麼辦呢？
　　　　李：真的很抱歉。我下次不會再犯同樣的錯誤。

不好意思，我有個不情之請。
勝手（かって）なことを言（い）って申（もう）し訳（わけ）ないのですが。

| な形容詞：任性
（勝手
⇒名詞接續用法） | 助詞：
表示動作
作用對象 | 動詞：説
（言います
⇒て形）
（て形表示原因） | い形容詞：
不好意思 | 連語：の＋です＝んです
の…形式名詞
です…助動詞：
表示斷定（現在肯定形） | 助詞：
表示
前言 |

勝手な　こと　を　言って　申し訳ない　のです　が。

因為要說　任性的　事情，　　真的很不好意思。

使用文型

動詞　　い形容詞　　な形容詞

[て形／－い＋くて／－な＋で／名詞＋で]、～　因為～，所以～

動	言います（說）	→ 言って	（因為要說，所以～）
い	難しい（困難的）	→ 難しくて	（因為很難，所以～）
な	親切（な）（親切）	→ 親切で	（因為很親切，所以～）
名	日曜日（星期天）	→ 日曜日で	（因為是星期天，所以～）

動詞／い形容詞／な形容詞＋な／名詞＋な

[　　　　普通形　　　　]＋んです　　強調

※「んです」是「のです」的「縮約表現」。
※「な形容詞」、「名詞」的「普通形-現在肯定形」，需要有「な」再接續。

動	見ます（看）	→ 見たんです	（看了）
い	申し訳ない（不好意思的）	→ 申し訳ないんです	（很不好意思）
な	下手（な）（笨拙）	→ 下手なんです	（很笨拙）
名	嘘（謊話）	→ 嘘なんです	（是謊話）

用法　謙虛地表達自己的狀況和希望時，可以說這句話。或者，可能給對方帶來麻煩時，也可以說這句話。

會話練習

半沢：部長、ちょっと お願いがある んですが。
　　　　　　　　　　有點　　　有要拜託的事情　　「んです」表示「強調」;「が」表示
　　　　　　　　　　　　　　　　　　　　　　　　「前言」,是一種緩折的語氣

内藤：うん？　どうしたの？
　　　　　　　　怎麼了嗎？「の？」表示「關心好奇、期待回答」

半沢：勝手な事を言って申し訳ないのですが、レポートの
　　　　　　　　　　　　　　　　　　　　　　　　　　　報告

提出をあと一日 待ってもらえませんか*。
　　　　再一天　　　　　　可以請你等待嗎？

内藤：ああ、一日だけ*なら かまわないよ。
　　　　　　只有一天的話　　沒關係啦;「よ」表示「提醒」

使用文型

動詞

[て形] ＋ もらえませんか　　可以請你（為我）[做] 〜嗎？

待ちます（等待）　→ 待ってもらえませんか* （可以請你（為我）等待嗎？）

貸します（借出）　→ 貸してもらえませんか （可以請你借給我嗎？）

止めます（停止）　→ 止めてもらえませんか （可以請你（為我）停止嗎？）

動詞／い形容詞／な形容詞＋な／名詞

[　　　　　普通形　　　　　] ＋ だけ　　只是〜、只有〜

※「な形容詞」的「普通形-現在肯定形」,需要有「な」再接續。

動	言います（說）	→ 言っただけ	（只是說了）
い	安い（便宜的）	→ 安いだけ	（只是便宜）
な	親切（な）（親切）	→ 親切なだけ	（只是親切）
名	一日（一天）	→ 一日だけ*	（只有一天）

中譯　半澤：部長,我有點事情想要麻煩您。
　　　內藤：嗯？怎麼了嗎？
　　　半澤：不好意思,我有個不情之請,我要繳交的報告可以請你再等一天嗎？
　　　內藤：啊〜,只有一天的話沒關係啦。

表達歉意
137

MP3 137

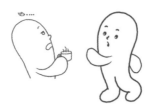

很抱歉，讓您久等了。

お待たせしてどうも申し訳ありません。

| 接頭辭：表示美化、鄭重 | 動詞：等（待ちます⇒使役形 [待たせます] 的ます形除去 [ます]） | 動詞：做（します⇒て形）（て形表示原因） | 招呼用語 |

お ｜ 待たせ ｜ して ｜ どうも申し訳ありません。

因為我讓您等待 ， 很抱歉。

使用文型

動詞

お ＋ [ます形] ＋ します　　謙讓表現：（動作涉及對方的）[做] 〜

待たせます（讓〜等待）	→ お待たせします	（我讓您等待）
伺います（詢問）	→ お伺いします	（我要詢問您）
包みます（包裝）	→ お包みします	（我為您包裝）

用法　讓對方等很久，想要表達歉意時，可以說這句話。

306

會話練習

山田（やまだ）：お待（ま）たせしてどうも申（もう）し訳（わけ）ありません。

中西（なかにし）：山田君（やまだくん）、早（はや）く来（き）てくれなきゃ困（こま）るよ。もう少（すこ）しで

不早一點來的話很困擾耶；「～てくれなきゃ」是
「～てくれなければ」的「縮約表現」

差一點；「で」表示
「言及範圍」

相手先（あいてさき）との約束（やくそく）の時間（じかん）を過（す）ぎるところだった*じゃないか。

和對方約定的的時間　　　　　　　不是就要超過嗎？

山田（やまだ）：すみませんでした。

對不起

中西（なかにし）：少（すく）なくとも10分前（じゅっぷんまえ）には訪問先（ほうもんさき）の会社（かいしゃ）に着（つ）かないとだめだ*よ。

至少　　　　　　　要訪問的公司　　　一定要抵達；「よ」表示「提醒」

使用文型

動詞

もう少しで ＋ [辭書形] ＋ ところだった　差一點就要 [做] ～

過（す）ぎます（超過）	→ もう少（すこ）しで過（す）ぎるところだった*	（差一點就要超過）
怪我（けが）します（受傷）	→ もう少（すこ）しで怪我（けが）するところだった	（差一點就要受傷）
失（うしな）います（失去）	→ もう少（すこ）しで失（うしな）うところだった	（差一點就要失去）

動詞

[ない形] ＋ ないとだめだ　一定要 [做] ～

着（つ）きます（抵達）	→ 着（つ）かないとだめだ*	（一定要抵達）
帰（かえ）ります（回去）	→ 帰（かえ）らないとだめだ	（一定要回去）
書（か）きます（寫）	→ 書（か）かないとだめだ	（一定要寫）

中譯　山田：很抱歉，讓您久等了。
中西：山田，你不早一點來的話，我會很困擾耶。不是差一點就要超過和對方
約定的時間嗎？
山田：對不起。
中西：至少一定要在10分鐘之前抵達要訪問的公司啊。

🔘 MP3 138

您特意來一趟，真是對不起。

せっかくおいでくださったのに、申し訳ございません。

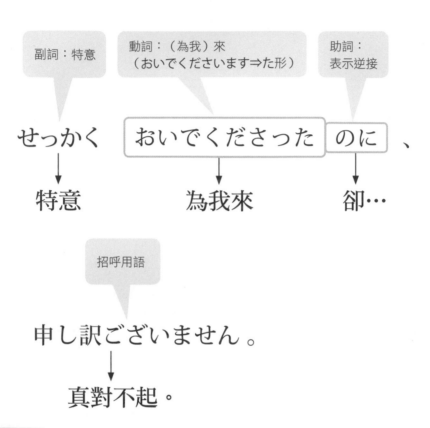

	副詞：特意	動詞：（為我）來 （おいでくださいます⇒た形）	助詞： 表示逆接

せっかく　　おいでくださった　のに　、

↓　　　　　　　↓　　　　　　　↓

特意　　　　　為我來　　　　卻…

招呼用語

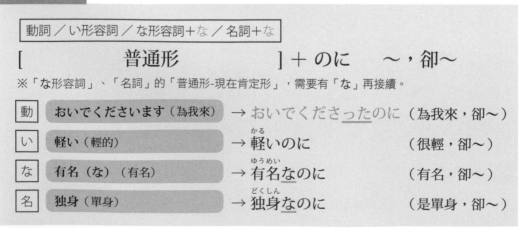

申し訳ございません 。

↓

真對不起。

使用文型

動詞／い形容詞／な形容詞＋な／名詞＋な

[　　　　　普通形　　　　　] ＋ のに　　～，卻～

※「な形容詞」、「名詞」的「普通形-現在肯定形」，需要有「な」再接續。

動	おいでくださいます（為我來）	→ おいでくださったのに（為我來，卻～）
い	軽い（輕的）	→ 軽いのに　　　　　　（很輕，卻～）
な	有名（な）（有名）	→ 有名なのに　　　　　（有名，卻～）
名	独身（單身）	→ 独身なのに　　　　　（是單身，卻～）

用法　無法回應特地前來的人的期待時，可以說這句話。

會話練習

客（きゃく）：まだやってます*か。
> 還有在營業嗎？「まだやっていますか」的省略說法

店員（てんいん）：申し訳ありません。本日（ほんじつ）はもう営業時間（えいぎょうじかん）を 過（す）ぎました*。
> 今天　　已經　　　　表示：經過點　　超過了

客（きゃく）：ああ、そうですか。
> 這樣子啊

店員（てんいん）：せっかくおいでくださったのに、申し訳（もうわけ）ございません。

使用文型

[動詞]

まだ ＋ [て形] ＋ います　　持續 [做] ～的狀態

※ 此為「丁寧體文型」，「普通體文型」為「まだ ＋ 動詞て形 ＋ いる」。
※ 口語時可省略「動詞て形 ＋ います」的「い」。

やります（營業）	→ まだやって[い]ます*	（持續營業的狀態）
覚えます（記住）	→ まだ覚（おぼ）えて[い]ます	（持續記住的狀態）
電話します（打電話）	→ まだ電話（でんわ）して[い]ます	（持續打電話的狀態）

[名詞] ＋ を ＋ 過ぎました　　超過～期間、範圍、地方了

営業時間（營業時間）	→ 営業時間（えいぎょうじかん）を過（す）ぎました*	（超過營業時間了）
賞味期限（有效日期）	→ 賞味期限（しょうみきげん）を過（す）ぎました	（超過有效日期了）
九州上空（九州上空）	→ 九州上空（きゅうしゅうじょうくう）を過（す）ぎました	（超過九州上空了）

中譯　客人：還有在營業嗎？
店員：不好意思。今天已經過了營業時間了。
客人：啊～，這樣子啊。
店員：您特意來一趟，真是對不起。

真不好意思，我馬上幫您拿來。

申し訳ございません。すぐにお持ちいたします。

招呼用語

申し訳ございません 。

↓

不好意思。

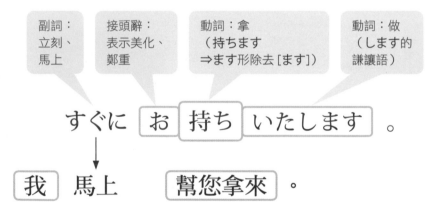

副詞：
立刻、
馬上

接頭辭：
表示美化、
鄭重

動詞：拿
（持ちます
⇒ます形除去 [ます]）

動詞：做
（します的
謙讓語）

すぐに　お　持ち　いたします　。

↓

我　馬上　幫您拿來　。

使用文型

動詞

お＋[ます形]＋します　謙讓表現：（動作涉及對方的）[做]～

持ちます（拿） → お持ちします　　　（我為您拿）

渡します（交付） → お渡しします　　　（我交付給您）

調べます（調查） → お調べします　　　（我為您調查）

用法　讓對方等很久，告訴對方會立刻為他拿東西過來時，可以說這句話。

會話練習

（レストランで）
在餐廳

客：あの、ちょっとすみません。
喚起別人注意，　　　　　　打擾一下
開啟對話的發語詞

店員：はい。何でしょうか。
有什麼事嗎？「でしょうか」表示「鄭重問法」

客：セットに付いてる*はず*のスープが
應該附贈在套餐內的湯；「セットに付いているはずのスープ」的省略說法

まだ来ていないんですけど。
還沒有來；「んです」表示「強調」；「けど」表示「前言」，是一種緩折的語氣

店員：申し訳ございません。すぐにお持ちいたします。

使用文型

動詞

[て形] ＋いる　　目前狀態

※ 此為「普通體文型」，「丁寧體文型」為「動詞て形 ＋ います」。
※ 口語時，通常採用「普通體文型」說法，並可省略「動詞て形 ＋ いる」的「い」。

付きます（附贈）	→ 付いて[い]る*	（目前是有附贈的狀態）
住みます（居住）	→ 大阪に住んで[い]る	（目前是住在大阪的狀態）
知ります（知道）	→ 知って[い]る	（目前是知道的狀態）

動詞／い形容詞／な形容詞＋な／名詞＋の

[　　　普通形　　　]＋はず　　（照理說）應該

※「な形容詞」的「普通形-現在肯定形」，需要有「な」；「名詞」需要有「の」再接續。

動	付いて[い]ます（附贈的狀態）	→ 付いて[い]るはず*	（應該是附贈的狀態）
い	おいしい（好吃的）	→ おいしいはず	（應該很好吃）
な	にぎやか（な）（熱鬧）	→ にぎやかなはず	（應該很熱鬧）
名	半額（半價）	→ 半額のはず	（應該是半價）

中譯　（在餐廳）
　　　　客人：那個…，打擾一下。
　　　　店員：是的，您有什麼事嗎？
　　　　客人：應該附贈在套餐內的湯還沒有送上來。
　　　　店員：真不好意思，我馬上幫您拿來。

如果有不清楚的地方，不必客氣，請您提出來。

もしご<ruby>不明<rt>ふめい</rt></ruby>な<ruby>点<rt>てん</rt></ruby>がございましたら、
<ruby>遠慮<rt>えんりょ</rt></ruby>なくご<ruby>質問<rt>しつもん</rt></ruby>ください。

副詞： 如果	接頭辭： 表示美化、 鄭重	な形容詞：不明 （不明 ⇒名詞接續用法）	助詞： 表示 焦點	動詞：有 （ございます ⇒過去肯定形+ら）

もし　ご　不明な　点　が　｜ございました｜　｜ら｜　、

如果　｜有｜　不清楚的　地方　｜的話｜　，

い形容詞：沒有 （ない⇒副詞用法）	接頭辭： 表示美化、 鄭重	補助動詞：請 （くださいます ⇒命令形［くださいませ］ 除去［ませ]）

遠慮　なく　｜ご　質問　ください｜　。

不用客氣，　　　請您提問。

使用文型

動詞／い形容詞／な形容詞／名詞

[　た形／なかった形　]＋ら　　如果～的話

※「～たら」的文型一般不需使用「～ました＋ら」或「～でした＋ら」的形式，只有想要加強鄭重語氣時，才會使用「～ましたら、～ませんでしたら」或「～でしたら、～じゃありませんでしたら」。

動	ございます（有）	→ ございましたら	（如果有的話）
い	<ruby>難<rt>むずか</rt></ruby>しい（困難的）	→ <ruby>難<rt>むずか</rt></ruby>しかったら	（如果困難的話）
な	<ruby>下手<rt>へた</rt></ruby>（な）（笨拙）	→ <ruby>下手<rt>へた</rt></ruby>だったら	（如果笨拙的話）
名	<ruby>噂<rt>うわさ</rt></ruby>（傳聞）	→ <ruby>噂<rt>うわさ</rt></ruby>だったら	（如果是傳聞的話）

ご ＋ [動作性名詞] ＋ ください　　　尊敬表現：請您 [做]～

質問（提問）	→	ご質問ください	（請您提問）
安心（放心）	→	ご安心ください	（請您放心）
見学（參觀）	→	ご見学ください	（請您參觀）

用法 告訴對方，如果有不明白的地方，請儘量提問時，可以說這句話。

會話練習

陳：…以上が、台湾のマーケットの大まかな現状です。もし
（表示：焦點）　　（市場）　　　　　（大致上的）

ご不明な点がございましたら、遠慮なくご質問ください。

羽根：なるほど、よくわかりました。日系ホテルの利用者層は
　　　（原來如此）　　（很清楚了）　　　　　　　　　（消費階層）

どうなっていますか。
（變成怎樣呢？）

陳：去年のデータによると、ビジネスマンを中心に*……
　　　（資料）（根據…）　　　（以上班族為中心）

使用文型

[名詞] ＋ を ＋ 中心に　　　以～為中心

ビジネスマン（上班族）	→	ビジネスマンを中心に*	（以上班族為中心）
大企業（大企業）	→	大企業を中心に	（以人企業為中心）
アジア（亞洲）	→	アジアを中心に	（以亞洲為中心）

中譯　陳：…以上是台灣市場的大致現狀。如果有不清楚的地方，不必客氣，請您
　　　　　　提出來。
　　　羽根：原來如此，我很清楚了。日系飯店的消費階層是什麼情況呢？
　　　　陳：根據去年的資料，是以上班族為中心……

請留意不要遺忘東西。

お忘れ物をなさいませんようお気をつけください。
（わす）（もの）　　　　　　　　　　　（き）

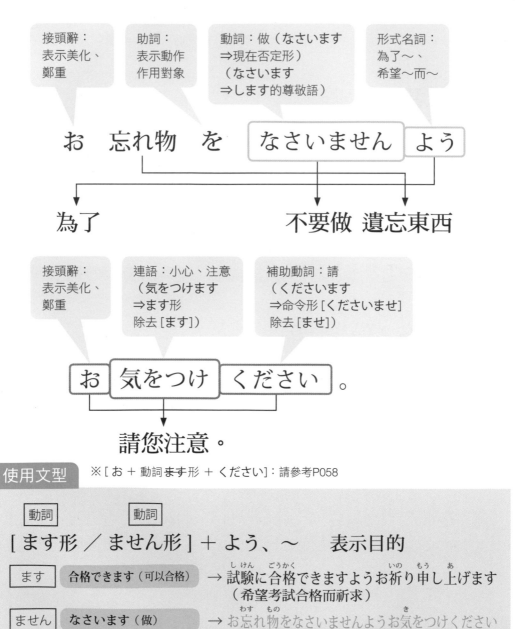

| 接頭辭：
表示美化、
鄭重 | 助詞：
表示動作
作用對象 | 動詞：做（なさいます
⇒現在否定形）
（なさいます
⇒します的尊敬語） | 形式名詞：
為了～、
希望～而～ |

お　忘れ物　を　｜ なさいません ｜ よう

為了　　　　　　　　　　　　不要做 遺忘東西

| 接頭辭：
表示美化、
鄭重 | 連語：小心、注意
（気をつけます
⇒ます形
除去［ます］） | 補助動詞：請
（くださいます
⇒命令形［くださいませ］
除去［ませ］） |

お ｜ 気をつけ ｜ ください 。

請您注意。

使用文型　　※［お + 動詞ます形 + ください］：請參考P058

動詞　　　　　動詞

［ます形 ／ ません形］＋ よう、～　　表示目的

ます	合格できます（可以合格）	→ 試験に合格できますようお祈り申し上げます （しけん）（ごうかく）　　　　　　　　（いの）（もう）（あ） （希望考試合格而祈求）
ません	なさいます（做）	→ お忘れ物をなさいませんようお気をつけください （わす）（もの）　　　　　　　　　　　　（き） （為了不要遺忘東西，請您注意）
ません	ひきます（得到（感冒））	→ 風邪をひきませんようお体を大事になさってください （かぜ）　　　　　　　　（からだ）（だいじ） （希望您不要感冒，請您保重身體）

動詞	動詞

[辭書形 ／ ない形] ＋ ように、〜 　表示目的

※ 可省略「に」。

辭書	起きられます（能起床）	→ 早く起きられるように	（為了能早起，而〜）
ない	太ります（變胖）	→ 太らないように	（為了不要變胖，而〜）

用法 　提醒對方不要忘記帶走東西時，可以說這句話。

會話練習

（忘年会<ruby>ぼうねんかい</ruby>で）
尾牙

上戸<ruby>うえと</ruby>：みなさん、そろそろ お開<ruby>ひら</ruby>きの時間<ruby>じかん</ruby>です。
　　　　各位　　　　差不多　　　（宴會）結束

内藤<ruby>ないとう</ruby>：お、もうこんな時間<ruby>じかん</ruby>か*。
　　　　已經這麼晚了啊；「か」表示「感嘆」

半沢<ruby>はんざわ</ruby>：部長<ruby>ぶちょう</ruby>、二次会<ruby>にじかい</ruby>に行<ruby>い</ruby>きましょう。
　　　　　　　　續攤

上戸<ruby>うえと</ruby>：みなさん、お忘<ruby>わす</ruby>れ物<ruby>もの</ruby>をなさいませんようお気<ruby>き</ruby>をつけください。

使用文型

もう ＋ [時間性名詞] ＋ か　　已經是〜時候了啊！

こんな時間（這種時間）	→ もうこんな時間<ruby>じかん</ruby>か*	（已經這麼晚了啊！）
年末（年底）	→ もう年末<ruby>ねんまつ</ruby>か	（已經是牟底了啊！）
夏（夏天）	→ もう夏<ruby>なつ</ruby>か	（已經是夏天了啊！）

中譯 　（在尾牙上）
　　　上戸：各位，差不多是結束的時間了。
　　　內藤：啊，已經這麼晚了啊！
　　　半澤：部長，我們去續攤吧。
　　　上戸：各位，請留意不要遺忘東西。

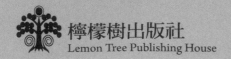
檸檬樹出版社
Lemon Tree Publishing House

大家學日語系列 08

大家學標準日本語【每日一句】商務會話篇
（附東京標準音 MP3）

初版 1 刷　2014 年 6 月 20 日
初版 5 刷　2020 年 5 月 5 日

作者	出口仁
封面設計	陳文德
版型設計	洪素貞
插畫	劉鵑菁・出口仁・許仲綺
責任主編	邱顯惠
協力編輯	方靖淳・蕭倢伃

發行人　　　　　江媛珍
社長・總編輯　　何聖心
出版者　　　　　檸檬樹國際書版有限公司 檸檬樹出版社
　　　　　　　　E-mail：lemontree@booknews.com.tw
　　　　　　　　地址：新北市235中和區中安街80號3樓
　　　　　　　　電話・傳真：02-29271121・02-29272336
法律顧問　　　　第一國際法律事務所 余淑杏律師
　　　　　　　　北辰著作權事務所 蕭雄淋律師

全球總經銷・印務代理　知遠文化事業有限公司
網路書城　　　　http://www.booknews.com.tw 博訊書網
　　　　　　　　電話：02-26648800　傳真：02-26648801
　　　　　　　　地址：新北市222深坑區北深路三段155巷25號5樓

港澳地區經銷　　和平圖書有限公司
　　　　　　　　電話：852-28046687　傳真：850-28046409
　　　　　　　　地址：香港柴灣嘉業街12號百樂門大廈17樓

定價　　　　　　台幣399元／港幣133元
劃撥帳號　　　　戶名：19726702・檸檬樹國際書版有限公司
　　　　　　　　・單次購書金額未達300元，請另付50元郵資
　　　　　　　　・信用卡・劃撥購書需7-10個工作天

大家學標準日本語（每日一句）．商務會話
篇／出口仁著. -- 初版. -- 新北市：檸檬樹，
2014.05
面；　公分. -- (大家學日語系列；8)
ISBN 978-986-6703-80-5(平裝附光碟片)
1.日語　2.會話
803.188　　　　　　　　　　　103007999